TEA
BOOKS

Naslov originala
Kate Frost
An Italian Dream

Za izdavača
Tea Jovanović
Nenad Mladenović

Glavni i odgovorni urednik
Tea Jovanović

Lektura / Korektura
Agencija Tekstogradnja / Agencija TEA BOOKS

Prelom
Agencija TEA BOOKS

Dizajn korica / Crteži za korice
Alexandra Allden / Shutterstock

Izdavač
TEA BOOKS d.o.o.
Por. Spasića i Mašere 94
11134 Beograd
Tel. 069 4001965
info@teabooks.rs
www.teabooks.rs

ISBN 978-86-6142-154-9

KEJT FROST

ITALIJANSKI SAN

Sa engleskog prevela
Gordana Subotić

Mojim prijateljima.
Zbog njihove snage i hrabrosti u bolu.
Oni znaju o kome je reč.

1.

STELA

Stela Šo je imala tajnu. Zapravo, više od jedne tajne, ali ova je bila ogromna i uzbudljiva, uprkos nemiru koji je takođe bio nov i obeshrabrujući. Tako nešto se njoj ne događa.

Nedeljama se spremala za taj trenutak, prolazila kroz čitav spektar osećanja u želji da saopšti novosti svojoj najboljoj prijateljici. A sad, da nije bilo tople penušave vode u džakuziju, dlanovi bi joj se znojili kao ludi.

Fern je izgledala zadovoljno, naslonjena leđima uz stranicu kade i zureći u noćno nebo. Stela nije mogla da se ne osmehne Fern u njenoj vunenoj kapici i bikiniju, azurnoplava voda presijavala se oko njih a tama otimala paru što se dizala u prohladan vazduh.

Banjski vikend u *Akva Sani* u Viltširu bio im je izgovor da provedu zajedno vreme – na Stelin račun. Rekla je da je dobila nagradni vikend, ali to nije bila cela istina. Fern je zadovoljno prihvatila; nije često ugađala sebi.

Stela je ujednačila disanje i zagledala se u svetla u okolnim borovima koja su sijala kao stotine razigranih svitaca. Malo dalje, duž osvetljene drvene staze, *Šumska banja* je primamljivo svetlucala. Ako se izuzmu živci, osećala se baš opušteno. Usredsredila se na Fern.

– Moram nešto da ti kažem.

Fern je pogledala preko džakuzija i namrštila se. – O moj bože, nisi valjda trudna?

– Šta? Ne. Kako da ne!

– Samo proveravam.

– Ja sam s decom završila. – Stela je znalački pogledala u Fern. – A nisam se ni verila. Kunem se.

– Onda dobro... – polako je rekla Fern, pogled njenih divnih plavih očiju bio je prikovan za Stelino lice. – Nemam više ideja.

Stela je duboko udahnula pa ispustila magleni oblak pare u januarsko veče. – Uplatila sam loto iz štosa. Imala sam ubitačan učinak na poslu, pa sam na povratku kući kupila bocu proseka i uplatila loto da proslavim. Ispostavilo se da sam imala mnogo sreće. – Na lepet krila u svojim grudima ponovo je duboko udahnula. – I dobila sam.

– Ti to ozbiljno? – Fern se uspravila u vodi. – Koliko?

– Milion.

– Dobila si milion?

Stela se nasmejala Ferninom piskavom uzviku i klimnula glavom. – Ozbiljno. Osvojila sam milion na državnoj lutriji. Zapravo, malčice više od toga.

Fern je zadovoljno zacičala i zagrlila Stelu, pokretom od kojeg se voda prelila preko ivice kade.

– Pa to je sjajno! – Fern je pustila Stelu i namestila svoju vunenu kapu.

– Zvuči ludo, znam, ali jednostavno nisam znala kako da ti kažem. – Bile su najbolje drugarice od viših razreda osnovne i mnogo toga su prošle zajedno. Ako se izuzme njena osamnaestogodišnja ćerka Kloi, Fern je bila jedina osoba kojoj je Stela poverila tu novost. Nije je rekla ni sestri, a svakako ne roditeljima, koje je ionako retko viđala.

– Otud ovaj banjski vikend?

Stela je klimnula glavom. – Htela sam da uradimo nešto posebno.

– Presrećna sam zbog tebe. – Fern je ponovo zacičala i pogledala u Stelu s mešavinom čuđenja i zaprepašćenja. – Mada to nije mala stvar.

– Pričaj mi o tome!

Fern je odmahnula glavom. – Šta ćeš da radiš s milion funti?

Stela je ispružila ruku duž ivice kade i zamišljeno se zagledala u Fern. – Mnogo sam razmišljala o tome. Hoću da kažem, kako da potrošim nešto od tog novca. Ogromna je to odgovornost i želim da donesem dobre odluke.

– Čekaj. – Fern se namrštila. – Kad si to zapravo dobila?

– U oktobru. Dobro, tad sam to saznala. Skoro četiri nedelje nisam znala da imam pobednički tiket.

– Kako si, đođavola, zadržala to za sebe?

– Htela sam da ti kažem, stvarno, ali mnogo je toga trebalo obraditi, činjenicu da odjednom imaš sumu novca koja će ti promeniti život. Morala sam da otvorim nov račun u banci, da popričam s ljudima iz *Lutrije*, zatim da se sastanem s pravnim i finansijskim savetnicima. I sa životnim savetnikom. Na mnogo toga je trebalo misliti. A ako ćeš se zbog toga osećati išta bolje, tek sam početkom nedelje rekla Kloi, a Džejkobu još nisam saopštila jer će on odmah reći svom ocu, pogotovo ako mu kažem da mu ne govori. Ne mogu sad s tim da se borim. Ne želim da mi se ceo život okrene naglavačke. Zato sam odlučila da ćutim. Nisam htela da mi se ime i lice svugde pojavljuju i da se nosim s posledicama toga. Javno obelodanjivanje nije tako jednostavno. Mada i čuvanje tajne ima svojih mana. Tako mi je laknulo što sam ti napokon rekla.

– Drago mi je što si mi rekla. – Fern je posegnula preko penušave vode u džakuziju, spustila ruku na Stelinu i osmehnula se. – Mislim da ovo zahteva šampanjac!

Njih dve su malo kad provodile ceo vikend zajedno. S Kloi, koja je studirala pozorišnu umetnost na Univerzitetu Kingston, i s trinaestogodišnjim Džejkobom, koji je svaki drugi vikend provodio kod oca, Stela je imala mnogo vremena da se usredsredi na sebe, da izlazi i uživa u životu, ali s Fern je bila druga priča. Majčinstvo u mladim godinama, podizanje blizanaca plus dvadeset godina braka s Polom uzelo je danak Stelinoj nekad živahnoj prijateljici, ljubiteljki zabave. Na pragu četrdesete, lepo je bilo videti je kako se opušta i konačno se zabavlja.

Rano su krenule tog jutra, odvezavši se svega sat od Nejlsija do *Akva Sane* u Longlit Forestu. Smeh koji su usput delile vratio je Stelu u njihove tinejdžerske godine, kad nisu imale nikakvu odgovornost i ništa posebno o čemu bi razmišljale osim o tome gde da izađu.

Često bi se zajedno odvezle do Bristola, ostavile auto kod drugarice, otišle u noćni klub u gradu i vratile se kod drugarice praveći buku – osim ako jedna od njih ne bi završila negde drugde na noćenju.

Vičući i kikoćući se izašle su iz džakuzija i suočile se s hladnoćom, pa obukle bele bademantile i u japankama otrčale drvenom stazom unutra, prošavši pored dela s bazenom i ušavši u saunu. Stela je zamišljala kako joj ta vrelina čisti pore, izvlačeći svu nečistoću. Zamišljala je i kako je zašla u sva njena kajanja, pokušavajući da joj očisti prošlost. Da li bi išta izmenila da je mogla da se vrati? Verovatno. Zapravo, čemu zavaravanje? Svakako.

Što se tiče veza, Stelin ljubavni život bio je najblaže rečeno naizmenično dobar i loš. Dok je Fern zatrudnela nakon srednje škole, Stela je otišla na Univerzitet u Kardifu, gde je studirala poslovno upravljanje i do kraja uživala u studentskom životu. Ipak, nekoliko godina kasnije pošla je Ferninim stopama, kad je zlosrećna kratka veza na fakultetu rezultirala Kloinim rođenjem nedugo pošto je Stela diplomirala. Ona i Gari su izvukli ono najbolje iz tih okolnosti, venčali su se, preselili u Bristol bili zajedno koju godinu pre nego što su se razveli kad su Kloi bile dve godine.

Kako nije imala izbora nego da se vrati roditeljima, s kojima je imala težak odnos i pre nego što ih je razočarala neplaniranom trudnoćom, Steli je to bio preko potreban podsticaj da naporno radi za sebe i Kloi, da nađe početnički posao u marketingu za koji su bile potrebne veštine koje je stekla na fakultetu i da se iseli. Nekako je uspela da žonglira između posla i deteta, oslanjajući se na dadilje i prijatelje kao što je Fern, koji su joj omogućili da uspe kao samohrana majka.

Onda je upoznala Roda, i pala na njegov šarm i privlačnost. Život je neko vreme bio sladak. Venčali su se, stigao je i Džejkob. Petogodišnja Kloi je obožavala svog malog brata. Nekoliko godina su bili porodica, baš kao Fern, Pol i njihove devojčice, Rubi i Amber, sve dok pukotine u Stelinom i Rodovom odnosu nisu postale nepopravljive. Istorija se ponovila, a ona je ponovo bila razvedena i po drugi put samohrana majka, iako su i Kloin i Džejkobov otac nastavili da joj pružaju podršku.

Stela se promeškoljila na zakrivljenoj klupi obloženoj pločicama kao da joj je neudobno, i to ne samo od prožimajuće vreline saune. Život joj je bio dobar, mnogo bolji nego kad je bila udata, ali nije mogla a da se ne oseti poraženo kad bi pomislila na nekadašnje veze, koliko god da je jaka bila kad je trebalo da nastavi sama. Znala je da zrači samouverenošću i predusretljivošću koji su Fern zasenjivali, ali pre nego što je zatrudnela, *Fern* je bila ta koja bi obasjala prostoriju, koju bi svi primetili – naročito muškarci. Dok joj se znoj slivao s lica i između dojki stisnutih bikinijem, Stela je razmišljala o razlikama između njih dve. Fern je bila prirodno lepa, s krupnim očima kao u srne, punim usnama, blistavom porcelanskom kožom i nežnim crtama lica. Obe su bile plavokose, iako je Stela koristila pomoć iz bočice za svoju ledenoplavu kosu do ramena, dok je Fernina bila prirodno plava nijanse meda, duga i talasasta. Obe su bile vitke i u formi, iako je Stela imala izraženije obline, što je naučila da ceni kad je postala starija. Njena pojava na pragu četrdesete poručivala je: spremna sam! Njeno geslo bilo je „koliko rada, toliko zabave", ali znala je da Fern ne uživa u pomisli na četrdeseti rođendan. Stela ju je sad gledala kako žmuri leđima naslonjena na pločice, s dugom kosom skupljenom krpenom gumicom, zlatni pramenovi uokviruju joj zajapureno lice. Ona nije bila od onih koji unose uzbuđenje, opredelila se umesto toga za miran život, zadovoljavajući se svojom sudbinom. U Stelinim očima, njena najbolja prijateljica je zasluživala bolje.

Dok je uzbuđena Fern zasipala Stelu rafalnim pitanjima o dobitku na lotou, premestile su se iz vreline saune u hladnoću ledene pećine u kojoj su se osvežile i kikotale. Stela je uživala u mekoj toploti svog paperjastog bademantila dok su se konačno opuštale u skandinavskom kutku i raskravljivale se. Sedele su na delu s postavljenim sedištima, podavijenih nogu, ušuškane ispod prijatne ćebadi. Veštačka vatra se presijavala i pucketala na sredini sobe, osećaj obamrlosti iščezavao je kako ih je obavijala toplota.

– Ovo je život – uzdahnula je Stela.

Fern je izvila obrve. – I nešto na šta se možeš navići.

Stela je ćutke priznala da je ono što je za nju zadovoljstvo zacelo za Fern vrhunsko zadovoljstvo. Odsad bi to mogla biti njena stvarnost kad god poželi.

– Prvo što želim da uradim jeste da odem na odmor – rekla je Stela, gladeći svoju ruku koja joj je počivala na krilu na mekom krznenom ćebetu. – Mislila sam da odemo poslednje dve nedelje maja da proslavimo svoj četrdeseti rođendan. Ti, ja i naše devojčice. Džejkob bi mogao da dođe s tatom na polovini odmora. I Pol ako mu se svidi. Nikad nismo išle na pravo devojačko letovanje.

– Jesmo.

– Kampovanje u Velsu kad su devojčice bile male se ne računa. – Ozbiljno je pogledala Fern, a zatim se zakikotala. – Ali bilo je zabavno. Biće kao u stara vremena... Izuzev luksuza. – Spustila je ruku na Ferninu. – I ja častim.

Fern je razrogačila oči. – O, Stela, ne možeš sav svoj novac potrošiti na nas. Ovaj vikend je više nego dovoljan.

– Želim to da uradim. I to je *naša* proslava četrdesetog rođendana!

Fern je odmahnula glavom. – To ne bi trebalo da bude zajednički događaj, moj rođendan je šest nedelja posle tvog.

– Pa šta? Ja želim da to bude rođendanska proslava za obe, da sa stilom obeležimo ulazak u četrdesete. – Stela se osmehnula i uzbuđeno udarila stopalom o gladak drveni pod. – Biće mnogo zabavno. Četrdesete će nam biti najbolja decenija u životu.

Primetila je da je osmeh iščezao s Ferninog lica. Nedavno su razgovarale o četrdesetima koje im se bliže, te je znala da je Fern nesigurna u pogledu ulaska u tu novu deceniju. Obe su provele dvadesete podižući decu, i dok je Stela i dalje imala posao i Džejkoba kod kuće, taj deo života za Fern je bio završen. Dvadesetogodišnje Rubi i Amber su odrasle i napustile dom, majka im više nije bila zaista potrebna. Stela je znala da se Fern koprca i da ima dobar razlog za to. Ohrabrivala ju je da radi ono što je usrećuje, bilo da je to da izlazi ili da ostvari svoje dugo gajene ambicije. Fern se bez sumnje zaglavila u kolotečini. Steli je bilo mrsko da je gleda takvu, naročito s obzirom na to da je Pol nastavio da živi kao uvek...

Spustila je toplu ruku Fern na nadlakticu. – Samo još nešto. Molim te, nemoj još nikom da kažeš. Ja ću saopštiti novost Amber i Rubi, ali nemoj još da kažeš Polu.

– Neću, ne brini. – Fern se pažljivo zagledala u Stelu. – Kad ćeš reći ostalima? Nije to nešto što možeš zauvek da kriješ. Čim počneš da trošiš, ljudi će početi da postavljaju pitanja.

– Znam. – Stela je morala priznati da je obično pažljiva sa svojim teško zarađenim novcem. Troškarenje neće dugo proći neprimećeno. – Samo mi treba malo više vremena da razmislim o tome. Ne bih da se zalećem pa da zažalim. Ne bih ni da ljudi ispuze na svetlost dana čim saznaju da imam novca. Zasad sam rekla samo onima u koje imam bezgranično poverenje, a to je prilično mali krug: samo ti i Kloi. Verujem i Džejkobu, ali ne verujem da njegov otac to neće svima istrtljati. – Izvila je obrvu. – Hajde, idemo da se presvučemo pa da proslavimo.

Posle večere zalivene s mnogo alkohola, a koja se sastojala od školjki na mornarski način i pileta na bretonski i uključivala mnogo koketiranja – bar sa Steline strane – s mladim i prilično naočitim konobarom, zaputile su se, ruku podruku, pripite i kikoćući se, kroz šumu ka svom luksuznom dvokrevetnom apartmanu od drveta, ugnežđenom među drvećem.

Stela je otvorila bocu šampanjca i uz prasak i zdravicu obema sipala po čašu.

– Za fantastične četrdesete. – Zvecnula je svojom čašom o Ferninu.

– I za prijateljstvo. – Fern se ponovo kucnula s njom i popila gutljaj. – Onda, kuda bi da ideš na odmor?

– Pojma nemam. – Stela se nasmejala. – Toliko sam navikla da mislim na troškove. Ne bih da predugo putujemo, zato možda nekud u Evropi. – Mućkala je šampanjac u svojoj čaši. – Negde gde je predivno i nadahnjujuće. Prikladno za četrdesetogodišnjakinje. Po mogućstvu sa zgodnim muškarcima. – Namignula je. Imala je mnogo muškaraca posle Roda, čak i još jednu kratku vezu, ali nikoga s kim bi se istinski zbližila.

Fern se nasmejala. – Možda Italija. – Nabrala je svoj lepi nos. – Španija? Toliko je mesta. Obilazak grčkih ostrva.

– To je to! Znam kako ćemo odlučiti kuda da idemo! – Stela se sručila na sofu prolivši šampanjac na suknju. Odmahnula je rukom, spustila čašu pa uzela svoj telefon. – Hajde da potražimo najlepša ostrva u Evropi. – Ukucala je detalje za pretragu u *Gugl*. – Zapiši svako od ovih na posebno parče papira.

Fern je uzela blok i olovku s pisaćeg stola.

– Spremna? – upitala je Stela dok je skrolovala kroz post sa zapanjujuće lepim slikama ostrva. – Santorini, Ibica, Kapri, Madeira, Rodos, Korzika, Mikonos, Sardinija, Hvar, Malta i Sicilija. Sva dolaze u obzir. – Uzela je blok od Fern, otcepila jedanaest listova, svaki presavila načetvoro pa ih spustila u praznu šolju. Pružila ju je Fern. – Hajde, izaberi jedan.

Fern je odmahnula glavom pa čašom šampanjca pokazala ka Steli. – A-a. Ne, ti ćeš. Ne zaboravi da ti častiš. Hoću da budeš zadovoljna izborom. Osim toga, tebe prati sreća.

Stela je zavukla ruku u šolju za kafu, izmešala papiriće pa izvukla jedan. S leptirićima u stomaku, razmotala ga je.

– Ah! – Pogledala je u Fern i osmehnula se. – Kapri. Idemo na Kapri!

Zagrlile su se i zaplesale po sobi. Steli se vrtelo u glavi od uzbuđenja, kao da su se godine istopile a one ponovo imale osamnaest i slavile posle večernjeg izlaska.

– Ne znam ništa o Kapriju – rekla je Fern zadihana kad su se obe sručile na sofu i uzele svaka svoje piće.

– U tome je čar, sve što znam to je da se nalazi uz italijansku obalu i da bi trebalo da je vrlo glamurozno mesto, na koje idu bogataši.

– To ti savršeno odgovara!

Stela je uzela svoj telefon i izguglala Kapri. – Ostrvo u Napuljskom zalivu čuveno po raznovrsnom krajoliku, vrhunskim hotelima i prodavnicama – pročitala je. – O, firmirane stvari i limončelo. Izgleda da Sofija Loren i Maraja Keri imaju tamo vile. Mislim da sam dobro izabrala!

Kucnule su se svojim šampanjskim čašama i ćaskale do duboko u noć, sve uzbuđenije zbog ostrva koje je izgledalo sve bolje i bolje što su više čitale o njemu.

U krevet su otišle odmah posle ponoći, ne bi li se naspavale pre poslednjeg dana ugađanja sebi, sa *elemis* tretmanima za lice i telo koje su tog jutra zakazale. Steli je pao kamen sa srca kad je rekla Fern za svoj dobitak na lotou i bilo je simpatično, zaista lepo napokon videti Fern opuštenu i nasmejanu, no bilo je mnogo toga o čemu je trebalo da razgovaraju. Mnogo toga što je Stela želela da joj kaže. Ali pošto su bile pospane, ošamućene od vina i šampanjca, to je moralo da sačeka. Najpre će prebrinuti svoje rođendane i početi od početka narednu deceniju svog života. Ugrizla se za usnu; znala je da to neće teći tako glatko.

Pre nego što je navukla zavese, Stela se zagledala kroz prozor u mesečinom obasjanu šumu s visokim i tankim stablima, sa suvim granama spram vedrog neba boje indiga. Još joj je bilo teško da poveruje da je dobila na lotou. Bila je sigurna da je novac neće promeniti, ali sad je imala priliku da potpuno preokrene svoj život.

2.

FERN

U nedelju u deset uveče Stela je ostavila Fern pred kućom uz zagrljaj i obećanje da će uskoro razgovarati. Kuća je bila u mraku, gorelo je samo svetlo u hodniku koje se pali na tajmer.

Fern je mahnula i zatvorila vrata za sobom. Bilo je iscrpljujuće radovati se zbog Stele, i mada joj je istinski bilo drago zbog prijateljice, Stelin dobitak i uzbuđenje naglasili su njenu ljubomoru. Fern je znala da je oduvek bila malčice ljubomorna na svoju najbolju prijateljicu. I uvek se pitala zašto. Vodila je udoban život. Njen muž Pol imao je uspešnu građevinsku firmu tako da ona nije morala da radi, sama je odlučila da se bavi nečim kako bi imala neki svoj mali prihod. Za razliku od Stele, nije imala karijeru, samo nešto malo poslova sa skraćenim radnim vremenom, koje je godinama menjala. Sad je radila kao prodavačica u salonu nameštaja. Nikad je nije pokretao novac ili želja da izgradi karijeru kao Stela, koja se probila od asistenta za marketing do globalnog stratega – da bude iskrena, zapravo nije bila sigurna u čemu se sastojao Stelin posao. Što se toga tiče, bile su dva sveta. Fern je uvek tumarala, trudeći se da bude zadovoljna svojom sudbinom.

Tiho je ponovila: „Zadovoljna sam svojom sudbinom."

Ostavila je torbu u hodniku i provirila u dnevnu sobu, za slučaj da je Pol zaspao na sofi, ali unutra nije bilo nikoga, televizor je bio ugašen, kapci još otvoreni.

Kuća je bila previše tiha bez devojaka. Čak ni posle dve godine, i dalje nije mogla da se navikne na to. Odmah posle srednje škole, Rubi se upisala na Univerzitet u Birmingemu, kako bi postala medicinska sestra. Bila je posvećena učenju, dok je Amber putovala Azijom i Australijom pre nego što je u Londonu upisala poslovne studije i studije marketinga. Dok je Rubi dolazila kući kad god može, Amber nije imala običaj da dolazi o praznicima ako je mogla to da izbegne. Fern su obe nedostajale, ali svakako joj je nedostajao lagodan odnos koji je nekada imala sa Amber. Ceo Fernin život u odraslom dobu vrteo se oko njih, te joj je i dalje bilo neobično da treba da misli samo na sebe i Pola, iako je on često bio van kuće, te se uglavnom sama vrzmala po njihovoj kući za koju su naporno radili gradeći Polov posao od nule.

Stela će se takođe vratiti u praznu kuću, iako bi Džejkob obično bio tamo. On je još bio kod oca, a Stela je trebalo da ode po njega sutra posle nastave. Njena kuća bar nije bila sasvim prazna. Ostalo joj je još nekoliko godina pre nego što Džejkob napusti gnezdo.

Još jednom ju je pogodila bolna ljubomora kad su joj se misli vratile Steli. Da li je zaista prirodno osećati zavist zbog sreće najbolje prijateljice? Njihovo prijateljstvo je preživelo do njihovog odraslog doba, i nastavile su da podržavaju jedna drugu kao mlade majke. Iako je Pol ostao uz nju kad je u osamnaestoj zatrudnela sa Amber i Rubi, Stela je bila ta na čiju se emocionalnu podršku oslanjala dok su se borile s roditeljstvom. Stela je bila ona za koju je znala da će uvek biti uz nju. Bila je presrećna zbog njenog dobitka. Ljubomora je savršeno uobičajena reakcija i neće biti ozlojeđena na Stelu zbog tog srećnog slučaja. Ona je to potpuno zaslužila.

Fern je upalila svetlo u kuhinji. Srce joj se steglo. Juče ujutru je izašla iz kuće, a prljavi tanjiri, činije i šolje već su se nagomilali u sudoperi. Vekna hleba ostavljena je sa strane, mrva je bilo svuda po radnoj površini. Na šporetu je bio tiganj sa užeglom masnoćom. Vonj hladne slanine lebdeo je u vazduhu. Nabrala je nos i otvorila mašinu za sudove. Prazna, kakvu ju je ostavila.

Poslala je poruku Polu.

Bezbedno stigla kući. Mnogo ti hvala što si mi ostavio sudove...

Verovatno neće ni pogledati telefon ako je izašao sa svojim prijateljima. Verovatno neće ni shvatiti njen sarkazam. Pretpostavila je da je on u pabu. Uveče bi obično nekud otišao – na fudbal ili u teretanu. Znala je da će ostaviti nered, ali znala je i da ga neće raščistiti kad se vrati kući, već će ujutru otići pravo na posao, tako da će na kraju ionako ona morati to da uradi. Mrsko joj je bilo da ujutru silazi u nesređenu kuhinju.

Fern je napunila mašinu za sudove i počela da pere ono što je ostalo. Zagledala se kroz prozor u baštu. Kuhinja je bacala taman toliko svetla da može da vidi deo ispred kuće. Bio je siv, grozan januarski dan, ali to joj nije smetalo u toploti banje. Osećala se kao u snu dok su joj ulje slatkastog mirisa utrljavali u bolna ramena, dok je plivala u toploj vodi spoljašnjeg bazena i plutala na leđima zureći u olovnosivo nebo. Bilo je to pravo uživanje i nešto što Fern inače nije radila jer bi morala da uštedi za to, ili da traži od Pola da joj plati. Mogla je samo da sanja o finansijskoj nezavisnosti kakvu Stela sad ima. Ali nije samo finansijska nezavisnost ono što joj je bilo na umu, bila je to zamisao o bilo kakvoj slobodi.

Poznato stezanje u grudima vratilo ju je u stvarnost; u čamotinju stvarnog života. Duboko je udahnula, skinula gumene rukavice i obrisala nekoliko sudova koji su stajali na dasci za sušenje.

Ako bude razumna s novcem, Stela više neće morati da radi. Mogućnosti su bile beskrajne, mada je postojalo i minsko polje u vidu dva bivša muža, njihovih roditelja, da i ne pominje rodbinu i prijatelje. Fern čak nije bila sigurna ni da bi volela da osvoji toliko novca i da ima tako zbrkan ljubavni život kao Stela. Na kraju krajeva, ona je s Polom od njihove sedamnaeste godine, više od dve decenije.

Ulazna vrata su se zalupila. Ključevi su pali na pod. Pol je opsovao. Nije morala ni da ga vidi da bi zaključila da je pijan.

– Fern, dušo?

– U kuhinji sam! – Uzdahnula je i završila s brisanjem radne površine.

– Nisam znao da ćeš biti još budna. – Prikrao joj se pa je obujmio rukama. Vonjao je na pivo i cigarete.

18

– Zdravo i tebi. – Izmigoljila se iz njegovog zagrljaja. Poslednje što je želela bilo je da započne svađu, te je odlučila da ne ističe da je raščistila njegov nered, ali nije bila raspoložena ni za njegove pijane ludorije. – Upravo sam se spremala da legnem. Hoćeš kafu da se otrezniš?

– Jok, dobro sam.

Izvila je obrvu ali ništa nije rekla. On je taj kome će ujutru biti teško. Izgledao je kao da jedva drži oči otvorene, a brada mu je bila obrasla bar dvodnevnim čekinjama. Verovatno je i prethodne večeri izašao. Uprkos umoru, obasjao ju je vragolastim osmehom. I posle dvadeset godina zadržao je privlačnost mladića.

– Jesi li lepo proveo veče? – upitala ga je, malo smekšavši.

– Mirno, s Gazom i Martinom. – Sipao je sebi čašu vode. – Idi ti; stižem ja za minut.

– Ne zaboravi da ugasiš svetlo. – Izašla je iz kuhinje, uzela svoju torbu iz hodnika pa se popela na sprat.

Otkako su devojke otišle, njihova četvorosobna kuća bila je prevelika. Sindrom praznog gnezda bio je neobična stara boljka. Osećala se kao da se vrzma bez stvarnog cilja, iako je, sudeći po ovom večeras bilo jasno da treba da brine o nedoraslom muškarcu. Ako se izuzme sasvim kratka čarolija kad je napunila osamnaest godina, nikad nije spoznala bezbrižno odraslo doba, a sad kad je imala vremena da se usredsredi na sebe i ono što želi da radi, bila je potpuno izgubljena.

Živela je za devojčice, ali više im nije bila potrebna. Postale su odrasle žene, sa sopstvenim nadama i snovima. Bila je bliska s Rubi, i često su razmenjivale poruke, ali sa Amber je bila druga priča, kao da joj se obraćala samo kad joj nešto treba.

Fern je uzdahnula. Kako još nije isplanirala odmor s Polom, luksuzno letovanje sa Stelom na kojem će proslaviti svoj četrdeseti rođendan trebalo bi da bude nešto čemu će se istinski radovati, kao i vremenu sa Amber i Rubi. Možda će to biti način da se ponovo zbliži sa Amber i shvati zašto je njihov odnos postao tako zategnut. I ne samo njihov; tako je bilo i s Polom. Amber je i s njim bila jednako nadurena i uzdržana proteklih osamnaest meseci, i Fern nije znala šta su uradili da je uznemire.

Skinula se i obukla pidžamu. Koža joj je još bila glatka i meka posle vikenda u banji. Raspakovala je vreću s rubljem za pranje i otišla u kupatilo. Častila je sebe skupim mlekom za čišćenje, koje je upotrebila da ukloni ono malo šminke što je imala.

Pol je dotrupkao na sprat. Vrata kupatila su se otvorila udarivši o zid. Zarežao je.

Zašto je mislio da je pametno olešiti se u nedelju uveče, nije joj bilo jasno. U kupatilskom ogledalu ga je uhvatila kako joj se smeška sa otvorenih vrata. Bacila je prljavi tupfer u korpu.

On se dogegao do nje zavukavši joj ruku ispod gornjeg dela pidžame i njušeći joj vrat. – Mirišeš primamljivo.

– Zato što sam ceo vikend ugađala sebi.

– O da, sranje. Umalo da zaboravim. – Zacerekao se.

Ne umalo, Fern je pomislila, *nego si zaboravio*. Njegov pićem pomućeni um sprečavao ga je da hoda pravo, a kamoli da se seća gde je ona bila proteklih trideset šest sati.

– Jesi li se zabavila? – Produžio je rukom, našavši njene nage dojke i stegavši ih.

Namrštila mu se u ogledalu. On joj se zauzvrat osmehnuo.

– Jesam – rekla je. Napokon ju je milovao umesto da je steže. – Bilo je veoma zabavno i opuštajuće, upravo ono što mi je trebalo. Kao i Steli.

– Aha.

Znala je da je zapravo ne sluša.

– Dođi u krevet – rekao je, sklonivši ruke.

– Dolazim za minut.

Nestao je u sobi. Čula ga je kako skakuće unaokolo, pokušavaju-ći da skine farmerke. Znala je da će je ujutru dočekati gomila prljave odeće koju će morati da opere.

Fern je istisnula zubnu pastu na četkicu i počela da pere zube. Bilo je teško sakriti tajnu od njenog muža. Mada večeras nije bio u stanju da je sluša. Dobitak na lotou bio je ogromna novost, posebno s obzirom na to da je Pol Stelu poznavao koliko i Fern. Njih troje su odrasli zajedno; prebrzo u Polovom i Ferninom slučaju. A on je večeras izgleda bio s Garijem, Stelinim prvim mužem. Poznavao je obojicu njenih bivših: Kloinog oca Garija i Džejkobovog oca Roda. Stela joj je jasno stavila do znanja da ne želi da ijedan od njih dvojice sazna za njen dobitak na lotou, zato bi bilo najbolje da ni Pol ne zna. Nema izgleda da bi on mogao da sačuva za sebe takvu vest. A ona će poštovati želju svoje prijateljice.

– Stela je pozvala mene i devojke na odmor s njom, i tebe ako budeš mogao da odvojiš nekoliko dana na kraju – doviknula je Stela iz kupatila. Ispljunula je u umivaonik, isprala četkicu pa je odložila. – Rana proslava četrdesetog rođendana. Nemaš ništa protiv? Ona časti od bonusa koji je dobila na poslu... – Glas joj je zamro kad je izašla iz kupatila i zatekla Pola naslonjenog na krevetu, zatvorenih očiju i širom otvorenih usta; nepravilno hrkanje govorilo joj je da je zaspao tvrdim snom.

Fern je uzdahnula i skliznula u krevet pored njega. Uspeo je da skine majicu, ali ostao je samo u bokserjicama. Nije znala da li ju je uznemirilo ili joj je laknulo što je zaspao i što seks više ne dolazi u obzir. Razgovor o odmoru na Kapriju takođe će morati da sačeka.

Okrenula mu je leđa i sklupčala se ispod pokrivača, zagrlivši jastuk. Noću su joj, u tamnoj tišini njihovog porodičnog doma, misli lutale a nezadovoljstvo se prikradalo, puneći joj glavu zabrinutošću i strepnjom. Donedavno je često plakala dok ne zaspi a da pojma nije imala zašto, ali večeras joj je glava bila ispunjena mislima o majskom odmoru na prelepom Kapriju...

3.

STELA

I Stela se vratila u praznu kuću, ali njoj to nimalo nije smetalo. Džejkob je bio sa svojim ocem, a Kloi na fakultetu, ali ona je volela što ima vreme i prostor za sebe. Osim toga, znala je da bi mogla da ima društvo da ga želi.

Spustila je torbu u podnožje stepenica, upalila svetlo u dnevnoj sobi i spustila roletne. Kuhinja je bila besprekorno čista, kao što ju je ostavila. Napunila je čajnik pre nego što je shvatila da želi nešto jače od šolje čaja. Sipala je izdašnu količinu bejlisa u čašu pa ubacila nekoliko kocki leda.

Reći da je bila ponosna na svoju kuću i na naporan rad u proteklih nekoliko godina zahvaljujući kojem ju je priuštila, bilo bi ublažavanje. Nije to bila zasebna kuća, niti velika kao Fernina, ali bila je samo njena. Prodaja kuće koju je delila s Rodom slomila joj je srce. Ali to što je po drugi put postala samohrana majka učinilo ju je odlučnijom da sama postigne uspeh. Posle drugog razvoda je rizikovala, zamenivši svoj udoban položaj menadžera marketinga za onaj u digitalnoj kompaniji u razvoju, koja se brzo proširila na međunarodnom planu. Potpuno se usredsredila na svoje ambicije i postigla je sve što je sebi postavila kao cilj, i što joj je omogućilo da priušti sebi trosobnu dupleks kuću u lepoj ulici u Nejlsiju. Ali nije više želela da se zadovolji lepom ulicom. Nije morala. Sve će se promeniti; bila je svesna toga.

Zveckala je ledom u čaši. U protekla tri meseca prošla je kroz sva moguća osećanja i zadržati novost za sebe bilo je teško, ali ispravno. Previše je bilo ljudi koji bi smatrali da polažu pravo, previše ljudi bi dopuzalo nazad tražeći svoj deo njenog bogatstva. Takođe je bila svesna kako bi novac uticao na Kloin i Džejkobov život. Volela ih je najviše na svetu i bila beskrajno ponosna na to kakvi su mladi ljudi postali, ali nije htela da ih razmazi ili da se njihov pogled na život dramatično promeni zbog njenog novostečenog bogatstva. Osećala je težak teret odgovornosti na svojim plećima.

Posle početnog uzbuđenja, stvarnost tog dobitka izazvala je treperenje u njoj. Nije bilo lako prećutati ga prijateljima i porodici, ali to joj je ostavilo vremena da bez uticaja drugih promisli o razmerama tog događaja. Mogla je samo da zamisli kako bi je svi savetovali govoreći joj kako *oni* misle da treba da potroši svoj novac. Kloi je već pričala o novoj kući – nekoj s bazenom. Stela je bezmalo mogla da čuje priču o kupovini odeće, odlasku na odmor i otplaćivanju studentskog kredita. Naravno, mogla je da bude malo nepromišljena, ali morala je da bude oprezna i pažljiva i da uloži u svoju budućnost. Trebalo je da taj dobitak pozitivno utiče na Kloi i Džejkoba, i to je bila Stelina najveća briga.

Nije bila sigurna koliko će dugo Kloi uspeti da čuva tajnu o dobitku na lotou. Fern je mogla potpuno da veruje. Nije morala da brine da će ona reći Polu. Kako je Fern mogla toliko dugo da ostane zaglavljena u braku s Polom, nije joj bilo jasno. Ugrizla se za usnu i zagledala se preko mračne bašte. Stela je znala zašto, zato što Fern pojma nije imala o tome šta Pol radi, a ako je i znala, dobro je to krila. Izgledala je dovoljno srećno da bi se zadovoljila svojom sudbinom. Pravila je ogromne kompromise, možda na račun svoje sreće a zarad sreće svoje porodice. Stela joj se delimično divila zbog toga, ali istovremeno ju je sažaljevala.

Dve nedelje na Kapriju, uz proslavu njihovih rođendana, biće vrhunac za obe, istinski sunčev sjaj u njihovom životu, prilika da ponovo pronađu sebe i zajedno provedu vreme kako treba. Stela je često zvala Fern u Bristol s prijateljima s posla, ali Fern bi uvek odbila, uz izgovor da nije više zainteresovana za obilazak klubova. Stela je razumela da je ona u braku, ali malo provoda nikome ne može da naudi. Uostalom, i Pol je izlazio i zabavljao se.

Stela je bila svesna razlika u njihovom životu; Fern je pola života u braku s decom, dok je ona ponovo bila slobodna i u najvećoj meri koristila svoju slobodu. To je upravo ono što je imala: slobodu. Fernin život je godinama... bezbojan. Stela je želela da učini sve što je u njenoj moći da vrati u njega zabavu i iskru. Odmor će im svima prijati. Bilo je to najmanje što je mogla da učini ne bi li svojoj prijateljici omogućila da uživa. Pol je sigurno neće odbiti; ne bi se usudio. Ako bude imao primedbi, porazgovaraće s njim. Nije u prilici da odbije. Vreme je da uradi nešto lepo za Fern.

Stela je strusila bejlis i uključila telefon. Namerno ga je držala isključenog preko vikenda. Džejkob je bio sa svojim ocem, i u trinaestoj godini zaista nije želeo da ga ona zove pre spavanja kako bi mu poželela laku noć. Imala je propušten poziv od Tjerija, momka s kojim se nekoliko puta videla u gradu. Ćaskali su, malo se ljubili, razmenili brojeve, a on je otad juri kako bi zakazali pravi sastanak. Dobila je i poruku od Roda i svojih koleginica Eni i Luize. Bile su dobre prijateljice, ali njih nije poznavala toliko dugo koliko je poznavala Fern.

Vikend u banji nije joj služio samo da napokon kaže Fern za dobitak na lotou već i da stvarno provede malo vremena s njom. Bile su prijateljice skoro tri decenije, životi su im na mnogo načina bili isprepleteni. Živele su blizu jedna drugoj, a kako su devojčice bile sličnog uzrasta i išle u istu školu, nikad se nisu ni razdvojile. I ona i Fern su imale zategnut odnos sa svojim porodicama, što je njihovu vezu dodatno osnažilo. Uvek su bile tu jedna za drugu.

Ta pomisao joj je ostavila gorak ukus u ustima, jer je bila svesna šta je uradila. Stela je odbacila tu neprijatnu misao, stavila praznu čašu od bejlisa u mašinu pa ugasila svetlo u kuhinji. Bilo je previše kasno da bi sedela i gledala gluposti na TV-u.

Odvukla je torbu na sprat i raspakovala je. Veliki bračni krevet izgledao je privlačno, ali usamljenički. Nije joj nužno trebalo društvo, ali pošto Džejkob još jednu noć provodi kod oca i nema potrebe da ujutru pre posla jurca do škole, nije morala rano da legne, kao što je imala običaj nedeljom uveče. Tjeri nije baš bio muškarac lep do bola, kakvom se nadala na Kapriju, ali nije bio ni loš. Nije sumnjala da bi joj, pruži li mu priliku, sa zadovoljstvom ugrejao krevet. Uvek postoji mogućnost i za telefonski seks. Mogla bi da zažmuri i sluša njegov seksi francuski glas, dubok i melodičan.

Pritisnula je njegov broj i pustila da zvoni.

* * *

Steli je bilo drago što je tokom dugih jednoličnih januarskih dana mogla da se usredsredi na planiranje odmora i zajedničke proslave rođendana. Kloi je bila veoma uzbuđena i nepokolebljiva u tome da je u redu da propusti dve nedelje predavanja, rekavši: – Tek sam na prvoj godini, pa ionako nemam mnogo predavanja.

Stela je napravila *votsap* grupu nazvanu „Kapri, bejbi!“, pa obelodanila Amber i Rubi da je dobila na lotou i da će ići na odmor. Verovala je Rubi više nego Amber i Kloi – od njih tri, Rubi je uvek bila najozbiljnija, najrazumnija i najvrednija.

Nije ni čudo što je Rubi odbila ponudu za odmor, zato što je zamenjivala jednu medicinsku sestru, ali Stela ju je naterala da joj obeća da će doći na nekoliko dana na rođendansku proslavu pre isteka dve nedelje.

Kao što je Fern i predvidela, Amber je zgrabila priliku da ode na plaćeni odmor – bez obzira na to da li je mogla da odvoji vreme za to na svojim poslovnim studijama – njoj je bilo važnije da se na fakultetu zabavi nego da marljivo uči. Stela je nimalo nije krivila. Bila je sigurna da bi se Fern isto tako ponašala da su se stvari drugačije odvijale, i da po upisu na fakultet nije otkrila da je u drugom stanju.

Džejkob je ionako trebalo da provede odmor na polugodištu s tatom, a Rod je bio više nego zadovoljan što može da provede s njim dodatnu nedelju. Začudo, nije se bunio kad je Stela ponudila da plati njihov let kako bi joj se pridružili pred kraj odmora. A kad je Fern pitala Pola da li bi došao na Kapri s Rubi da provedu tih nekoliko dana zajedno, on je, na Stelino olakšanje, odbio zbog poslovnih obaveza. Najveći deo tog dvonedeljnog odmora Stela će provesti samo s devojkama, za čime je žudela. Jedva je čekala.

4.

FERN

Ledena, tužna zima preobrazila se u proleće, koje je sa sobom donelo ubrzane aktivnosti u pripremama za odmor na Kapriju. Stela je sve organizovala, od rezervacije letova i smeštaja do obaveštavanja Fern i devojaka preko njihove *votsap* grupe.

Fern je uporedo planirala zajednički rođendan, ali kako je ona punila četrdeset tek u julu, želela je da fokus proslave na Kapriju bude na Steli. Budući da je Stela platila odmor, mučila se razmišljajući šta da joj kupi za rođendan. Fern nije imala veliku ušteđevinu, a nije htela da traži novac od Pola, naročito zato što je želela da to bude nešto posebno, samo od nje. Na kraju je, uštedevši malo dodatnog novca, kupila dve stvari: srebrnu narukvicu prijateljstva koju će dati Steli za njen rođendan na Kapriju i šareni plakat poznatih bristolskih prizora, rad lokalnog umetnika, koji će joj dati kad se budu vratile. Nadala se da će to Stelu podsetiti na sve ono što su zajedno radile i na srećna vremena koja su godinama delile: kad su vodile devojčice i Džejkoba na Međunarodni bristolski festival balona, jele ribu s pomfritom na krstarenju *Metjuom* povodom venčanja prijatelja i davne uspomene na pijane noći u luci. Savršeno bi bilo da je sama nešto napravila, ali nije stvarno slikala od tinejdžerskih dana. Njena želja da se upiše na neke kreativne studije, na primer grafičkog dizajna, čemu se nekada nadala, sad je bila samo davni san, a njena strast prema umetnosti smanjila se s godinama, zajedno s njenim samopouzdanjem.

Početkom maja, počelo je odbrojavanje do četrnaestog, a Fernino uzbuđenje bilo je izmešano s krivicom zato što će Pol raditi dok se ona bude zabavljala. Znala je da ne bi trebalo tako da razmišlja, pa ipak...

– Jesi li potpuno siguran da ti ne smeta što ću se ja zabavljati dve nedelje? – pitala ga je Fern za doručkom.

– Naravno. – Pogledao ju je preko kuhinjskog stola s parčetom tosta u ruci i šoljom čaja u drugoj. – Ali Steli baš dobro ide.

– Da, ide joj – mirno je odvratila Fern. Nije joj bilo prijatno što ne može da kaže Polu istinu, posebno sad kad su devojke znale. – Moći ćeš sâm?

Slegnuo je ramenima. – Uglavnom ću raditi.

– Zamrzivač je pun, skuvala sam mnogo čilija. Ima i nekoliko vrsta karija. Raspored za iznošenje smeća ti je okačen na frižider, a sve što je važno obeležila sam na kalendaru.

– Hvala, ljubavi.

– I bilo bi sjajno kad bi mogao da odvezeš Rubi na aerodrom dvadeset sedmog da ne bi išla taksijem. Znam da je let mnogo rano.

– U redu je, bez brige. – Ispio je čaj, spustio svoju šolju i tanjir pored sudopere pa izašao prethodno je poljubivši u obraz.

Nedelju dana pre polaska uzbuđenje je poraslo kad ih je Stela zagolicala postavivši na njihovoj *votsap* grupi nekoliko slika svetlucavog bazena i terase vile u kojoj će odsesti, okupanih suncem. Zakazana su šišanja i depilacije, a Pol je rekao Fern da časti sebe novim bikinijem i s nešto letnje odeće. Kad je došlo vreme za odmor, Fern je shvatila da dugo nije bila tako optimistična i raspoložena.

Na dan polaska Fern se probudila pre nego što se budilnik oglasio, uzbuđena i obuzeta nemirom od kojeg joj se grčilo u stomaku. Pol je hrkao pored nje, samo u boksericama, sa svučenim pokrivačem. Ležala je pored njega gledajući ga neko vreme, razmišljajući da li da mu provuče prste kroz malje na grudima, da ga poljupcem probudi radi jutarnjeg seksa. Možda bi to nekad davno i uradila. Nije mogla da se seti ni kad je on nju poslednji put tako probudio. Kad su devojčice stasale, a naročito sad kad su van kuće, imali su više vremena i prilika za te stvari, da povrate iskru u svoj brak, ali

Fern nije imala nimalo želje i nije bila sigurna zašto. Ustala je iz kreveta i otišla u kupatilo da se spremi.

Amber je došla kući dan ranije te je Fern, pošto se istuširala, pokucala na vrata njene sobe kako bi se uverila da se i ona probudila.

Pol je morao rano da ode na posao. Pozdravio se sa Amber i poljubio Fern. Bilo je to čudno; navikla je da on mnogo radi, da se kasno vraća kući, a kad su devojke bile mlađe putovala je s njima na produžen vikend, kao što je i Pol provodio vikende sa svojim prijateljima, ali nikad nisu bili dve nedelje odvojeni. Fern ga je privukla uza se i čvrsto ga zagrlila. On joj je uzvratio zagrljajem i nasmejao se.

– Baš si šašava, ideš samo na dve nedelje, lepo se provedi. – I to je bilo sve, izašao je na prednja vrata ne osvrnuvši se.

Fern se popela u njihovu sobu da još jednom proveri da li je sve ponela. Osećala se luckasto zbog nesigurnosti koja ju je obuzela pred putovanje bez njega. Biće to samo dve nedelje. Uostalom, neće ni imati vremena da oseti kako joj nedostaje. Na sredini sobe je zastala, pogođena jednom mišlju. Da li će joj zaista nedostajati? Primetila je da je stalno mrzovoljna zbog Pola, sve su to bile sitnice, ali mnogo sitnica je preraslo u veliki problem. On je uvek bio previše zauzet da bi razgovarali. Kao da nikad nije bilo zgodno da ona iznese svoje brige i uznemiri ga, jer je znala da bi ga to poremetilo.

– Mama! Da nemaš rezervnu pastu za zube da je spakuješ za mene? – Amberin glas dopro je odozdo, prenuvši je iz briga.

– Proveriću! – odvratila je Fern.

Pretražila je ormarić ispod umivaonika i našla još jednu zubnu pastu. Zatvorila je vrata kupatila i još jednom pogledala po spavaćoj sobi. Bila je sigurna da posteljina neće biti promenjena i da krevet neće biti namešten do njenog povratka.

Uzdahnula je i strčala niza stepenice da se pridruži Amber i sačeka Stelu. Pri pogledu na njihove kofere i torbe poređane u hodniku, ponovo su je obuzeli uzbuđenje i iščekivanje.

Amber je čekala u prednjoj sobi, oslonjena na bočni naslon sofe, prebirajući po mobilnom.

Fern je pogledala na sat. – Stela i Kloi će uskoro stići. Sigurna si da si sve ponela?

– Jesam, mama. – Ton joj je bio leden.

– Samo proveravam jer si mi već nešto tražila. – Fern je uzdahnula pruživši joj pastu za zube. Nije želela da se oseća kao da mora da hoda na prstima oko Amber. Nadala se da će ih taj odmor zbližiti, ali s obzirom na Amberinu hladnoću prema njoj i Polu otkako je dan ranije došla kući, nije bila optimista.

Amber je, po Ferninom mišljenju, više bila obučena za veče nego za dugo putovanje. Mada je, pošteno govoreći, s gomilom narukvica na ruci, zlatnim sandalama, kratkom suknjom i topom koji joj je otkrivao vitku liniju, izgledala spremna za dan u kupovini na Kapriju. Šminka joj je bila besprekorna, a duga plava kosa razbarušena. Fern se opredelila za udobnost umesto za stil, za uske kapri pantalone i bledoplavu bluzu kratkih rukava. Izgledala je i osećala se veoma sredovečno dok je zurila u svoju vitku i blistavu odraslu ćerku.

Gume su zaškripale na prilazu posutom šljunkom. Amber je zatvorila svoj telefon pa otrčala na prednja vrata i otvorila ih. Fern je pošla za njom te su obe stajale na pragu kad je taksi stao a Stela izašla mašući. Fern se pokunjila kad je shvatila da je potpuno promašila u svom odabiru odeće. Stela je izgledala i letnje i blistavo u maksi-suknji s leopard-šarom i crnom topu s napuštenim rukavima koji je otkrivao njene preplanule ruke. Fern je bila prilično sigurna da je cela ta kombinacija potpuno nova i da je preplanulost ona iz bočice, ali nije mogla poreći da Stela dobro izgleda.

Amber je uzbuđeno zacičala kad je dočekala Kloi na stazi, što je samo naglasilo njenu hladnoću prema Fern. Ponovo je uzdahnula. Kloi je izgledala kao tipična osamnaestogodišnjakinja u farmerkama s niskim strukom i uskoj majici s logotipom koji Fern nije bio poznat.

Stela je prišla Fern i zagrlila je. – Izgledaš fantastično.

– I ti. – Amber i Kloi su i dalje oduševljeno cičale, ali Fern je morala priznati da je jednako uzbuđena. Stegla je Stelu za ruku. – Toliko dugo sam se radovala ovome.

– A ja ne mogu da verujem da napokon idemo! – Stela će ozareno. – Dobro, svi su sve poneli? Idemo!

* * *

Stela je rezervisala Aspajer salon na bristolskom aerodromu, te su se posle predaje prtljaga i prolaska kroz bezbednosnu proveru, udobno smestile sa čašom šampanjca i bacile se na besplatno dansko pecivo. Dok su Fern i Stela prelistavale časopise i ćaskale, devojke su otišle u fri-šop. Iskoristile su dozvoljenu težinu prtljaga, a Amberin ručni prtljag imao je nemalog udela u ukupnoj težini; Fern nije imala pojma kako će vući i ono što bude kupila u fri-šopu.

Bila je tek sredina prepodneva kad su se smestile u avion. Nekako su uspele da spakuju svoje torbe i rance u iznad i ispod sedišta. Amber i Kloi su sedele jedna pored druge, tačno ispred Fern i Stele. Fern ih je čula kako se kikoću i čavrljaju kao navijene. Obe su bile plavokose i sa svega nekoliko godina razlike među njima neko bi lako mogao pomisliti da su sestre. Iako su Amber i Rubi bile identične bliznakinje, činilo se da ne mogu biti različitije, a Amber se uvek bolje slagala s Kloi.

Let iz Bristola nije bio luksuzan s obzirom na niskobudžetnu liniju, ali to svakako nikog nije oneraspoložilo. Fern se zavalila u svom sedištu, pokušavajući da se otrese svakodnevnih briga. Zaputile su se u Napulj, grad poznat po pici, Vezuvu i ozloglašenim džeparošima – Fern je obavila istraživanje. Ali videće ga samo nakratko na putu sa aerodroma ka luci i hidrogliseru za Kapri. Naredne dve nedelje može da zaboravi na sve i uživa u plaćenom odmoru, vremenu koje će provesti sa svojom najboljom prijateljicom i njihovim ćerkama. Osveženje i podmlađivanje – to je ono što joj je potrebno – baš kao onaj vikend u banji.

Avion je uzleteo, propevši se. Fern se uhvatila za naslone za ruke i podigla ih, panika je popustila tek kad su dostigli visinu na kojoj se vratio u vodoravan položaj. Otkad se ona plaši letenja?

Aerodrom i siv, sparan dan ostali su iza njih kad su stigli do Bristolskog kanala, a beli lebdeći oblaci iskrivili pogled na Klivedon pir dok su skretali ka Portishedu, a zatim ka Kapriju.

Uskoro su ostavili Englesku iza sebe, a prišla je stjuardesa s kolicima sa osveženjem.

Stela je kucnula svojom malom bocom proseka o Ferninu i potegla pravo iz nje. – Planiram da se zabavim koliko god mogu na ovom odmoru.

Kloi je zastenjala na svom sedištu ispred njih. Fern je zamislila kako ona i Amber prevrću očima.

Fern je popila u to ime. I ona je planirala da se zabavi, ali verovatno ne baš na isti način kao njena neudata i odnedavno bogata najbolja prijateljica.

– Iskreno – tiše je dodala Stela – osećam da nam je ovo poslednja prilika da nadoknadimo izgubljeno vreme. Ne žalim što sam mlada dobila Kloi, i sigurna sam da ni ti ni za šta na svetu ne bi dala bliznakinje, ali obe smo svašta propustile.

– Čak i da nisam zatrudnela u osamnaestoj, ne bismo imale ovakav odmor.

– Da, da, znam. Verovatno bismo obilazile klubove na Ibici, ili bismo upale u gomilu neprilika u Magalufu. Tako da je iz mnogo razloga ovako ispalo najbolje. – Stela je pijuckala svoj proseko. – Još smo dovoljno mlade da uživamo u svim čarima koje Kapri ima da ponudi. – Pogledala je u Fern sa znalačkim osmehom.

– Ne tražiš ljubav, zar ne? – upitala je Fern.

– Bože, ne. Završila sam s vezama i svim tim. Poslednje što želim jeste da s nekim delim ono što imam. Osećanja, razmišljanja... – Namignula je i grleno se zakikotala. – Ali iskreno, Fern, ovo je *naše* vreme. Zaboravi na naš život kod kuće: na bivše, na muževe, muškarce uopšte. Zaslužujemo ovo. Ti zaslužuješ pauzu kako bi napokon mislila na sebe umesto na nekog drugog.

Fern to nije mogla da porekne. Vreme je prohujalo. Teško je bilo shvatiti da su dve decenije proletele za tren. Za osamnaestogodišnjake je čovek u četrdesetim starac, ipak, ona je još tu, blizu rođendana koji označava prekretnicu. Nije joj smetalo što stari – u mnogo čemu joj je bilo prijatnije sad nego kad je bila u dvadesetim, posle porođaja, ali osećala se kao da je nosi struja, kao da nije sigurna u svoje mesto u svetu. Mnogo toga je trebalo da dokuči.

Sletele su u Napulj i s obzirom na sav njihov prtljag, Fern je laknulo što je Stela rezervisala privatni prevoz do luke. Njihov vozač, Fabricio, dočekao ih je s jednim veselim *buongiorno* i blistavim osmehom, a čak i uz užurban svet koji se slivao sa aerodroma u toplo i sunčano majsko popodne, Fern je prepoznala usporavanje ritma i osetila leptiriće u stomaku.

S torbama i koferima bezbedno smeštenim u uredan minibus, pošli su. Fern se čvrsto držala za naslon prednjeg sedišta dok su jurili putem, pretičući ostala vozila, a Fabricio se probijao kroz gužvu ujedno vičući u telefon na nerazumljivom italijanskom.

– Moja žena je trudna – doviknuo je preko ramena objašnjavajući. – Hoće sladoled. Stalno sladoled.

Fern se sva ukočila. Primetila je i da se i Amber i Kloi drže kao da im život od toga zavisi. Stela je izgledala napeto, njeno blago preplanulo lice bilo je zgrčeno i namršteno. Kombinacija proseka u avionu, vlažnosti, gužve, buke automobila koji su trubili i škripali kočnicama uzbuđivali su Fern, ali je i činili nestrpljivom da stigne na odredište i dve nedelje uživa, ne morajući ništa da radi, da sređuje kuću ili da bude s Polom. Osetila je ubod krivice na tu pomisao. Ugađati sebi bila je retkost, a boraviti u Italiji upravo je to, potpun i nenadmašan ugođaj. Sve zahvaljujući Steli.

Svima im je laknulo kad su stigle žive i zdrave, a Fabricio istovario prtljag. Uz njegovu pomoć, odvukle su kofere do doka Beverela u potrazi za rezervisanim hidrogliserom za četrdesetpetominutno putovanje do Kaprija.

Fern je načas zastala, udahnuvši nakon vrtoglave vožnje. Blago sunce grejalo joj je ramena, a glasovi su posipali vazduh italijanskim i engleskim. Tamo negde, iza hidroglisera koji su se ređali uz dok i preko svetlucavog mora, bilo je njihovo odredište: predivno ostrvo Kapri.

Pošto su zahvalile Fabriciju i bezbedno smestile prtljag, Fern je napokon mogla da se opusti. I opustile su se za malim šankom, sa espresom i kornetom, italijanskim pecivom koje je izgledalo kao mali kroasani. Hidrogliser je napustio luku presecajući neverovatno plavu vodu Napuljskog zaliva i ostavljajući iza sebe grad i Vezuv koji se isticao iznad njega. Iako je bila očarana pomišlju da poseti Pompeju i vidi ono što je vulkanska erupcija sačuvala iz rimskog doba, Fern je bilo veoma drago što odlaze iz buke i ludila Napulja.

Fern je osećala kako joj se u stomaku komeša iako je more bilo daleko od uzburkanog. Ostavila je ostale u delu s barom i našla prazno sedište. Disala je polako i ujednačeno, želeći da mučnina prestane.

– Jeste li dobro?

Glas do nje učinio je da shvati da žmuri. Otvorila je oči i pogledala nalevo.

Starija žena koja je sedela na kraju reda imala je srdačno, predusretljivo lice rumenih obraza i dubokih bora „smejalica". Pramenovi sede kose pobegli su joj ispod cvetne marame, a ruke su joj bile sastavljene na tašni u krilu.

Fern se osmehnula. – Samo blaga morska bolest.

– Sigurna sam da će proći. Nije ostalo još mnogo. Je li ovo vaše prvo putovanje na Kapri? – Žena je imala iskru u oku. – Sviđa mi se da to pitam ljude i da gledam njihov izraz lica dok se približavamo ostrvu. Čarobno je.

– Jeste, zapravo prvo putovanje u Italiju, mada je ovo mesto koje sam oduvek želela da posetim. – Bilo je bolje od letovanja u kamp-prikolici na koja je išla kad su deca bila mala, kao i od nekoliko *ol inkluziv* putovanja u Španiju, jer je Pol hteo da ide samo na mesta gde će moći da gleda fudbal. – Puka je slučajnost što idemo na Kapri. Koliko sam shvatila, prilično je glamurozno ostrvo i posećuju ga bogati i slavni.

– O, svakako je glamurozno, ali ima i sasvim drugačiju stranu. To je tako lepo i uzbudljivo mesto. Sviđa mi se.

– Znači da ste i raniji bili?

Žena je klimnula glavom. – Nekoliko puta tokom mnogo godina, da. – Ispružila je ruku. – Inače, ja sam Idit.

– Fern – odvratila je, stisnuvši Idit ruku.

– Kako divno ime.

– Hvala vam. Mrzela sam ga kad sam bila mala, ali sam ga s godinama zavolela.

– Mislim da su imena nadahnuta prirodom divna.[1] Da sam imala decu, rado bih ih nazvala River, Rouan, Klementajn ili Oušn.[2]

_____

[1] Fern je na engleskom paprat. (Prim. prev.)

[2] Engl.: reka, oskoruša, klementina, okean. (Prim. prev.)

– Zakikotala se. – Mrzeli bi me zbog toga, sigurna sam, tako da je bolje što ih nisam imala.

Fern nije bila sigurna da li je u njenom glasu bilo nagoveštaja žaljenja ili ne. – Moje ćerke se zovu Rubi i Amber,[3] tako da su im imena usklađena s mojim, ali su lepša, rekla bih.

– Svakako jesu. Predivna imena.

– Idete li na Kapri na odmor, ili samo na kratko putovanje?

– Biću ovde dve nedelje u umetničkoj koloniji.

– Zaista? To zvuči divno.

– I vi ste umetnica?

– O, zaboga, ne. Ali sviđa mi se pomisao na to da se neko povuče i bude kreativan.

Idit je zamišljeno klimnula glavom. – Ovde ste s porodicom?

– S jednom od svojih ćerki, i s najboljom prijateljicom i njenom ćerkom. Odmor na koji se ide jednom u životu, bar za mene. Vi putujete sami?

– Da – odgovorila je Idit. – Trebalo je da pođe i moja prijateljica, ali nešto je iskrslo u poslednjem trenutku, tako da sam sama. – Osmehnula se, ali osmeh joj je izgledao usiljeno.

– Žao mi je.

– Neka vam ne bude, ne bih ovo propustila ni za šta na svetu. Odavno se radujem ovome. Zaljubljena sam u Italiju – jednog dana ću skupiti hrabrost i preseliti se ovamo. Rekla sam da ću to uraditi kad se budem penzionisala, a sad, deset godina kasnije, i dalje odlažem. Odmor jednom godišnje pomaže mi da nastavim.

– Samo na Kapriju?

– Bila sam svugde, ali Kapri i Amalfitanska obala uvek me teraju da im se vratim. Bila sam nekoliko puta u ovoj koloniji, i jednostavno je čarobno. Zaklela sam se da ću ponovo doći, i evo me. Dve nedelje udubljena u crtanje i slikanje s veoma nesebičnim domaćinom, luksuznim smeštajem, divnim pogledom, raskošnom hranom... – Osmehnula se. – Možete da zamislite.

– Zvuči neverovatno.

---

[3] Engl.: rubin i ćilibar. (Prim. prev.)

– I jeste. – Pogledala je u Fern nabrana čela. – Ima jedna plaćena soba, ako vam se dopada... – Odmahnula je glavom. – Bože, ovde ste sa ćerkom i prijateljicom, baš šašavo od mene što sam to uopšte predložila.

– Nije nimalo šašavo, to je neverovatno ljubazna ponuda. Oberučke bih je prihvatila, ali kao što ste rekli, došla sam s prijateljicom i našim ćerkama.

– Jasno mi je, ali više ste nego dobrodošli na jedan dan, ili čak da prenoćite ako biste da radite nešto drugačije od uobičajenog obilaska. Kao i vaša ćerka. Bilo bi šteta da se mesto moje prijateljice protraći. Kolonija se zove *Umetnička kolonija u Anakapriju*, u slučaju da vas zanima. Zadovoljavaju sve nivoe iskustva, verujte mi.

Fern se prilično svidela zamisao da malo napne svoje kreativne mišiće. Odavno nije crtala ni slikala. Nedostajalo joj je to. Aranžiranje izloga na poslu bilo je najkreativnije što je u poslednje vreme radila. Srdačno se osmehnula Idit, shvativši da je mučnina prestala. – Zaista ljubazno od vas; imaću to na umu.

Idit je petljala po tašni, a onda je izvadila novčanik i pružila joj vizitkartu. – Ostaci iz vremena kad sam bila zaposlena; tu je moj mobilni, ako budete želeli da me potražite. Bilo bi mi drago da imam društvo.

5.

FERN

Fern je razrogačila oči pri pogledu na Kapri, koji se uzdizao zelen i stenovit. Uglavnom bele građevine načičkale su strmu padinu brda koja se izvijala tamo gde je hidrogliser pristao.

Amber i Kloi su išle napred, vukući svoje kofere marinom. Fern je zastala i okrenula se da sačeka Stelu da je stigne. Iza reke turista koji su se iskrcavali, more se presijavalo sve do napuljske ravnice i vulkana što se isticao na obzorju.

Fern je uhvatila Iditin pogled i osmehnula se.

– Nadam se da ćete se divno provesti – rekla je Idit, usporivši kad je stigla do nje. – Ne zaboravite na moju ponudu. *Arivederci.*[4] – S tim rečima i mahnuvši otišla je ka Marini Grande.

Stela je napokon stigla da Fern. – S kim si to razgovarala?

– Stvarno divna žena. Trebalo je da dođe ovamo s prijateljicom, ali na kraju je došla sama. Pozvala me je u umetničku koloniju u koju ide.

Stela se nasmejala. – Ja sam zamišljala da ćemo dobiti ponudu od nekih seksi mladih Italijana, a ti si uspela da privučeš pažnju jedne starice.

Fern je odmahnula glavom. – Samo je bila fina i pričljiva. Izgleda prilično usamljeno.

Stela je produžila povevši ih do mesta gde je nosač držao tablu s njenim imenom rukom ispisanim, čekajući da uzme njihov prtljag i odveze ga u vilu.

---

[4] It.: doviđenja. (Prim. prev.)

Amber i Kloi su usput neprekidno čavrljale, ali zavladao je tajac kad su, oslobodivši se svojih kofera, sele u taksi sa otvorenim krovom koji ih je poveo od svetlucavog mora uzbrdo vijugavim putem pored vilâ sa zidanim ogradama preko kojih su padale bugenvilije. Bilo je izuzetno videti devojke opčinjene ostrvom.

Pošto ih je ostavio nedaleko od glavne pjacete na vrhu brda, ostatak su prešle peške, putem s pogledom od kojeg zastaje dah, s jedne, i vilama s kapijama skrivenim drvećem sa druge strane. Mir je bio prvo što je Fern primetila, naročito posle ludila Napulja. Očekivala je ustreptalo užurbano ostrvo ispunjeno bogatstvom koje se ogleda u njegovim prodavnicama, kafeima i barovima, pa ipak, izvan pjacete i meteža ljudi u letnjoj odeći, čula je samo poj ptica na drveću. Brujanje helikoptera ju je podsetilo da je na ostrvu bogatih i slavnih. Pogledala je u helikopter; samo tačka na vedrom cijan-plavom nebu.

Stela kao da je tačno znala kuda ide, ponosno je objavila: – Tu smo – kad su stigle pred ulaz s natpisom *Vila Đardino* na tabli smeštenoj na sredini dvokrilne kapije.

Sama vila je bila skrivena šumom čempresa, hrastova i maslina. Delići kamena boje meda ukazivali su se između sredozemnog rastinja. Fern je obavila istraživanje ostrva, ali Stela je sliku njihovog smeštaja čuvala kao iznenađenje. Bilo je bolje nego što je nagovestila.

Popločana staza vijugala je kroz vrt. Bilo je kasno popodne i uporno zričanje zrikavaca pravilo im je društvo. Fern je hodala iza ostalih, upijajući prijatnu toplotu, blistavo lišće, tračak narandžaste boje lepršavog leptira i sladak miris cveća, što je sve zajedno imalo umirujuće dejstvo. To će neosporno biti odmor kakav joj je trebao.

Smeštena iza verande sa stubovima, prednja vrata su bila velika, drvena i veličanstvena. Širom su se otvorila, a dočekala ih je osmehnuta Italijanka, elegantna u crnim pantalonama i svetložutoj košulji, tamne kose uredno vezane na potiljku.

– *Benvenute!*[5] Ja sam Violeta. Dobro došle u vilu *Đardino*. – Violeta je imala lagani naglasak, i uz predusretljiv osmeh ih je uvela

---

[5] It.: dobro došle. (Prim. prev.)

unutra. – Ja sam domaćica kuće i brinuću se o vama tokom vašeg boravka.

Ušle su za njom u velik svetao hol sa ukrašenim stepenicama koje su se izvijale do prvog sprata. Sunčev sjaj je dopirao kroz krovne prozore, velika visina je činila ulazni hol zadivljujuće velikim.

– Mora da ste umorne od putovanja. – Violeta je svakoj dala maramicu za vrelo lice i ruke, koja je bila ledeno hladna i mirisala na limun, baš kao i domaća limunada koju im je dala kad su vratile maramice.

– Prtljag vam je već stigao i odnet je u vaše sobe. Hoćete li da vam pokažem okolinu, ili biste radije same istraživale?

Držeći svoje piće, Amber i Kloi su već provirivale u sobe u koje se ulazilo iz hola.

– Mislim da će nam prijati da same istražujemo – rekla je Stela.

Violeta je klimnula glavom. – Daću vam malo vremena. Šta mislite o tome da za jedan sat popijete piće na terasi?

– Zvuči savršeno.

Klimnula je glavom i ostavila ih.

Stela se okrenula ka Kloi i Amber. – Da bismo izbegle rasprave, već sam odredila ko će u koju sobu. Vas dve ste na spratu, Kloi u Srebrnoj sobi, Amber u Zlatnoj. Fern i ja smo u prizemlju.

Devojke su već otišle, preskačući su po dva stepenika odjednom.

Fern i Stela su završile svoje piće pa su istražile prostrano prizemlje. Stela je odbila da kaže koliko je platila taj smeštaj, koji je bio veličanstven, a Fern je mogla da zamisli koliko je skup. Bila je to tradicionalna vila iz sedamnaestog veka sa ukrasnim podnim pločicama, kombinovanim s modernim detaljima kao što su TV sa širokim ekranom u velikoj i svetloj dnevnoj sobi i veoma važni klima-uređaj i vaj-faj.

Unutrašnjost i spoljašnost su se divno uklapali, s velikim francuskim prozorima koji su propuštali svetlo, dok su se vrata verande otvarala ka krajolicima vrta. Sunčevi zraci su šarali vazduh, dan je bio toliko drugačiji od onog sivog i vlažnog koji su ostavili za sobom.

Fern i Stela su se osmehnule jedna drugoj dok su otkrivale trpezariju s velikim okruglim stolom postavljenim srebrninom, s reljefnim tapetama koje su zlatasto svetlucale na sunčevom svetlu što je dopiralo kroz prozore. Fern je bila zapanjena; nikad nije bila na nekom tako divnom mestu. Lokacija je bila savršena, na nekoliko minuta hoda od užurbanog Umbertovog trga, ali ušuškana u dirljivo lepo i mirno okruženje.

– Dođi – rekla je Stela, prešavši prstima preko kristala na poslužavniku za služenje pića u uglu. – Da ti pokažem tvoju sobu.

Stela je povela Fern nazad kroz vilu do Zelene sobe, i osmehnula se kad je Fern zinula u neverici. Soba je bila prostrana, prozračna i okupana svetlom. Zelene, tirkizne i zagasitonarandžaste šare na podnim pločicama bile su protivteža belim zidovima koji su doprinosili hladnom spokojstvu. Veliki bračni krevet je izgledao privlačno i udobno s naslaganim raskošnim jastucima.

Sa suzama u očima, Fern je uhvatila Stelu i zagrlila je. – Hvala ti, Stela, zaista to mislim. Ovo je neverovatno velikodušno od tebe.

– Zadovoljstvo mi je – odvratila je Stela snebivljivo odbijajući njene izliv zahvalnosti. – Pustiću te da se raspakuješ.

Narednih dvadeset minuta Fern je odlagala svoju odeću. Smeh je dopro odnekud odozgo, nesumnjivo Amberin i Kloin. Fern je nedostajao taj radosni zvuk. Kad je Amber bila kod kuće, malo kad se osećala srećnom pored nje, a smeh je bio davna uspomena. Podsećao ju je na odrastanje devojčica i na jednostavnija, srećnija vremena.

Naslonila se na ivicu kreveta i poslala poruku Polu.

Bezbedno stigle. Mesto je zadivljujuće, poslaću slike. Amber je veoma uzbuđena. Nadam se da si lepo proveo dan.
xx

Ta soba je ulivala neverovatan osećaj spokoja. Od ukrasa i nameštaja nadahnutih prirodom do bujice sunčevog svetla, zelenog kroz otvorene francuske prozore, pa joj je jasno bilo otkud naziv sobe.

Na toaletnom stočiću bila je toaletna torbica ukrašena lišćem tropskog rastinja, puna šminke i kozmetičkih proizvoda, uključujući i gel za tuširanje i kremu za telo *akva di parma*. Prešla je prstima preko otkucane poruke:

Mali znak pažnje, samo za tebe. Voli te Stela xx

Bilo je to više od malog znaka pažnje. Fern preplavi zahvalnost za pažljivo odabran poklon i za to što je na takvom mestu, gde novac nije problem i gde ni o čemu ne mora da razmišlja. Pomisao da će moći istinski da se opusti prostrujala je njome, bolovi i umor od dugog putovanja iščezavali su.

Fern se presvukla iz pantalona u maksi-suknju. Stavila je naočare za sunce, skliznula stopalima u sandale, pa izašla kroz francuski prozor na samo njenu verandu prošaranu sunčevim sjajem. Ugnežden u zid L oblika i zaklonjen drvećem nalazio se senoviti kutak za čitanje s velikom foteljom od ratana i ogromnim jastučićima koji su je pozivali da utone u njih. Na prednjem delu verande stajao je drveni sto s dve stolice koji je nadgledao vrt. Fern je pogledala svetlucavu tirkiznu vodu bazena i jarko plavetnilo neba iznad nje.

Sišla je s verande i tumarala na suncu. Unutrašnjost vile ju je raspametila, ali vrt je bio idiličan. Žute cvasti visile su s grana crnike a svetložuti cvetovi zanoveti metlaša zapljuskivali su bojom stazu koja je vodila do bazena. Ptičji poj plesao je na laganom povetarcu, dok ju je nežna toplota milovala, pomažući joj da još dalje odagna svoje brige.

Fern je spustila naočare na nosu pa pogledala preko njih. Bazen je bio velik, zakrivljen i nadvijao se tačno nad ivicom litice, s pogledom koji bi se mogao opisati samo kao čaroban. Njen prvi utisak o Kapriju bio je raskoš i glamur, ali ovo je odisalo prefinjenošću. Bilo je spokojne lepote u strmim stenama obraslim zelenilom koje su se uzdizale iznad mora, s blistavim gradom između.

Sve je to bilo tako daleko od njenog života u Engleskoj. Njena zasebna kuća izgledala je luksuzno, ali ništa posebno, smeštena u bezličnom gradu. Zapravo umnogome kao i njen život; nije imala ni o čemu zanimljivom da priča osim o svojoj deci. Svojoj odrasloj deci. Život se uvek vrteo oko njih, te je ponovo morala da pronađe svoj put. Da sama probije svoju stazu daleko od Rubi i Amber. Izlazak iz života domaćice s poslom sa skraćenim radnim vremenom za koji nije zaista marila. Trebalo joj je da postane nešto više od Polove žene i Rubine i Amberine mame. Koliko god zvučalo kao kliše, morala je da pronađe sebe. Zar nije ovo sjajna prilika? Takođe je i šansa da se zbliži sa Amber i izgradi s njom odnos zasnovan na poštovanju i ljubavi.

6.

STELA

Ta vila je bila sve čemu se Stela nadala, i više od toga. Preplavio ju je osećaj spokoja dok je istraživala prizemlje s Fern, otkrivajući prijatne, prozračne sobe. Vrata i prozori bili su širom otvoreni, propuštali su sunčevu svetlost i strujanje povetarca. Beli zidovi i visoke tavanice doprinosili su tom spokoju, dok su se napolju isticale zelena i tamnoplava. Odozgo je dopirao zvuk Kloinog i Amberinog smeha; bilo je u njemu neke površnosti zbog koje se činilo da su mnogo mlađe nego što jesu.

Stelina soba je bila najmanja, ali je i ona bila pristojne veličine. Izabrala ju je zato što je bila ušuškana u prizemlju, samo kratka šetnja ju je odvajala od bazena. Zvala se Plava soba i bila je nadahnuta morem, sveža i umirujuća, s plavim i belim pločicama na podu, sa šarom koja se ponavljala i bojom i dinamičnošću doprinosila utisku.

Stela je krišom gledala Fern kako istražuje vrt. Presvukla se u dugačku belu letnju suknju. Šuštala je uz njene noge dok je prolazila pored otvorenih vrata Steline sobe. Stela je primetila zadovoljstvo na njenom licu pre no što je Fern zamakla. Svidelo joj se što vila ima mnogo skrivenih kutaka, mestâ gde možeš da se izgubiš ili na njima nađeš malo mira i tišine. Znala je da je to upravo ono što joj je potrebno da sredi misli u pogledu svega, i želela je da Fern bude srećna, konačno *istinski* srećna.

Stela je stajala na pragu terase i uživala u toploti sunčevih zraka koji su joj milovali gole ruke. Uzdahnula je. Toliko je toga o čemu mora da razgovara s Fern, ali sve to može da sačeka. Zasad jednostavno treba da uživaju na ostrvu.

Ovo je život, pomislila je.

* * *

Pridružila se Fern na terasi pokraj bazena te su obe sedele u prijatnoj tišini, upijajući pogled. Violeta je iznela poslužavnik sa čašama i zamagljen bokal limunade, pa ga spustila na veliki sto.

– Da li biste da vam kasnije ovde poslužim večeru? – upitala je.

– Da, to bi bilo savršeno, hvala vam – rekla je Stela.

Violeta je klimnula glavom i vratila se u vilu s praznim poslužavnikom.

Fern je izvila obrvu. – Nemoj mi reći da imamo i kuvara?

– Violeta pravi picu. – Stela se osmehnula. – Ona je naša kuma dobra vila naredne dve nedelje. Mislila sam da bi bilo mnogo opuštenije da večeras jedemo ovde. Imamo mnogo vremena za istraživanje i obroke napolju.

Stela je sipala limunadu i pružila Fern čašu.

– Tako će nas razmaziti ovde.

– Upravo to mi je namera – rekla je Stela. Osećala je kako njene nevolje blede sa svakim gutljajem kiselog, osvežavajućeg napitka. Tome su doprineli i nežno milovanje povetarca i pozno popodnevno sunce, mada samo nakratko. Kad god bi noću ostala sama, misli bi joj ispunili stid i krivica. Tajne su se rojile u njoj, brige bi je skolile i često bi se mučila da zaspi.

I Fern je izgledala zamišljeno; Stela se zapitala o čemu li ona razmišlja. Pokušala je da zameni svoje misli nečim pozitivnijim. Bila je ponosna na život koji je izgradila za sebe kao samohrana zaposlena majka. Njena dupleks kuća bila je njen raj, ali nije bila ništa u poređenju sa ovim. Briga koja se bila povukla vratila se nateravši je da se trgne, ali ovog puta iz drugačijeg razloga. Čvršće je stegla čašu. Evo kako stoje stvari: ovo bi mogao da bude njen život; ovakva mesta mogla bi da postanu njena stvarnost. Dobitak na lotou pružio joj je mogućnost za slobodu, ali i daleko više briga da ih doda na gomilu onih koje već ima.

Amberin i Kloin smeh dopro je do njih pre nego što su se njih dve pojavile na stazi između drveća, prenuvši Stelu iz razmišljanja. Presvukle su se u kupaće kostime, a ona je načas osetila ubod zavisti spram njihove mladalačke energije. *Nisam ni ja stara,* rekla je sebi, ali nositi bikini bez straha da će otkriti strije s godinama je postajalo sve teže. Znala je da bi Fern prevrnula očima i rekla da nema razloga za brigu. Stela je vodila računa o sebi, ali uvek je tu bila neprijatna pomisao da više nije vitka ili mlada kao nekad. Nikad niko nije imao primedbi na njeno telo, a da i jeste, bez okolišanja bi tom momku rekla gde da ide.

Stela je primetila da je i Fern pogledala u devojke. Pitala se da li je i ona pomislila isto. Bila je svesna da je Fernino samopouzdanje s godinama potonulo. Dok su bile tinejdžerke, Fern je imala opušten odnos prema svom telu i seksualnosti, koji je Stela pokušavala da oponaša, ali brzo odrastanje je stavilo tačku na poduhvate njene prijateljice.

Uzdahnula je kad su im se devojke pridružile, vitke i s veštačkom preplanulošću i u novim bikinijima ispod prozračnih i lepršavih tunika za plažu.

– Kloi se divila pogledu – rekla je Amber sa sjajem u oku. Spustila je svoj peškir na sto pa uskočila u stolicu prekoputa.

– Nisam! – Kloi je udarila Amber po ruci.

– Ako ti tako kažeš. – Amber se okrenula ka Steli. – Baštovan je mlad i zgodan tamnokosi Italijan.

– I baštovan je tu? – upitala je Fern.

– Aha. – Amber je klimnula glavom. – Samo treba da skine majicu pa da bude hodajući kliše.

– O bože, samo nam još treba da se vas dve zaljubite, pustite ga, važi? – Stela je odmahnula glavom dok su Amber i Kloi skidale svoje tunike i odlazile ka bazenu. Nagnula se bliže Fern i tiše dodala: – Zvuči kao da bih mogla da ga zadržim samo za sebe.

Fern je odmahnula glavom. – Hormoni divljaju i ne mislim samo na devojke; kao da sam s tri lakomislene tinejdžerke, a ne sa odraslim ženama.

– Pošteno govoreći, Kloi je još tinejdžerka.

– Jeste, ali ja sam u njenim godinama rodila bliznakinje. Teško je poverovati koliko sam zapravo bila mlada kad pogledaš koliko mlado Kloi, Amber i Rubi sad izgledaju.

Stela svakako nije želela da se istorija ponovi i da Kloi tako mlada ponese na plećima breme odgovornosti odgajanja deteta. Ne, želela je da bude mlada i bezbrižna. Gledala ih je kako skaču u bazen. Njihovo prskanje i cičanje ispunili su spokoj rane večeri.

Fern je posegnula preko stola i uhvatila Stelu za ruku, odvukavši joj pažnju s devojaka. – Ovo je sve divno, Stela. Zaista to mislim, hvala ti.

Stela je osetila knedlu u grlu. – Znam, idilično je. Prevazilazi moju maštu.

– I moju – rekla je Fern klimnuvši glavom. – I nije samo reč o onome što si platila. Bila si toliko pažljiva s poklonima u sobi. Zaista divno i ljubazno od tebe. Uvek si bila najbolji prijatelj.

– Zapravo nisam.

Fern je izvila obrve. – O čemu pričaš? Uvek si bila uz mene. U svemu.

Talas ganutosti preplavi Stelu. – To su materijalne stvari, ništa značajno, samo nešto što sam želela da uradim za tebe.

– Da, možda je materijalno, ali uložila si vreme i razmišljanje u to, kao i novac. To mnogo znači.

Stela je gledala Fern kako pijucka limunadu, zadovoljna, zureći u bazen. S godinama su prošle toliko uspona i padova, a Stela je bila sasvim svesna da vodi uzbudljiviji život nego njena dugogodišnja prijateljica. Možda će ovo vreme izvan kuće promeniti to za Fern.

Stela je uzdahnula. – Stigle smo pre manje od dva sata, a ja se već pitam zašto bih se, dođavola, vratila u Englesku.

Fern ju je pogledala. – Volela bi da živiš negde drugde?

– Negde izvan Nejlsija? – Stela se nasmejala. – Pa da. Bez razmišljanja.

– Samo što imaš Džejkoba kod kuće.

– O, znam. Možda imam finansijsku slobodu, ako hoćeš tako to da nazoveš, ali imam i odgovornost. – Pokazala je rukom na tropski vrt. – Ali ovakvo mesto me tera da shvatim šta bih mogla da imam.

Zapitala se šta bi bilo moguće i s jednim trinaestogodišnjakom. Ali nije bilo jednostavno kao što je želela; morala je da misli na sina i ćerku, na bivše koji bi procenjivali tu mogućnost. Ali to mesto joj je već raspalilo želju da promeni svoj život do neprepoznatljivosti.

– Šta bi bilo s tvojim poslom? – upitala ju je Fern kao da joj čita misli. – Hoćeš li nastaviti da radiš?

– To je veliko pitanje. Osećam se kao da mi je pružena prilika – *jeste* mi pružena prilika – da uzmem svoj život u svoje ruke i radim šta god hoću. Mada, volim svoj posao, volim da radim i osećam da sam nešto postigla, da sama otplaćujem kredit za kuću i da sam bila u stanju da sama podignem Džejkoba. Ne treba mi Rodova finansijska pomoć – hoću da kažem, on mi pomaže i ne moram sama o svemu da brinem, ali nikad nisam želela da moram da se oslanjam na njega. A sad, naravno... – Gledala je kako se Kloi i Amber kikoću dok su gledale ka bazenskoj kućici. Pitala se da li je baštovan tu, da li je on privukao njihovu koketnu pažnju. Okrenula se ka Fern. – Želim nešto više od života. Znam da se kaže kako se novcem ne može kupiti sreća, ali... – Pokazala je unaokolo.

– Da, ovo mesto mora da vredi milione. – Fern se osmehnula, zažmurila i podigla glavu ka umirućem suncu. – Ali srećna si, zar ne? Hoću da kažem, bila si to i pre dobitka?

– Da, lepo sam živela... – Kloi je prasnula u smeh prskajući se sa Amber. To je Stela želela: mladalačku energiju i mogućnost da ni o čemu ne brine. – Novac svakako olakšava život – rekla je umesto odgovora. – Ali možda se to što ja hoću ne može platiti novcem.

Fern je podigla naočare za sunce u svoju plavu kosu i namrštila se. Uvek je bila lepa, i Stela je i dalje zavidela nežnim crtama lica svoje prijateljice, zbog kojih je često izgledala krhko, što joj je davalo na tananoj lepoti o kojoj je Stela mogla samo da sanja. Još nije posegnula ni za kakvim kozmetičkim pomagalom, ali bila je ljubitelj veštačke preplanulosti, umetaka u kosi i redovno je išla na manikir. Fern je uvek izgledala dobro, čak i s kosom vezanom u punđu, bez šminke i u trenerci i staroj majici.

Stela je ispila svoju limunadu i odlučila da promeni temu. – Amber kaže da si spremila hranu za Pola dok si ti na putu...

– Jesam. – Bilo je prkosa u Ferninom glasu, a boja u obrazima malo joj se pojačala. – Nema u tome ništa loše, mada sam sigurna da ti je Amber to saopštila krajnje prezrivo.

– On je odrastao čovek, Fern. Ne moraš da se staraš o njemu.

– Znam, ali uvek sam to radila. Starala se o njemu i devojčicama.

Reči su joj bile prožete setom. Stela je bila svesna da mora biti oprezna.

– Trebalo bi jednom da misliš na sebe – na kraju je rekla.

Obe su se ućutale. Stela je sipala još limunade i gledala Fern kako zuri preko bazena u padinu obraslu zelenilom, maglovitu na mekom svetlu.

Kloi i Amber su izašle iz bazena, voda se slivala s njih na kamenu stazu. I dalje su se smejale dok su išle ka kućici uz bazen da se obrišu. *Ili najverovatnije da uznemiravaju jadnog baštovana,* pomislila je Stela.

– Osećam se kao da me nosi struja. – Uz udaljeno čavrljanje devojaka, Fernin glas je bio snažan na tihoj bazenskoj terasi. – Ne znam, devojke su mi bile sidro dok su rasle. Bile su moj fokus, razlog da ujutru ustanem...

Stela se naglo okrenula. – Svakako nisu bile jedini razlog. Imala si prijatelje, imala si mene, Pola, divan dom, širu porodicu...

Fern je frknula. – Znaš da retko viđam roditelje i brata, i da nemam karijeru.

– Ipak radiš.

– Da, posao sa skraćenim radnim vremenom na koji teram sebe da odem i sve vreme želim da sam negde drugde. – Fern je odmahnula. – Nepravedna sam. Nije to loš posao, sviđaju mi se i ljudi s kojima radim, ali devojke u prodavnici su mnogo mlađe od mene. To je posao koji je dobar ako si u ranim dvadesetim, ne u kasnim tridesetim. Ali ja sam se u ranim dvadesetim borila sa izlivima besa male dece. Osećam se kao da nemam nikakvu svrhu osim brige o svojoj porodici.

– Što si obavila zadivljujuće dobro. Ali moraš prestati da se ponašaš prema Polu kao da si mu majka. – Istog trenutka kad je to izgovorila Stela je shvatila da je pogrešila.

Fernino lice se smrklo. – Misliš da ga tetošim?

– Ja, ovaj, nisam htela da to baš tako zazvuči. – Mogla je to bolje da sroči, ali rekla je istinu. Možda je Fern trebalo to da čuje. Način na koji se ponaša prema Polu ne ide joj u prilog, a način na koji se on ponaša prema njoj... Stela je i te kako bila svesna koliko je to pogrešno.

– To je jedino što znam da radim – tiho je rekla Fern. – To je jedino što sam bila dvadeset godina, majka i supruga. Izgubila sam identitet i sebe, tako da mi je mnogo žao što ti ono što radim nije po volji.

Stela je znala da ju je pogodila u živac ali nastavila je blago. – Samo pokušavam da te navedem da misliš na sebe. Da bar jednom staviš sebe na prvo mesto.

– Kako je kod tebe to ispalo?

Sad je na Stelu bio red da se zaprepasti. – Dobro, nisam ponosna na dva propala braka i brojne propale veze, ali svakako ne bih dopustila da me svi gaze samo da bih ostala u nesrećnom braku.

– To ti misliš o mom braku, da je nesrećan? – Fern se primetno narogušila.

– Pa, jesi li srećna? – tiho je upitala.

– Nisam nesrećna.

Glas joj je bio ispunjen takvom tugom da je Stela ispružila ruke i zagrlila je. Dok ju je privijala uza se, Steli je srce tuklo u grudima zbog onoga što je znala. Fern je imala pravo da bude nezadovoljna. Zaslužuje mnogo više.

7.

FERN

Fern je laknulo kad je Stela brzo prešla s razgovora o njenim osećanjima na vedrije i manje uzbudljive priče o tome kuda će ići i šta će raditi narednih nekoliko dana. S dolaskom devojaka, koje su se posle bazena presvukle u šortseve, i Violete s picom napetost je popustila. Ostale su na terasi pijuckajući aperol do kasno u noć. Kapri je svetlucao u vedroj tamnoj noći, a iza Marine Grande mesec se ogledao u baršunastom crnom moru.

Možda je to bila kombinacija hrane, alkohola, društva i okruženja, ali Fern odavno nije bila tako srećna kad je otišla u krevet, zaboravivši uznemirujući razgovor sa Stelom kad je skliznula ispod pokrivača.

Ujutru ju je probudio ptičji poj. Nije imala predstavu o vremenu i nimalo joj nije bilo važno. Protegla se u velikom krevetu, osvežena posle ugodnog i mirnog sna. Sunčeva svetlost je prodirala između krošnji, šaljući topao sjaj preko verande popločane terakotom. U Ferninim očima, kad čovek boravi na tako idiličnom mestu, nema razloga da luta daleko, ali ostrvo je vapilo za istraživanjem, a Stela je rezervisala popodnevni obilazak čamcem.

Zevnula je i posegnula za mobilnim. Stigla joj je duga poruka od Rubi i jedna od Pola, kao odgovor na jučerašnju poruku da su bezbedno stigle.

Super.

To je bilo sve. Poslata u dva po ponoći, primetila je. Verovatno pošto se vratio iz paba, iako joj je to izgledalo neuobičajeno kasno. Uzdahnula je i vratila mobilni na noćni stočić. Nije mogla da se gnjavi odgovorom.

Bilo je kasno kad su napokon ustale, istuširale se i sele za lagan doručak koji se sastojao od sfoljatele, ukusnog slatkog peciva punjenog rikotom, a zalile su ga sokom od pomorandže i nezaobilaznim kapučinom. Otišle su u Marinu Grande i ukrcale se na čamac za Plavu špilju.

Amber i Kloi su sele zajedno i Fern im je zavidela na lakoći s kojom su ćaskale, zasipajući smehom svoj razgovor. Očigledno su se lepo slagale, ali da je umesto Amber tu bila Rubi, njoj ne bi smetalo ni da razgovara malo s majkom. Činilo se da se Amber svojski trudi da izbegne razgovor s njom. Fern je uzdahnula. Bar ima Stelino društvo i sunce na ramenima.

Drveni čamci na veslanje ispunjeni turistima koji su čvrsto držali foto-aparate i ajfone okupili su se ispred ulaza u pećinu, a italijanski skiperi su se dozivali. Red za čamce koji će ih odvesti u osvetljenu morsku špilju nije bio dugačak, ali sudeći po onom što je Fern spolja mogla da vidi, to i nije bilo tako čarobno mesto kakvo je očekivala.

Ali brzo su stigle na početak reda. Skiper njihovog čamca bio je veseo, sa izraženim akcentom i glasan dok im je pomagao da se ukrcaju. Stela se stisla uz nju, a Kloi i Amber su sedele napred. Fern je videla druge čamce kako se ljuljaju na vodi, čekajući svoj red za ulazak u špilju.

Na skiperov zahtev, polegle su nauznak dok ih je provlačio kroz ulaz u pećinu, a svuda unaokolo bila je vlažna tama. Onda su bile unutra, spoljašnji povici i užurbanost su iščezli. Zidovi špilje isticali su se svetlucanjem azurnoplave vode oko njih, jedini zvuk bila je stara italijanska pesma koja se mešala s pljuskanjem vesala i prigušenim glasovima.

Fern je glava bila ispunjena sećanjima na odmore s porodicom kad je bila dete, prepirala se s bratom i slušala svađu svojih roditelja, a onda i porodičnim odmorima u njenim dvadesetim, kad su bliznakinje bile male. To je uvek izgledalo kao napor, prepirati se s malom decom i kasnije ih vući, nezainteresovane, po zamkovima i muzejima. Pol je uvek izgledao kao da bi i on radije bio negde drugde.

Sad je gledala Amber kako zuri otvorenih usta, upija čaroliju živopisno plave vode dok je njihov čamac kružio špiljom. Srebrne pruge plesale su ispod površine, a hladna voda zapljuskivala je Ferninu ruku. Zatvorena u svetlucavoj tami, osećala se mistično i kao da je u nekom drugom svetu, mestu koje je vekovima bilo tu, netaknuto i odvojeno od spoljnog sveta.

Ubrzo se obilazak završio i ponovo su bile napolju, žmirkale na dnevnom svetlu, voda je i tu bila bistra i plava, ali nije se mogla uporediti s plavetnilom vode u špilji. Pošto se isprva pitala da li će špilja ispuniti njena očekivanja, Fern je sad bilo žao što mora da ode, ali nagoveštaj opuštajuće večeri, jela i pića u vili bio je dovoljno primamljiv.

Posle obilaska čamcem večerale su na terasi s bazenom ono što im je Violeta spremila. Ranije su imale sreće s vremenom, ali sad su se beli oblaci navlačili na nebu, načas zaklonivši sunce i spustivši temperaturu pre nego što se sunce ponovo pojavilo. Navukle su džempere i pijuckale rashlađeno belo vino dok su ćaskale, a Violeta pekla na roštilju peconju, lokalnu crvenu oradu, a zatim je služila s ruzmarinom, krompirom, maslinama i grilovanim povrćem. Na nekoliko minuta je žvakanje i odobravajuće klimanje glavom bilo sve za šta su bile sposobne.

Upravo su završile s jelom kad je Fernin mobilni zazvonio, a ona se zapanjila videvši Polovo ime na ekranu.

– Hej, ovo je iznenađenje – rekla je, udaljivši se od ostalih i zaputivši se ka sobi. – Nisam znala da ćeš zvati.

– Da, izvini. Nisam hteo da te uznemiravam.

– Ne uznemiravaš me; drago mi je što te čujem. – Zatvorila je vrata svoje sobe za sobom.

– Samo sam se pitao znaš li gde mi je košulja. Ona elegantna plava s belom dugmadi. Hteo bih da je obučem za sastanak u ponedeljak.

– Zoveš me zato što ne možeš da nađeš košulju?

– I da vidim kako ti je.

Fern je stegla vilice. To je sad smislio, bila je sigurna.

– Kako je na Kapriju? – pitao je.

Uzdahnula je. – Divno. Vila je neverovatna. Poslala sam ti nekoliko slika na *votsap*.

– Stela je bila baš široke ruke, a?

– Odmor na kakav se ide jednom u životu. Što da ne? – Stalno je zaboravljala da Stelin dobitak na lotou nije svima poznat. Iako je shvatala njene razloge, i dalje ju je čudilo kako Steli uspeva da sakrije tu novost.

– Nego, košulja...

– Pojma nemam, Pole. Sve što je bilo u korpi za prljav veš oprano je, ispeglano i složeno. Ako si je ostavio negde drugde, onda samo treba da pogledaš unaokolo.

Zavladala je tišina. Verovatno je to i hteo, ali nije mogao istovremeno i da održi razgovor. Mrsko joj je bilo što je često natera da se tako oseća – besno i potcenjeno.

– Kakav je to sastanak?

– S potencijalnim novim klijentom koji planira izgradnju i renoviranje postojećih zgrada, a to bi moglo da nam obezbedi posao za narednih pet godina.

– Zvuči sjajno. – Fern je sela na ivicu kreveta i zagledala se kroz francuski prozor u blago večernje svetlo koje se probijalo kroz lišće. – Ako ne možeš da nađeš tu košulju, tamnosiva i burgundski crvena koju si nosio na Garijevom i Kiminom venčanju jednako su elegantne. Dobro izgledaš u njima.

– Da, hvala. Videću šta mogu da nađem. – Čulo se šuštanje u pozadini. – Još nešto, kad se vraćaš?

Fern je ponovo uzdahnula. – Tridesetog. Obeležila sam to na kuhinjskom kalendaru. Zašto?

– Dejv je konačno odlučio da se oprosti od celibata. Prvog vikenda u junu u Njukiju.

– Pitaš me, ili mi saopštavaš da ideš? – Znala je odgovor.

– Već sam mu rekao da dolazim, samo nisam znao da li ćeš ti još biti na putu.

– Dve nedelje smo ovde, ne tri, što znači da ću se vratiti. Ako ima još nešto, obeležila sam to na kalendaru. – *Onom koji se ti nisi potrudio ni da pogledaš.*

– O, sranje. Našao sam je.

– Košulju?

– Da, ispod gomile stvari na stolici. Jebem ti. Moraću da obučem neku drugu.

Da. Zato što ne možeš sam da je opereš, osušiš i ispeglaš, s gorčinom je pomislila Fern dok su se opraštali. Prošlo joj je kroz glavu da je Stela možda bila u pravu – možda ga i tetoši...

8.

STELA

Posle samo jednog dana na putu, devojke su se već žalile. Stela se prisetila kad je Džejkob imao šest, a Kloi bila u predtinejdžerskom dobu, kako je naporno bilo usrećiti ih oboje kad nekud odu. Ta razlika u godinama bila je teška kad je dvoje dece želelo sasvim različite stvari. Sad je Kloi bila odrasla i poslednje što je Stela želela bilo je da je prisiljava da izađe.

Posle noći istraživanja bogatog noćnog života Kaprija, Kloi i Amber su se odlučile za lenstvovanje pored bazena. Fern je želela da ide u vilu *Jovis*, rimsku vilu koju je podigao car Tiberije. Kad su pošle, Stela se zapitala da li je jučerašnja napetost između Amber i Fern dovela do toga da odvojeno provedu dan. Nije bilo grubih reči među njima, ali bilo je primetno da njih dve zapravo uopšte ne razgovaraju jedna s drugom.

Stela je takođe prepoznala grubu stvarnost – iako su devojke drage volje pošle na odmor s njima, provoditi sve vreme s majkama nije bilo nimalo kul. Stela je prestala da ide na letovanje s roditeljima čim je dovoljno odrasla da ide sama, i daleka joj je bila pomisao da ide s njima bilo kud osim na ručak. Provodila je vrlo malo vremena s njima sad, a kamoli kad je bila buntovna tinejdžerka. Zašto bi s Kloi bilo drugačije samo zato što ona sebe smatra mladom, kul mamom?

Bio je neuobičajeno topao prolećni dan. Stela je morala priznati da će biti osveženje pobeći iz turističkog središta grada Kaprija i zaputiti se Tiberijevim putem. Uh, zbog te pomisli se osetila kao sredovečni turista, onako kako nimalo nije želela da je gledaju. Zar ne bi bilo lepše ostati u vili, sunčati se i plivati u bazenu? Odbacila je tu pomisao; provodi vreme sa svojom prijateljicom istražujući ostrvo – u tome nema ničeg lošeg ili sredovečnog.

Bila je to duga šetnja, ali na kraju se isplatila, iako su je stopala bolela, a znoj joj je peckao oči. Smeštena na padini s pogledom na Napuljski zaliv, gde se Vezuv ističe obzorjem, vila *Jovis* je imala istaknut položaj. Zidovi vile su se urušavali, ali trag je bio tu, vrlo primetan s obzirom na to da je preživeo od prvog veka pre nove ere.

Stela se osmehivala dok joj je Fern u obilasku pričala zanimljivosti – bilo je očigledno da je čitala o tome. Tiberijev skok, za koji se pričalo da je mesto gde je car Tiberije bacao nesrećne sluge i goste s litice u smrt, ostavio je utisak na Stelu. Ne bi joj smetalo da baci nekoliko bivših...

– Kladim se da su tu pravili neke izopačene zabave – rekla je Stela dok su se vraćale kroz ruševine. U tom idiličnom okruženju nije bilo teško zamisliti kako je raskošno bilo to mesto moćnog rimskog cara.

– S mnogo razvrata, bez sumnje – Fern joj se znalački osmehnula. – Tebi bi se svidelo.

– Da, da, ne poričem; *Spartak* mi je omiljena serija. Šta ima da ti se ne svidi na privlačnim, polugolim gladijatorima? Na stranu sva ona krv i utrobe, stari Rim je po mojoj meri.

Fern se nasmejala. – Meni je draži *Bridžerton*.

– Ha-ha! Naravno! Vojvoda. – Umalo je rekla da Fern zaslužuje da se muškarac tako prema njoj i ponaša, ali se ugrizla za jezik. Pol svakako nije bio vojvoda od Hejstingsa.

Zastale su na vrhu staze kroz vilu *Jovis* kako bi došle do daha. Lagani povetarac im je milovao kožu, dobrodošao posle uspona.

– Obilasci me uvek nateraju da se osećam tako... odraslom. – Stela je uzdahnula dok je preko razvalina zurila u more što se presijavalo na suncu.

– O čemu pričaš? – namrštila se Fern. – Ti i jesi odrasla.

– Znam, ali mislim da to potiče od jednodnevnih izleta na koje su me roditelji prisiljavali kad sam imala otprilike četrnaest godina. Mrsko mi je bilo što me vuku u neki dosadni zamak ili katedralu jer sam želela da provodim vreme sa svojim društvom. Vidim to sad kod Džejkoba, prevrće očima čim mu pomenem da ide nekud sa mnom. Ne znam, takve stvari me teraju da se osećam starom.

– Pa, svakako više nismo tinejdžerke.

– Nismo.

Iako je to bilo istina, bolelo je. Možda Stela nije ni bila svesna da joj je teško da se pomiri s tim da puni četrdeset. Čak ni dobitak na lotou nije mogao da promeni tu neumoljivu činjenicu. Nije mogla da vrati vreme, koliko god da je želela. Ali njihova mladost... Želela je da može da je povrati, makar njenu suštinu, osećaj slobode koji je mladost pružala.

– Sećaš se kako smo po celu noć obilazile klubove i ne bismo ustale iz kreveta do sredine popodneva – rekla je Stela, razmišljajući o vremenu koje je izgledalo tako daleko, skoro kao da se dogodilo nekom drugom.

– Ti i dalje obilaziš klubove, Stela.

– Da, znam. Samo što više nije isto. Tada smo imale sedamnaest, ni o čemu nismo morale da razmišljamo. Živele smo samo za sebe i za vikende. Bile smo sebične i okrenute sebi, znam i kakav smo košmar bile za naše roditelje, ali ti dani... – Čežnjivo je pogledala nekud iza vile *Jovis* pre nego što se okrenula ka Fern. – Da li još razmišljaš o našem tadašnjem životu?

– Ponekad, ali čini se kao da je to bilo pre sto godina...

– Prošlo je više od polovine našeg života.

– Jeste. Nije mi nimalo lakše kad to tako kažeš.

Vrelina je popustila i sunce je bilo blago, prijatno je grejalo Steli ramena. Gledala je isti pogled koji je car Tiberije posmatrao stolećima ranije, želeći da pruži Fern priliku da kaže još nešto; osetila bi tugu kad god je govorila o prošlosti.

Stela je odlučila da je rečima podstakne. – Šta ti misliš?

– Iskreno? Kad bih bar ponovo mogla da budem tako srećna.

– O, dušo, nemoj tako; imaš mnogo čemu da se raduješ.

– Čemu? Tome što starim, što ću postati baka? Što ću životariti ovako kao sad? – Fern je odmahnula glavom. – Ne kažem da bih da se vratim tom delu svog života. Čak i da mogu, uraditi bilo šta drugačije značilo bi nemati Rubi i Amber. – Uzdahnula je. – Iako sam mlada ostala u drugom stanju i uprkos tome što mi se život preokrenuo, ne bih ga promenila ni za šta na svetu.

– Znam da ne bi. – Stela je spustila ruku na Ferninu, koja je počivala na urušenoj ivici zida. – Hajde, idemo na piće. Ili na *gelato.*

Dugu šetnju su malo olakšale svraćanjem u *gelateria*, gde su uživale u osvežavajućem sladoledu: opor ukus limuna s Kaprija za Stelu i fini sladak ukus dudinje za Fern. Steli je laknulo kad su se napokon vratile u vilu, bila je pregrejana, znojava i umorna.

Bočica kreme za sunčanje i prazne vinske čaše zauzimale su sto napolju, a vlažni peškiri bili su prebačeni preko naslona stolica. Stela se ugrizla za usnu i zamislila kako su prijatno veče imale Kloi i Amber.

Dok su se Stela i Fern istuširale i presvukle, terasa kraj bazena je utonula u sumrak. Osim što su ranije svratile na sladoled, pojele su i obilan ručak u jednom restoranu u Kapriju, te su sad, grickajući voće s pladnja i pijuckajući džin-tonik, odlučile da odustanu od izlaska na večeru. Stelu su bolele noge i napokon je uživala rashlađena i udobno zavaljena, upijajući pogled.

Fern se rano povukla na spavanje, te je otišla u svoju sobu s kindlom. Stela je još malo ostala napolju slušajući glasanje buba u žbunju, dok se spuštao mrak. Šta li devojke sad rade? Zapravo, nije želela da zna. Možda je to bilo davno, ali previše dobro se sećala kako se ponašala u njihovim godinama.

Sipala je sebi još jedan džin-tonik i povukla se unutra. Još je bilo rano, te se zavalila na jastuke u svojoj sobi i telefonirala Džejkobu.

– Zdravo, mama.

Iako je bio bezbedan sa svojim ocem i mada mu je svakog dana slala poruke, bilo je lepo čuti njegov glas.

– Zdravo. Zabavljaš li se s tatom?

– Da, dobro je. Sutra će posle škole da vodi mene i Itana na picu.

– Opa. Prava uživancija za ponedeljak veče. Blago vama.

– Da, a danas smo išli na nedeljno pečenje kod bake i dede.

– Kladim se da je bilo lepo. – I zaista je to mislila. Iako ona i Rod nisu uspeli, nedostajali su joj svekar i svekrva. Na mnogo načina je bolje prošla s njima nego sa sopstvenim roditeljima. Znala je da je glupo što zavidi Džejkobu na njegovom odnosu s njima. Svi su uspeli da ostanu civilizovani i prijatelji posle razvoda, ali nedostajala joj je bliskost koju su imali kao porodica. Pitala se da li bi se išta promenilo kad bi saznali da je dobila na lotou.

Džejkob joj je pričao o filmu koji je gledao. Uključila se, spremna da sluša sad kad je on bio voljan da priča.

– Raduješ li se polugodištu i dolasku ovamo? – upitala je.

– Da, mada će mi nedostajati fudbal.

– Sigurna sam da ćeš moći i ovde da ga gledaš ako budeš hteo.

– Ne, mama – uzdahnuo je. – Ne onaj na televiziji. Školski turnir. Izabran sam u tim.

– O, žao mi je, drugar. Sigurna sam da će ti se ponovo pružiti prilika. – Stela je uzdahnula. Čak ni nekoliko dana na Kapriju ne može da nadoknadi fudbal, ali s druge strane, Kapri je rezervisala misleći samo na sebe. Bila je sigurna da bi se i Kloi svidelo. Ali Džejkobu... – Jedva čekam da te vidim. Imamo privatni bazen i divno je, te se nadam da ću ti nadoknaditi to što propuštaš fudbal.

– Ima li TV u mojoj sobi?

– Neće ti pasti na pamet da budeš unutra i gledaš TV, ali da, ima.

Još malo su ćaskali, ali Džejkob je očigledno bio rasejan. Zamislila ga je kako se zavukao u svoju sobu sa iks-boksom, slušajući je samo polovično. Završila je razgovor obećavši mu da će ga zvati za koji dan.

– Zdravo, mama.

– Volim te.

Stela je spustila telefon na noćni ormarić i ostala zavaljena na jastucima. Džejkob je bio u nezgodnom uzrastu. Osećala je njegovu unutrašnju borbu nekoga kome još treba mama, a ujedno ne želi da ima više ništa s njom. Slično je bilo i s Kloi kad je imala trinaest godina. A i ona je bila ista sa svojim roditeljima. Nevolja je u tome što se udaljavanje nastavilo u odraslom dobu: nije bila bliska s njima i nije videla kako da ponovo uspostavi bliskost koju su imale ona i njena sestra dok su odrastale. Nije želela da isto bude s njenom decom. Njena starija sestra nije razočarala roditelje kao ona, pijući i drogirajući se u tinejdžerskim godinama, neplaniranom trudnoćom, s dva propala braka, bezbrojnim neprikladnim (u njihovim očima) vezama i dvoje dece od dva različita oca. Spisak se nastavljao. Odavno je prestala da brine o tome šta oni misle i trudila se da ostane u kontaktu s njima samo zbog Džejkoba i Kloi.

Lepo je bilo čuti Džejkoba, iako ju je razgovor s njim naveo da razmišlja o onome o čemu nije želela da razmišlja. Zavukla se ispod pokrivača. Fern je bila ta koja je želela da se rano povuku. Ona je bila kućni tip; uživala je u izlascima na večeru i u bioskop, ali to joj je bilo sve uzbuđenje. Stela je bila noćna ptica i malo kad je tako rano išla u krevet.

Gde li bi mogle da budu Kloi i Amber sad? Bila je nerazborito ljubomorna i volela bi da je izašla s njima. Moraće da ubedi Fern da odu u pravi noćni izlazak. Steli je bila potrebna njena prijateljica koja uživa u zabavi.

Ozlojeđena uznemirujućim mislima o starenju, zažmurila je, pokušavši da isprazni um i natera sebe da zaspi.

Stela se trgla iz sna. Čak i u tako velikoj vili, teško je bilo ne čuti tresak velikih drvenih vrata. Ostavila je kapke otvorene i mesečev sjaj je prodro kroz krošnje i vrata verande. Stela je čula Kloi i Amber kako se kikoću istovremeno se ućutkujući dok su prolazile kroz hol ka stepeništu. Ležeći i slušajući, odjednom se osećala vrlo budnom. Zvučale su srećno i pripito. O, mladosti. Glasovi su im iščezli kad su se vrata sobâ zatvorila.

Tek je bilo pola dva posle ponoći. Ako se izuzme Kloin i Amberin povratak, bilo je potpuno tiho, dovoljno daleko od centra Kaprija da ih ne bi uznemiravali muzika i glasovi iz barova i restorana. Sad već sasvim budna, mrzovoljno je zurila u tavanicu pokrivenu senkama, dok joj je u glavi zujalo. Misli su joj se vratile na ono o čemu je ranije razmišljala. Volela bi da je izašla s njima te večeri, ali znala je da im se ne bi svidelo da je vuku sa sobom. Da li je obilazak klubova zaista i dalje provod za nju? Godine su proletele. Dvadesete su bile uspomena koja bledi, a izašla je iz njih svesna da je starija od većine onih s kojima izlazi. Da li je bilo očajnički hvatati se za mladost, i dalje uživati u stvarima koje je radila kad je bila mlađa? S Kloi na fakultetu i Džejkobom koji je svaki drugi vikend provodio kod oca, mogla je da izlazi i uživa a da je ne izjeda krivica. Osećala se mladom. Bila je slobodna i sama. Zašto, dođavola, ne bi mogla da uživa?

Biće da je san na kraju nadvladao Steline misli, ali probudila se rano s maglom u glavi. Neobično je bilo kako je u dvadesetim uspevala da izdrži sa isprekidanim snom i dvoje male dece, a u kasnim tridesetima se oseća grogi zato što se probudila usred noći. Ili je to možda od previše džin-tonika prethodne večeri. Kako god bilo, to mesto je pored jedne osamnaestogodišnjakinje i jedne dvadesetjednonogodišnjakinje tera da oseća svoje godine.

Istuširala se, našminkala i obukla dugačku haljinu, još jednu novu iz neobuzdane kupovine pred put. Kod kuće je osećala veći pritisak dobitka na lotou nego ovde. Činilo joj se prihvatljivim da se na ovakvom mestu razmeće. Kod kuće je bila svesna koliko će joj novac promeniti život i kakav će uticaj imati. Takođe je bila napeta zbog skrivanja tajne od bezmalo svih.

Kad se pojavila, sto na terasi kraj bazena već je bio postavljen. Probudila se i pre Fern. Smestila se u stolicu okrenutu ka bazenu. Kod kuće nikad nije bilo dovoljno vremena da se udubi u bilo šta; život joj je stalno bio užurban, posao, druženje, deca... Ovde se osećala opušteno i razmaženo, na šta je mogla da se navikne.

– *Buongiorno* – rekla je Violeta kad se pojavila na terasi i spustila kafe late pred Stelu, zajedno s tanjirom svežih rolnica od testa i teglica džema.

– O, kakav lep pogled – osmehnula se Stela.

Violeta je klimnula glavom. – Doneću još kad ostali ustanu.

– Hvala vam.

– Danas ćete jesti napolju?

– Mislim da smo tako planirale. Možete li nam nešto preporučiti?

Violeta je predložila nekoliko mesta pa je ostavila da pije kafu. Stela je uživala u miru. Ovo je bez sumnje bilo bolje nego da sedi u svojoj kuhinji i jede tost namazan marmajtom, da opeče usta kafom pre nego što se uključi u saobraćajni špic na putu za centar Bristola.

Glasovi odnekud iz vrta naterali su je da se okrene. Iznenadila se kad je na terasi ugledala Amber i Kloi umesto Fern.

– Ne bih pomislila da ću vas dve videti ovako rano. – Stela je piljila u njih preko naočara za sunce. – Neću reći blistave jer ne ličite ni na šta.

Kloi je iskrivila lice, a Amber je utonula u stolicu naspram nje, lica ubledelog i pored veštačke preplanulosti. Naočare za sunce su joj zaklonile oči a izgledala je kao da se puči ili se uzdržava da ne povrati. Stelu je odjednom preplavilo olakšanje što nije ona ta koja pati od posledica noćnog izlaska. *Fokusiraj se na ono pozitivno, a?*, ironično je pomislila.

– Htele smo nešto da te pitamo – rekla je Kloi uzbuđeno, osmehnuvši se majci.

– O bože, evo ga.

– Ne, to je nešto sjajno, zar ne, Amber?

– Jest, mada bi bilo sjajno i nekoliko sati kasnije. Nisi morala da me izvučeš iz kreveta – zaječala je Amber.

– Sinoć smo upoznale neke momke – nastavila je Kloi, ne mareći za Amberino očigledno pomanjkanje zanimanja.

– O, stvarno – Stela se namrštila.

– Ne, nije tako. Samo smo ćaskali s njima skoro celo veče. Popili nekoliko pića, išli na ples. Odveli su nas na to fenomenalno i pristojno mesto sa živom muzikom. Bio je to najbolji izlazak u životu, zar ne, Amber?

Amber je progunđala.

Stela je izvila obrvu. – Da li se ti zapravo bilo čega sećaš?

– Popila sam malo previše koktela s limončelom... – promumlala je Amber.

– To znači ne.

– *Mama* – rekla je Kloi, pokušavajući da povrati njenu pažnju. – Ja nisam pila kao Amber i svega se sećam. Bili su vrlo fini i pozvali su nas na svoju jahtu.

Stela je izvila obrvu. – Nećete ići na krstarenje jahtom s nekim čudacima, Kloi.

– Ne samo mi. – Pokazala je između sebe i Amber. – Pozvali su sve nas. Tebe, mene, Amber i Fern.

– Ha, naravno da su nas pozvali. – Stela nije odvajala pogled od Kloinog. – A znaš li čime se oni bave?

– Da, oni su milioneri koji krstare Sredozemljem – uključila se Amber.

Kloi je besno pogledala u Amber pre nego što se ponovo okrenula ka Steli i umiljato joj se osmehnula. – To su dva brata, njihov rođak i njihov prijatelj. Vinčenco, s kojim sam najviše razgovarala, investicioni je bankar.

– Očigledno Italijan.

– Ne izgovaraj to tako prezrivo, mama.

– Oni su zgodni italijanski milioneri – rekla je Amber sa istinskim zanimanjem u glasu.

– Nimalo mi ne pomažeš – prosiktala je Kloi.

Stela se nasmejala. – Počinje da mi se sviđa kako to zvuči. Jesu li vas pozvali na krstarenje pre ili posle ljubakanja s njima?

– Nije bilo ljubakanja.

Stela se okrenula ka Amber i izvila obrve.

– Kloi govori istinu. Nije bilo ljubakanja. Mora da je sve to bilo zahvaljujući našem urođenom šarmu.

– U svakom slučaju – Kloi je upozoravajuće pogledala u Amber. – Rekla sam im da ćeš odbiti ako ih ne upoznaš.

– Pa, to je tačno.

– Zato sam udesila da se ti i ja vidimo s njima danas posle ručka.

9.

FERN

Fern je poslednja doručkovala i pridružila se devojkama koje su pokušavale da se oslobode mamurluka jakom italijanskom kafom. Stela je ušla da završi sa spremanjem.

Kloi ju je izvestila o njihovom noćnom izlasku sa Italijanima milionerima. Zvučalo je kao dobro veče, ali gledajući Amberino natmureno i bledo lice, Fern nije mogla a da se ne zabrine u pogledu toga šta će doneti novi dan. Ubrzo je zažalila zbog svoje i Steline odluke da provedu dan sa svojim ćerkama. Činilo se kao dobra zamisao, kao prilika da se zbliže i pokušaju da premoste jaz koji ih je udaljio.

Juče je bilo osvežavajuće provesti dan u iskrenom razgovoru sa Stelom, iako je povratak u mladost doneo sa sobom uobičajene brige i žaljenja. Fern je o životu razmišljala kao da je on već završen. Kad su devojke otišle od kuće, znala je duboko u sebi da je na raskrsnici. Imala je tek trideset devet godina, nekoliko nedelja delilo ju je od tog važnog četrdesetog rođendana. Mnoge žene u tim godinama tek zasnivaju porodicu. Da li je zbilja važno što je ona to uradila na drugačiji način? Njen život nije završen. Nekako je morala da veruje u to. Morala je verovati da u svemu može da nađe i obnovi strast: u karijeri, samoj sebi, svom braku...

Suočiti se sa stvarnošću i rafalom misli o budućnosti bilo je bolno ali korisno. Možda će isto biti i kad bude provela dan sa Amber. Stela će provesti daleko prijatnije vreme s Kloi jer se čini da njih dve vole da budu zajedno. Nadala se da će lagana šetnja, svež vazduh i malo hrane popraviti Amberino raspoloženje.

Stela je dojezdila preko terase u lepršavoj dugačkoj haljini i sandalama, spremna za izlazak.

– Sve si ponela? – upitala je ćerku.

Kloi je klimnula glavom, ispila ostatak kafe i uzela svoju torbu.

– Vidimo se kasnije ovde. – Stela je u prolazu stegla Fern za rame. – *Ciao* – rekla je, pre nego što je nestala iza ugla vile s Kloi.

Fern je uzdahnula i zahvalila Violeti koja je počela da sklanja sudove od doručka.

– Možemo jednostavno da ostanemo ovde – promrmljala je Amber kad je Fern ustala.

– Imamo dovoljno vremena da lenčarimo ovde. Biće zabavno istraživati, videćeš. Idi po torbu.

Amber je otišla, a Violeta je susrela Fernin pogled. Znalački joj se osmehnula. – Moja ćerka ima skoro trideset, a i dalje se ponekad ponaša kao tinejdžerka.

– Sjajno – rekla je Fern uz ironičan osmeh. – Onda me čeka još nekoliko godina ovoga.

Pošto je uzela svoju torbu i šešir iz sobe, zaklela se sebi da će izvući najbolje iz ovog izlaska. Amber se ne može doveka ljutiti na nju. Možda je danas prilika da shvati šta se zapravo događa.

Amber je ostala ćutljiva i natmurena dok su se šetale. Bilo je teško reći da li je to samo mamurluk, ali zbog mrzovolje kojom je zračila Fern je odlučila da i ne pokuša bezbrižno da ćaska. Umesto toga, uživala je u miru, prijatnoj toploti i pogledu. Ostrvo je bilo u cvatu. Svetloružičaste bugenvilije ukrašavale su zidove, limunasti miris mirte ispunjavao je vazduh, a poznoprolećno skerletno, ljubičasto i belo cveće ugnezdilo se u zelenim krošnjama.

Fern se sviđalo što je vila udaljena od užurbanog središta ostrva. Put je vijugao pored raskošnih vrtova i skrivenih vila, zatim se pogled iznenada otvarao, pružajući se do Marine Grande i Napuljskog zaliva. Nije joj smetalo da hoda u tišini, ali nisu mogle ceo dan da ne razgovaraju, te je na kraju odlučila da pokrene razgovor.

– Biće lepo videti Rubi iduće nedelje, makar samo na nekoliko dana, zar ne? – Fern se nadala da je Rubi bezbedna tema, ali onda se odjednom osetila loše što je Rubi pretpostavila Amberinom društvu.

– Luda je što nije došla na cele dve nedelje.

– Polaže za medicinsku sestru, nije lako ostaviti to sve.

– Misliš, za razliku od mene.

Fern je u sebi opsovala što je već rekla nešto pogrešno. – Nisam tako mislila, ali da, postoji razlika između kursa sestrinskog rada na bolničkim odeljenjima, u poređenju sa studiranjem marketinga. Osim toga, Rubi nije uzela slobodnu godinu kao ti.

– Da bih putovala. Nisam lenčarila gubeći vreme.

Fern je odmahnula glavom pred Amberinom ratobornošću. – Sve što kažem shvataš kao da te grdim. Zaista nije tako.

Amber je frknula i ubrzala korak. Kako su se približavale pjaceti, nailazile su na sve više belo okrečenih kuća uz put. Ključala je u sebi zbog besa koji je Amber, izgleda, ispoljavala prema njoj i koji ispoljava već neko vreme. Nije joj bilo jasno šta je uradila da je uznemiri, ali bila je odlučna da sazna. Uhvatila je korak s ćerkinim.

– Kuda idemo? – gunđala je Amber. – Kao da besciljno hodamo.

– Zar nije prava radost biti na ovakvom mestu, istraživati i otkrivati skrivene dragulje?

Amber je protrljala čelo. – Možda, da nisam mamurna.

A ko je za to kriv? Fern se uzdržala da upita. To bi je samo još više uznemirilo. – Idemo u Avgustove vrtove – rekla je umesto toga. – Nadajmo se da će divni vrtovi i pogledi biti vredni truda.

– Odlično – sarkastično je uzvratila Amber.

Fern se pomirila s tim da tog dana neće pobediti Amber. Bar nisu bile daleko od odredišta, a pošto istraže, možda će otići na ručak zaliven alkoholom i malo u kupovinu ne bi li je razvedrila. Volela je Amber, ali to nije značilo da ona uvek mora da joj se sviđa. Podsetila je sebe da je to dan za ponovnu izgradnju mostova. Koliko god da joj je teško, sigurno je dobro što će provesti neko vreme s njom.

Ostavile su iza sebe tihe puteve i krenule pešačkim stazama punim turista. Uzan popločan puteljak krivudao je pored svetložutih kuća i restorana s malim baštama. Visoki kameni zidovi oivičavali su ga sa obe strane, a sunce je sijalo kroz krošnje. Što su duže hodale, Amber je izgledala sve zainteresovanije; teško je bilo ne ushititi se plavim nebom i jarkoružičastim cvetovima spram bledožutih kamenih zidova, dok je prijatan miris kafe prožimao vazduh.

Staza se otvarala ka malom popločanom terenu gde je grupa ljudi stajala i ćaskala ispred niskog kamenog zida. Fern je začuđeno prešla pogledom, diveći se raznom zelenilu i fragmentima cvetova boje fuksije i zagasitonarandžaste, koji su krasili vrtove ispod njih. Prošle su kroz kapiju i sišle niz nekoliko stepenika oivičenih malim kupolastim lejama. Na obzorju su se isticale masline i nešto tamniji zimzeleni čempresi.

– Je li vredelo pešačenja? – Fern je okrznula pogledom Amber dok su išle stazom ispod pergole obrasle lišćem.

– Da, nije loše.

Blago rečeno, pomislila je Fern dok su ćutke hodale. Bar je bilo dovoljno lepote oko njih da ne obraćaju pažnju jedna na drugu. Fern je bila razočarana što su pokušaji da zapodene razgovor sa sopstvenom ćerkom tako teški. *Pa dobro*, pomislila je, *ako će biti ovako teško, onda mogu i da kažem šta mislim.*

– Zaista želiš da ideš na tu jahtu s...

– Tačno znam šta ćeš reći. – Amber je zastala i podigla ruke. – Samo nemoj. Stela će se danas upoznati s njima. Ona nije mlada i zadivljujuća kao Kloi i ja...

– Nisam to htela da kažem.

– Pa, šta god da si htela da kažeš – nastavila je, zvučeći još ozlojeđenije – Stela će otkriti kakvi su. Znam da ti se ne sviđa pomisao na to.

– Sviđa mi se pomisao na krstarenje duž Amalfitanske obale, samo ne s ljudima koje ste upoznale dok ste pile u baru.

– Nije bilo tako. Skoro celo veče smo pričali.

– O, onda je u redu. – Sad Fern nije mogla da prikrije ozlojeđenost u glasu. Bilo joj je suđeno da bude negativac zato što je ona ta koja je razborita, koja dovodi u pitanje zamisao da se zabavljaju s gomilom italijanskih tipova. Takođe ju je brinulo da će Stela, iako starija, stoga i razboritija, verovatno odbaciti sav oprez i pristati jer je žudela za pustolovinom.

Amber je produžila duž senovite staze, pretičući parove koji su se šetali i izbegavajući one koji su dolazili iz suprotnog smera. Visoki borovi bacali su senke na stazu dok su stremili da dosegnu svetlost. Vazduh je bio ispunjen mirisom cveća i borova, povetarac je nosio miomiris citrusa.

Fern je uzdahnula i ubrzala korak. Čak i okružena tom lepotom, Amber je izgledala kao da bi joj draže bilo da je ostala u vili i sunčala se uz bazen. Toliko o lepom izlasku majke i ćerke.

– *Ti* jednostavno ne umeš da se zabaviš – rekla je Amber kad ju je Fern sustigla.

– Šta? Naravno da umem. Upravo se zabavljam.

– Odlično, ako ovo smatraš zabavom. – Amber je nabrala nos. – Govorim o spontanosti i prihvatanju sjajne mogućnosti. O življenju milionerskim stilom dok smo ovde. Kladim se u bilo šta da će se Stela danas sastati s njima i prihvatiti. Ona ume da živi.

Ne znajući šta da odgovori, Fern je stisla usne i udaljila se. Vidikovac se nadvijao nad morem. Naslonila se na ogradu i zagledala se. Istina je; Stela ume da živi. Uvek je bila spremna za zabavu, dok je Fern draže bilo mirno veče kod kuće. Njeno samopouzdanje se s godinama smanjilo; kao i njena spontanost, ali to i nije iznenađujuće za mladu majku blizanaca. Fern je uzdahnula. Da li je Amber u Steli videla ono što je želela da vidi u svojoj majci?

Fern je odvratila pogled od panorame. Amber je sedela na klupi gledajući u telefon, ne mareći za lepotu oko sebe.

Duboko je udahnula, prešla stazu i pridružila joj se. Najbolje bi bilo promeniti temu i usredsrediti se na hranu.

– Šta bi za ručak? – vedro je upitala.

Amber je podigla pogled s telefona i slegnula ramenima. – Picu i sladoled.

– Odlično, hajde da nađemo nešto pre nego što gužva postane prevelika.

Amber je ustala i vratila telefon u torbu. Nisu mnogo rekle jedna drugoj dok su hodale nazad ka pjaceti. Amber je iziskivala mnogo napora, a Fern nije želela tako da provede odmor. Kako bi osvežavajuće bilo šetati se vijugavom stazom oivičenom drvećem bez namrgođene Amber. Žudela je za vremenom samo za sebe. Trebalo je da dođe ovamo kako bi to shvatila.

Našle su restoran sa slobodnim mestom nedaleko od pjacete, uzele svaka po napolitansku picu i podelile bocu belog vina pošto je Amber tvrdila da će mamurluk izlečiti s još alkohola.

Fern je zazujao mobilni. Pogledala je u ekran – napokon odgovor od Pola na fotografije koje mu je juče poslala.

Izgleda đavolski lepo. Stela je uspela u životu. Usput, obukao sivu košulju, sastanak bio odličan, hvala.

– Ko je to bio? – Amber je upitala.
– Samo tvoj tata.
– O. – Popila je gutljaj vina i uzela još jedno parče pice.
Fern je bila svesna napetosti, ali to što je provodila vreme sama sa Amber pokazalo joj je koliki je postao jaz među njima. Pošto je sipala sebi drugu čašu vina, Fern je odlučila da uhvati bika za rogove i pita je bez okolišanja.
– Kakav ti problem imaš sa mnom?
Amber ju je pogledala ispod dugih crnih trepavica. – O čemu pričaš?
– O, nemoj mi to. Šta god da kažem, šta god da uradim, smeta ti. Volela bih da shvatim šta sam ti uradila.
– Ništa nisi uradila.
– Stvarno? Ne bi se reklo.
Amber je stisla vilicu. Odvratila je pogled. – Jel' možemo da platimo i odemo odavde?
– Naravno, ali ipak ćeš mi odgovoriti na pitanje.
Fern je prizvala konobara te su platile račun.
Dobro je bilo pobeći ponovo na sunce. Osećala se zarobljenom dok je sedela u punom restoranu, svesna da je njihov razgovor nategnut.
– Onda – rekla je Fern dok su hodale ka pjaceti, ne želeći da pruži Amber priliku da promeni temu – ako te ne uznemiravam, čemu to neprijateljstvo? Taj tvoj stav traje već mesecima.

Amber se sklonila s puta velikoj grupi ljudi koja je hodala ka njima i uzdahnula.

– Tata te gazi, a ti mu dopuštaš – rekla je.

Fern je zastala. Šta god da je očekivala da će Amber reći, to nije očekivala. – Dobro – polako je rekla požurivši ne bi li uhvatila korak s njom. – Nisam baš sigurna zašto to misliš.

Amber joj je uzvratila pogled. – O, molim te, mama. Radi šta god hoće, a ti ga puštaš. Vaš život se vrti oko njega.

– Pa, mi smo tim. On naporno radi, a moj posao je uvek bio da se staram o njemu, tebi, Rubi i kući.

Amber se namrštila. – On ne samo da radi naporno. On se i svojski zabavlja. Kad si se ti poslednji put zabavila?

– Ne počinji opet. – Obuzeo ju je bes. Stigle su na glavnu pjacetu s pogledom koji je obuhvatao veliki deo ostrva. Ljudi su išli tamo-amo i sedeli ispred kafea pijući kafu. Pokazala je unaokolo. – Sad se zabavljam.

– Da, zato što je Stela platila da dođemo ovamo. Ti *nikad* nisi uradila ništa slično.

– Ja nikad nisam mogla da priuštim da uradim ništa slično. Nisam imala dovoljno sreće da dobijem na lotou.

– Ne govorim o skupim letovanjima, nego uopšteno, da se lepo obučeš i izađeš. Osim toga, mogla bi da priuštiš mnogo toga da imaš bolji posao.

Ta gruba opaska naterala je Fern da se ukoči. – Šta fali mom poslu?

– Ozbiljno, to je zaista sve što bi volela? Da radiš u prodavnici?

Fern je zastala nasred pjacete i okrenula se ka Amber. – Zašto to tebi toliko smeta?

– Jasno mi je zašto si prihvatila takav posao, da bi se uklapao sa školom i ostalim, ali Rubi i ja smo odrasle. Više ne moraš da radiš taj usrani posao sa skraćenim radnim vremenom.

Stajale su nasred puta, s ljudima koji bi se u prolazu očešali o njih ili ih zaobilazili, ali u tom trenutku Fern nije marila.

– Nisi mi odgovorila na pitanje. Zašto ti smeta šta ja radim? – Zaškiljila je u Amberinu elegantnu blistavu kosu, veštačku preplanulost i firmirane naočare. – Misliš da mi je to ispod časti? Je li u tome stvar? Stidiš se?

– Ne stidim se, mama; samo... Ne bih volela da završim kao ti.

Amberine reči su je duboko povredile, ponovo otvorivši ranu za koju je Fern već neko vreme znala da je tu – njenu zabrinutost da će dopustiti da joj život izmakne potvrdile su te oštre reči njene ćerke. Nezavisnost koju je od malih nogu ispoljavala i njena impulsivnost u predškolskom dobu samo su postali izraženiji tokom adolescencije, dok je ona draga i umiljata strana nestala, ostavivši iza sebe neznanku, ćerku koju Fern više ne razume i s kojom ne može da se zbliži, drugačiju od osećajnije i obzirnije Rubi, čije je detinje crte bilo lakše razumeti i boriti se s njima kad je postala tinejdžerka. Takođe je bila svesna, ne razumejući zašto, da su se stvari pogoršale u poslednjih godinu-dve.

Fern se probila kroz gužvu do klupe pa sela. Ispred nje su se pružali stepenici usečeni niz padinu, a puzavice u saksijama okruživale su bele stubove. Brdo je široko presecao prizor svetlucavih građevina, ugnežđenih između uskih vijugavih puteva, drveća i zelenih vrtova.

Amber joj se pridružila i ćutke sela pored nje na klupu. Život se nastavljao oko njih; ljudi su se šetali, kupovali ili nalazili mesta gde će da jedu. Vrabac je sleteo na zid ispred njih, na trenutak ostao tu pa odleteo. Smeh i čavrljanje zamirali su dok bi stigli do njih, a odnekud nedaleko odatle dopro je miris pice.

– Mama, žao mi je ako sam te uznemirila. – Još je bilo odlučnosti u njenom glasu, ali govor tela joj je bio srdačniji kad se nagnula bliže. Oprezno je spustila ruku na Ferninu.

– Zbilja? Zvučala si kao da i te kako uživaš dok mi to govoriš. I kunem ti se, nećeš završiti kao ja. – Nije mogla da potisne bol iz glasa. – Ti studiraš ono što želiš. Imaš ambicije i planove, karijeru pred sobom, a usput uživaš u svemu što nudi studentski život. Nisi kao ja završila kao trudna tinejdžerka. *Ti* nemaš razloga za brigu.

Fern je zurila preda se, ali pogled joj je bio zamagljen suzama spremnim da poteku. Amberina ruka ostala je na njenoj, što je samo još više uznemirilo Fern, ta pomisao da joj je dovoljno stalo da pokuša da je uteši. Nije se usudila da je pogleda, brinući da će se potpuno izgubiti i briznuti u plač okružena svim tim ljudima.

– Znaš, možeš da promeniš svoj život – Amber je na kraju rekla, glas joj je bio tih i jednoličan.

Fern je odmahnula glavom. – Uznemiruje me što misliš da mi je život tako loš da moram nešto da preduzmem.

– Ti stvarno ne vidiš, zar ne? – oprezno je upitala Amber.

– Šta da vidim?

– Kako se on ponaša prema tebi.

– Opet govoriš o svom ocu? – Fern je zaškiljila okrenuvši se ka Amber. Počelo je da je probada u glavi; trebalo joj je neko hladno i bezalkoholno piće. Nije joj se svidelo ono o čemu su dotad razgovarale, ali još manje joj se svidelo kuda taj razgovor vodi.

– Da, razočaravajuće je to gledati.

– Govoriš o svom ocu. – On ima svojih mana, ali način na koji je Amber govorila o njemu nije bio u redu.

– Da, znam. To ne znači da treba tako da se ponaša prema tebi.

Fern se namrštila. – Šta to uopšte znači? Dobro se ponaša prema meni. Rekla si to kao da me kinji ili nešto slično. Sama sam izabrala da budem domaćica i da podižem tebe i Rubi. Nema u tome ničeg lošeg.

Amber je stegla vilice. – Mnogo toga je lošeg u činjenici da ti činiš sve za njega, a on te ne poštuje. Hoću da kažem, zaboga, spremila si mu gomilu hrane pre nego što si došla ovamo kao da je nesposoban da se brine o sebi. Nisu ovo pedesete.

Fern se još više namrštila. Nije razumela odakle taj izliv besa. Amber je uvek bila tatina devojčica. Obožavala ga je i on obično nije mogao da uradi ništa pogrešno u njenim očima. Godinama ranije, kad bi njih četvoro otišli na jednodnevni izlet, napravili bi parove: Pol i Amber, ona i Rubi. Uvek je tako bilo. Ali sad kad razmisli o tome, Amber je odnedavno nesumnjivo i prema njemu ledena. Mora da postoji razlog.

– Šta mi prećutkuješ, Amber?

Amber je ustala. – Ne znam. – Glas joj je bio uzrujan dok je odmahivala glavom. – Samo razmisli o nekim stvarima. Hoću da kažem, *stvarno* razmisli o tome kakav je zapravo tvoj i tatin odnos. Ja se vraćam u vilu.

Amber je otišla. Fern je ostala da sedi. Bila je zapanjena koliko su Amberine reči bile prožete sažaljenjem i besom. Da li je njeno duboko nezadovoljstvo zaista tako očigledno? Progutala je žuč koja joj se popela u grlo. Ako bi malo istražila svoju dušu i istinski razmislila o svom životu, plašilo bi je šta bi otkrila.

10.

STELA

Stela se osećala loše što je ostavila Fern sa očigledno mamurnom i ljutitom Amber, ali radovala se danu koji će provesti s Kloi. Otkad je Kloi otišla na fakultet, njih dve nisu imale mnogo zajedničkih dana. Došetale su u grad Kapri i svratile u prodavnice duž Ulice Kamerele pre nego što su se uspinjačom spustile u Marinu Grande i našle restoran s pogledom na more.

Kloi je uzela picu, dok je Stela, nadahnuta okruženjem, naručila tunu u korici od susama. Raznobojni ribarski čamci ljuljuškali su se na vodi tačno naspram restoranske bašte i dalje duž marine, mnoštvo turista se iskrcavalo s hidroglisera u luci.

Jedan od Italijana koje je Kloi upoznala prethodno veče poslao joj je poruku s lokacijom njihove jahte, te su posle ručka izašle iz komercijalne luke i otišle u turističko pristanište s blistavim gliserima i luksuznim jahtama. *Silver spirit* je bilo lako primetiti jer se veličinom isticao u marini. Stelu je obuzelo uzbuđenje što će se družiti s nekim mladim – i nadala se zgodnim – Italijanima na tako zadivljujućoj jahti.

Stela je zviznula u pô glasa dok su hodale pored nje. – Ovo je baš zadivljujuće.

– Rekla sam ti. – Kloi je podigla pogled i mahnula tamnokosom Italijanu.

Popele su se uza stepenice na donju palubu, a Italijan je prišao da ih dočeka.

– *Ciao*, Kloi. – Luka ju je poljubio u oba obraza. Susreo je Stelin pogled i srdačno se osmehnuo rukujući se s njom. – Ti si sigurno Stela. *Benvenuta*. – Pogledao je obe. – Dobro došle na *Silver spirit*.

Luka je savršeno govorio engleski s blagim akcentom. Bio je visok i naočit, izraženih jagodica i preplanuo. Stela je postala još sigurnija da želi da se druži s njima.

Polirane drvene letvice na palubi bile su tople i prijatne spram blistavobele jahte, a deo na koji su kročile bio je ogroman.

Kloi je pogledala u Stelu i promrmljala: – O bože.

Pratile su Luku preko palube do mesta gde je drugi čovek lenčario na velikoj kružnoj sofi. Stela je već krišom osmotrila gornji nivo palube i mogla je da zamisli koliko je jahta prostrana u potpalublju. Nije ni čudo što je Kloi zinula u neverici.

– Ovo je tvoja jahta? – upitala je Stela kad joj se glas napokon povratio.

– Mog strica. – Luka se okrenuo ka čoveku na sofi, koji je ustao i prišao im. – Ovo je moj brat od strica, Vinčenco.

– Onda je ovo jahta tvog oca?

Vinčenco je klimnuo glavom i osmehnuo se. – Jeste.

Bio je u dvadesetima, mlađi od Luke, ali slično obučen, u šorts i lanenu košulju, krajnje opušten u okruženju koje je Stela jedva mogla da pojmi.

Vinčenco se okrenuo ka Kloi i poljubio je u oba obraza. Ona se zakikotala kad ju je poveo ka sofi, a onda su njih dvoje počeli da ćaskaju. Steli nije bilo teško da vidi koliko je Kloi očarana. Uzdahnula je, vagajući koliko je to loša zamisao, budući da je njenoj ćerki srce razum već izdalo.

– Moj drugi rođak Đovani i njegov prijatelj Dezi otišli su na obalu, tako da ih danas možda nećete upoznati. – Luka je pokazao ka natkrivenom delu za sedenje iza sofe. Seli su a konobarica u blistavobeloj košulji s kratkim rukavima i lepom crnom šortsu donela je dve čaše šampanjca i spustila ih na sto.

– Imate, dakle, i ljude koji rade na jahti?

Osmehnuo se. – Naravno. Imamo šesnaestočlanu posadu. Osam luksuznih spavaćih soba, trpezarije, biblioteku, čak i noćni klub.

– Opa, to je baš impresivno. – Pogledala je unaokolo u blistavu unutrašnjost u orahovini i u neizreciv pogled na Kapri čije su bele vile, svetlucave na suncu, pokrivale padinu brda.

– Kao što smo sinoć rekli Kloi i Amber, idemo u Napulj, zatim nekoliko dana duž Amalfitanske obale krajem nedelje. A vi ste dobrodošle da nam se pridružite. – Njegove reči lebdele su u vazduhu.

Stela je osetila Kloino iščekivanje. Znala je da ona očajnički želi da čuje da. Bilo je to uzbudljivo i pustolovno. Možda nesmotreno. Ti momci su bili stranci, ipak, nisu to samo njih četvorica; tu je cela posada. Neće biti same. Uostalom, želela je da taj odmor bude životna pustolovina...

– Često pozivate na krstarenje ljude koje ste tek upoznali? – Stela je netremice gledala u Luku, pitajući se da li će joj reći istinu.

– Iskreno? Ponekad. Imamo dovoljno mesta. A lepo je imati novo društvo. – Spustio je ruku duž naslona sedišta i pažljivo je pogledao. – Znam kako to može da izgleda. Mladi smo, želimo da se zabavimo. Mislim da i Kloi i Amber to žele, možda i vi...

– Da, želim – uzvratila je tiše, svesna da Kloi nije daleko. – Ali takođe nisam toliko mlada i naivna kao moja ćerka.

Luka je podigao svoju čašu. – Razumem. Učinite ono što smatrate ispravnim. Ali ponuda stoji. Volimo dobro društvo i da sklapamo nova prijateljstva.

Kakve god da su mu bile namere, počeo je da joj se sviđa.

– Moram da popričam s prijateljicom da bih bila sigurna, ali mogu li da kažem uslovno da?

– Naravno. Samo nam javite pre polaska u petak.

Osetila je kako Kloi pokušava da zadrži uzbuđeno cičanje. I shvatila je da nije samo Kloi uzbuđena. Luksuzna jahta s mladim zgodnim Italijanima bila je san snova. Pomisao na krstarenje s njima ju je uzbuđivala. Otkad je dobila na lotou, obećala je sebi da će *zaista* početi da živi, da će prihvatati prilike i slobodu koju novac može da joj donese. Da se neće usredsređivati na negativno, nego na pozitivno.

Posle još malo ćaskanja i pijuckanja šampanjca, Stela je razmenila broj s Lukom i obećala da će mu što pre javiti svoju odluku.

Oprostili su se uz poljupce u oba obraza. Njegova čekinjava brada ju je zagolicala, a osetila je i dašak senzualnog losiona za posle brijanja sa aromom začina.

Kloi je provukla ruku ispod Steline te su otišle ka barovima i restoranima u prometnoj Ulici Marina Grande. Mogla je da zamisli šta će Fern reći, ali nekako ju je morala ubediti da pristane.

Amber je već bila u vili, opuštala se pored bazena kad su se Stela i Kloi vratile.

– Gde ti je mama? – Stela je spustila torbu na stolicu pa protrljala bolna ramena.

– Ne znam.

– Kako to misliš ne znaš?

– Nismo se zajedno vratile.

Stela se namrštila. Činilo se da bi bilo dobro ostaviti im malo zajedničkog vremena, ali Amberino namršteno lice govorilo je drugačije. Sela je na ivicu ležaljke za sunčanje i uzdahnula. – Šta se dogodilo?

– Ono što sam znala da će se dogoditi kad smo prisiljene da provodimo vreme zajedno. – Amber je prekrstila ruke i uzdahnula.

Stela je bila tužna zbog jaza između Amber i Fern, koji je postajao sve veći, i kao ni Fern pojma nije imala šta ga je izazvalo. – To vam je bila prilika da razgovarate – blago je rekla.

– Da, ali ona je nemoguća. Pričali smo o budalaštinama, a kad sam zaista pokušala da govorim o važnim stvarima, pobesnela je.

– Treba da imaš razumevanja za nju.

– Činim joj uslugu.

Stela se namrštila, zbunjena Amberinim rečima. Zapitala se da li tu ima nečeg više od uobičajenih trzavica između majke i ćerke. – Šta hoćeš da kažeš?

Amber je odvratila pogled. – Ništa.

– Pa nešto jeste, čim si ti uznemirena, a tvoja mama nije ovde. Jesi li je samo ostavila negde?

– Sigurna sam da je i te kako sposobna da nađe put. Ja sam uspela, zar ne? – Ponovo se natmurila.

– Nije u tome stvar. Zašto se naljutila?

Amber se uspravila, spustila naočare na ivicu ležaljke pa pogledala unaokolo. – Gde je Kloi?

– Otišla je unutra da se presvuče – rekla je Stela. Amberino lepo lice bilo je napeto, čelo namršteno. Stela se malo opustila. Ispružila je ruku i spustila je na Amberinu nogu. – Šta mi prećutkuješ?

Amber je zaustila da nešto kaže, ali je samo odmahnula glavom. Stela je bila napeta, pitala se da li će se Amber potpuno zatvoriti. Onda je Amber srela Stelin pogled.

– Šta znaš o mom tati?

Stela je osetila kako joj se krv ledi u žilama. – Šta hoćeš da kažeš?

– Poznaješ ga, zar ne, otkad poznaješ i mamu?

– Aha.

– Zato te pitam, koliko ga dobro poznaješ? Hoću da kažem, znaš li kakav je zaista? – Razrogačila je oči preklinjuće, kao da želi da Stela shvati šta joj ona kaže a da ne mora to da izgovori. Nevolja je u tome što je Stela tačno znala šta ona želi da kaže i koliko se muči da istinu pretoči u reči. Amber nije odvratila pogled. – I ti znaš, zar ne?

– Šta?

– Da tata ima ljubavnicu.

Iako je to bila istina, sad kad je čula te reči od Amber i naglas izgovorene, Stela je imala utisak da se sve oko nje steže. Živopisno okruženje je u tom trenutku izgledalo kao četiri siva zida. Stomak joj se skvrčio od straha. – Otkud znaš?

– Pre dve godine sam naišla na tatu i neku ženu. Mama je bila otišla da poseti Rubi na fakultetu. Trebalo je da ja budem kod drugarice, ali nije mi bilo dobro pa sam došla kući. Završili su do trenutka kad sam se pojavila na vratima spavaće sobe, ali nisu mogli da sakriju šta su radili.

– O bože, Amber. Pojma nisam imala. Hoću da kažem, nisam znala za to.

– Iskreno mi kažeš da si verovala kako moj tata nikad nije prevario moju mamu?

– Ne znam šta da kažem... – Srce joj je tuklo. Toliko je laži trebalo razmrsiti, toliko toga što je trebalo ispraviti.

– Teško mi je da o bilo čemu razgovaram s mamom zbog te glupe stvari koja lebdi nada mnom. Želim da mama sazna istinu. Mrsko mi je što ona ne zna. Besna sam na sebe što se ljutim na nju, ali ljuti me što ona to ne vidi. Znam da sam ja to *otkrila*, ali sasvim je očigledno šta on radi i mada ga više nisam uhvatila – uglavnom zato što sam skoro sve vreme na fakultetu – sigurna sam da i dalje švrlja. Želim da se postaram da mama uvidi šta se dešava, a da joj zapravo ne kažem, jer me je tata naterao da obećam...

– O čemu vas dve šapućete?

Kloin glas ih je obe naterao da poskoče. Išla je preko terase ka njima.

Stela se nagnula ka Amber. – Zasad to zadrži za sebe. – Ustala je i osmehnula se Kloi koja je došla u bikiniju. – Telefoniraću Fern. – Zgrabila je svoju torbu i otišla ka tunelu od zelenila koji je vodio ka vili.

– Jahta je fantastična – čula je Kloi dok je ulazila.

Steli je srce tuklo i u glavi joj je odzvanjalo od Amberinih reči. I bila je zabrinuta za Fern. Iako Amber nije otvoreno rekla istinu, rekla je dovoljno da uznemiri majku. Izvadila je mobilni iz torbe i pozvala Fern. Poziv je odmah preusmeren na govornu poštu. Stela je opsovala, vratila telefon u torbu i sudarila se s Violetom.

– *Mi dispiace* – rekla je Violeta, skupljajući gomilu rublja s popločanog poda. – Žao mi je.

– Ne, ja sam kriva. Uopšte nisam gledala kud idem. – Podigla je jedan peškir i dala joj ga. – Vi verovatno ne znate da li se Fern vratila?

Violeta je klimnula glavom i pokazala niz hodnik. – Mislim da je u svojoj sobi.

Stela je pošla tim putem, njeno kratko olakšanje ubrzo je smenila uznemirenost kad se približila zatvorenim vratima Fernine sobe. Pokucala je i sačekala. Pokucala je glasnije kad nije bilo odgovora.

– Uđi! – čula je udaljen glas.

Stela je otvorila vrata. Soba je bila prazna, ali francuski prozor je bio širom otvoren. Stela je prešla preko sobe i izašla na verandu.

Fern je sedela na velikoj stolici s jastučetom, nogu podavijenih poda se. Na krilu joj je bila otvorena knjiga, a oči su joj bile crvene.

– Hej – nežno je rekla Stela naslonivši se na nizak zid pored nje.

Fern je zurila pored nje u rastinje koje je pravilo hladovinu na terasi. Bila je potpuno skrivena, lična oaza usred vrta. Izbliza su Fernine oči izgledale natečeno a Stela je primetila izgužvanu maramicu u njenoj ruci.

– Upravo sam popričala sa Amber... Rekla mi je, manje-više šta se dogodilo. – Rekla joj je mnogo više, ali nije bila spremna da to sad podeli s Fern. – Jesi li dobro?

Fern je šmrknula. – Dobro sam.

Steli je izgledala i zvučala svakako samo ne dobro. – Hoćeš li da razgovaramo o tome?

– Zapravo ne, ne. – Duboko je udahnula i okrenula se ka njoj. – Kako je prošao tvoj dan s Kloi? Jeste li išle na jahtu?

– Jesmo. Đavolski je zadivljujuća. Pozvali su nas na krstarenje Amalfitanskom obalom nekoliko dana. Izgledaju kao vrlo pristojni i prijateljski nastrojeni momci. – Fern je stegla maramicu. – Ali ne moramo sad da pričamo o tome. Možemo da odlučimo kasnije tokom nedelje.

Stela se odjednom osećala neprijatno. Ustala je, taj njen pokret je naterao crvendaća da odleti u bezbednost crnike koja je pravila senku nad terasom.

– Ako kasnije budeš želela društvo, potraži me. Mislim da bi devojke večeras mogle malo da izađu... – Nije znala šta još da kaže. Fern je izgledala tako tužno. Stegla ju je za nadlakticu i otišla s terase, prepustivši je njenim mislima.

Pol mora za mnogo toga da odgovara, ali nije on jedini.

11.

FERN

Fern je uspela da izbegne Amber do kraja dana. Amber i Kloi su uveče izašle, a Stela je pravila Fern društvo u vili. Njih dve su večerale jednostavnu ali ukusnu salatu od morskih plodova pre nego što su sele da gledaju film sinhronizovan na engleski. Vreme je prolazilo, a Fern je bilo drago što ne mora da priča. Bilo joj je drago i što ne mora ni o čemu da razmišlja. Pokušala je da potisne duboko u svest ono što joj je Amber rekla, ali seme je bačeno a ona je bila zabrinuta. Stela je verovatno bila samo ljubazna što je ostala s njom umesto da uživa u izlasku. Fern je znala da nije baš oličenje vedrine. Kad se zaputila rano na spavanje tu drugu noć, obećala je sebi da će odsad biti bolje društvo.

Posle prethodnog pogubnog zajedničkog dana – bar za Fern i Amber – niko se nije bunio kad je Stela predložila da odvojeno provedu dan. Dok su Amber i Kloi odlučile da odu na stenoviti Faraljoni da se sunčaju i kupaju, Stela je predložila Fern da njih dve pođu u kupovinu. Tako su nakon lenjog jutra kraj bazena radile upravo to, obilazile butike u Ulici Kamerele i pažljivo proučavale dizajnerske marke. Umesto da odu na ručak kupile su fokaču, paradajz i lokalni sir da jedu kad se vrate u vilu. Suncem okupane ulice bile su uske i ispunjene svetom. Izlozi su se nadmetali za pažnju, purpurna bugenvilija u slapovima se spuštala s balkona a mali kafei sa stolovima u bašti mamili su turiste kafom i pecivom.

Kasnije tog dana, uzele su jedan od onih šarenih taksija sa otvorenim krovom da ih odveze na drugu stranu ostrva, u restoran s terasom s koje se pružao pogled na Marinu Pikolu. Fern je smatrala pogled s bazena vile nenadmašnim, ali bilo je nečeg čarobnog u tom okruženju. Možda je to bilo do doba dana, zbog sunca koje se spuštalo otkrivajući čaroliju sutona. Školje se ispred njih isticalo spram rumeni neba koja se pretapala u bledoljubičastu, zatim u modroplavu kad se spojila s morem. Vile ugnežđene između tamnozelenih krošnji privlačno su blistale, a mnoštvo vijugavih uličica bilo je okupano toplim sjajem. Izvan mirnog zaliva brodovi su svetlucali, njihov sjaj se ogledao u staklastoj površini vode.

Konobar im je doneo bocu belog vina, sipao im i uzeo njihove narudžbine.

– Devojke propuštaju ovo – rekla je Fern kad se konobar udaljio.

– Sigurna sam da će i one naći nešto jednako raskošno. Osim toga, ne verujem da bi volele da nas vuku sa sobom u noćni izlazak. – Stela je izvila savršeno oblikovanu obrvu i otpila malo vina.

– O, znam. Ne znam zašto sam mislila da bi volele. Bilo je zanimljivo... – Fern je zastala, pitajući se da li je *zanimljivo* prava reč. – Otvorilo mi je oči vreme provedeno sa Amber.

– Je li?

Fern nije bila sigurna koliko je Stela saznala o pogubnom završetku njenog i Amberinog dana, ali ton joj je bio dvosmislen. – Ona je tako povučena. Stvarno ne razumem šta joj je. Nedostaje mi bliskost koja je među nama postojala kad je bila mlađa. Ne znam, postala je tinejdžerka i sve se promenilo – znam da se to moglo i očekivati, ja jedva da sam razgovarala s roditeljima u tinejdžerskom dobu, ali zgranula sam se kad sam shvatila koliko se udaljila od mene. Amber se udaljila, a Rubi i ja smo postale bliskije.

– Prilično se razlikuju za identične blizance, zar ne?

– Potpuno. Ali Amber... tako je gruba. Gleda me s visoka. Tako je podrugljivo rekla da ne želi da bude kao ja. Jadna i promašena.

– O zaboga, Fern. Ne misli ona o tebi tako.

– Misli, Stela, rekla mi je to juče. – Razgovor sa Amber beskrajno ju je povredio. Uznemiruje je i kad samo pomisli na to. – Znaš da to nije daleko od istine.

Stela je zaustila da nešto kaže, ali verovatno je pomislila da je bolje da ćuti.

– Vidiš – rekla je Fern samozadovoljno, iako se osećala razorenom pri pomisli da očigledno i drugi misle ono što Amber misli o njoj. – Rekla je i o Polu svašta... kako me ne poštuje i iskorišćava me.

Stela je popila malo vina i zamišljeno je gledala. – Ne bi trebalo da joj dozvoliš da tako razgovara s tobom.

– Znam da ne bih. – Fern je drhtavo uzdahnula. – Nevolja je u tome što se uglavnom osećam tako kako je rekla, ali ona me je navela da to jasno sagledam.

Stela se namrštila. – Šta hoćeš da kažeš?

Fern je srce tuklo, a dlanovi su joj se znojili. Iako je bilo prijatno toplo veče, odjednom joj je bilo neprijatno vrućina. – Već neko vreme se tako osećam, kao da sve radim mehanički. Život mi je jednoličan. Teško je objasniti... Izgubljena sam otkako su devojke otišle od kuće. Znam da će dolaziti za raspuste i da treba da se brinem za kuću i za Pola...

– Ne bi trebalo da se brineš da Pola. Amber je u pravu što se toga tiče.

– Nemoj ponovo o tome, Stela.

Stela je odvratila pogled i podigla svoju čašu s vinom. Dok je ona posmatrala panoramu, Fern je bezmalo čula kako joj se okreću zupčanici kao da smišlja šta da kaže.

Stela se okrenula ka njoj. – Moraš početi više da misliš na sebe. Otkrij šta je to što *ti* želiš i prestani da brineš o svima ostalima. – Podigla je ruke pre nego što je Fern stigla bilo šta da kaže. – Znam da je meni lako to da kažem, ali na osnovu onog što si rekla, kao i sudeći po tome kako se Pol i Amber ponašaju prema tebi... Zabrinuta sam za tebe, to je sve. U svakom slučaju – nastavila je – to je nešto kroza šta svi mladi ljudi prolaze, prkose roditeljima i omalovažavaju ih. To je uobičajeno, iako boli.

Fern nije bila tako sigurna u to. Na kraju krajeva, Amber je izašla iz tinejdžerskih godina – ovo je bilo lično, napad na samu njenu ličnost. Možda je bila preosetljiva. Potisnula je tu temu.

Povratak konobara s predjelom bio je savršen način da odvrate misli. Usredsredile su se na hranu, jedva rekavši nešto osim „mmm" dok su uživale u salati kapreze. Iako je to bilo jednostavno jelo, Fern nikad nije ništa slično probala. Svež, bezmalo ljutkast bosiljak bio je protivteža slatkom paradajzu i kremasto glatkoj mocareli od bivoljeg mleka.

– Ovo je bilo neverovatno dobro – rekla je Stela čim je progutala poslednji zalogaj.

Fern je klimnula glavom i otpila malo belog vina. – Sve je ovde bolje nego što sam zamišljala. Mislila sam da će biti preko svake mere razmetljivo. Hoću da kažem, unaokolo ima ljudi tip-top obučenih, očigledno bogatih, ali samo ostrvo je lepše nego što sam mislila.

– Jeste, zar ne? – odvratila je Stela uz osmeh. – A bila je to puka sreća da dođemo.

– Baš kao i tvoj dobitak na lotou.

Stela je podigla čašu ali izgledala je snebivljivo.

Fern je promenila temu pričajući o tome šta će raditi kad završe obrok. *Pešačenjem potrošiti svu ovu hranu*, pomislila je kad je konobar doneo glavno jelo.

Stela se razdragano zakikotala dok je sekla svoju sabljarku s maslinama i kaparima. Fernin tanjir lingvinija s lignjama i račićima bio je skoro previše lep da bi ga načela – skoro.

– U raju sam. – Stela je uzdahnula i uzela još jedan zalogaj.

Načas su se usredsredile na hranu, sa odobravanjem klimajući glavom nad ukusnim jelima. Ukusi su bili sveži, sladak sočan paradajz kombinovan sa slanim lignjama i račićima. Glasovi ostalih gostiju ispunjavali su vazduh zajedno sa zveckanjem pribora. Miris grilovane ribe i limuna dojezdio je na laganom povetarcu. Otkad su stigle, nebo je potamnelo, te je bilo teško videti gde se završava more a gde počinje nebeski svod.

– Šta misliš o tom krstarenju jahtom? – Stela je prekinula tišinu.

– Ja, ovaj… nisam sigurna. – Fern je nabrala nos. Znala je šta oseća u vezi s tim, ali nije želela da razočara Stelu.

– Ne mari – rekla je Stela. – Možeš da budeš iskrena. Nije to zabava po tvom ukusu, zar ne?

Fern je natakla lingvinije na viljušku. – Zapravo nije. Ali nekada davno bi bila.

Stela je frknula. – Tada te niko ne bi zaustavio – pravac na taj brod zabave na nekoliko dana zalivenih alkoholom. Trebalo je da se nadmećemo koja će brže da potegne.

– Kad sam postala tako dosadna?

Stela ju je netremice gledala. – Nisi.

Fern nimalo nije poverovala u to. – Jesam, i ti znaš to.

– Nisi dosadna. – Stela je spustila hladan dlan na njenu ruku. – Razumna si i imaš odgovornosti koje nisi imala kad smo bile na izmaku tinejdžerskih godina.

– I ti imaš odgovornosti. Ali nisi prestala da se zabavljaš.

– Ništa te ne sprečava osim tebe same.

Fern je odvratila pogled, zgranuta istinom u Stelinim rečima i činjenicom da su je toliko povredile.

– Mnogo mi je žao, nisam htela da to tako zvuči – izvinila se Stela.

– U redu je, istina je. Obe to znamo. Možda ja ne želim da priznam koliko sam se promenila. Hoću da kažem, svi su se promenili, ali ja nimalo ne ličim na sebe u osamnaestoj.

Nastavile su da jedu, viljuške su im škripale po tanjirima.

Stela je odložila svoju viljušku i pogledala preko stola. – Zašto ne odeš u tu umetničku koloniju?

– O čemu pričaš?

– Znaš, ono mesto o kojem ti je pričala žena na brodu. Prihvati njenu ponudu. Znam da bi ti to bilo draže od nekoliko pijanih dana na jahti.

Fern je probola viljuškom povećeg raka. – Ne mogu.

– Zašto, zaboga?

Slegnula je ramenima. Nije imala dobar razlog, osim što se osećala loše jer kvari zabavu. Ona je udata, dok su Stela, Amber i Kloi slobodne i očigledno spremne za zabavu. Jasno joj je bilo kako su zgodni Italijani delovali na sve njih.

– Uvek možemo da odemo na još jedan jednodnevni izlet, ne moraš ništa da propustiš. Samo želim da budeš zadovoljna i da napokon uradiš nešto za sebe. Da misliš na sebe. To nije sebično.

– Izgleda mi pogrešno da ja odem za sebe kad smo sve zajedno došle ovamo – priznala je Fern.

– To ne znači da na nekoliko dana ne možemo da uradimo nešto svaka za sebe. Iskreno, Fern, ako je to nešto što bi volela, uradi to. Ovo je *naše vreme*, ne zaboravi. U tome je suština ovog odmora. Devojke mogu sa mnom.

– Jesi li sigurna? Ne izgleda mi pošteno da te ostavim sa Amber.

– Ona je odrasla žena, Fern.

– To me i brine.

– Pa, možda je i bolje tako, nego da se osećaš kao da treba da paziš na nju.

– Postaraćeš se da ne napravi nekakvu glupost, zar ne?

– Mislila sam da ćeš reći da ne radi ništa što ja ne bih...

– O bože, užasava me pomisao na to šta ćeš ti raditi.

– Opusti se, uživaj i ne brini. Možda će biti teže u umetničkoj koloniji nego na multimilionskoj jahti.... – Stela je namignula.

Fern ju je šaljivo pljesnula po ruci. Znala je koja joj se mogućnost više sviđa. Što je zaista smešno kad pomisli na svoje ponašanje u tinejdžerskom dobu i na očajanje svojih roditelja. Ta iskra i samopouzdanje koje je nekad imala, ugasili su se – zašto? Zbog braka i majčinstva? To nije bilo pošteno. Ona je dozvolila da se to desi. Fern se odjednom naljutila na sebe što je izgubila svoj bezbrižni stav, svoj polet, kreativnost, samopouzdanje. Spisak se nastavljao.

– A kad se vratimo kući – rekla je Stela, povrativši je u stvarnost – treba da izađeš sa mnom i s devojkama s posla. Ne možeš više da odbijaš.

Fern je iskrivila lice. – Nisam sigurna da bi se Polu mnogo svidelo da izađem s gomilom slobodnih žena.

– Ne bi trebalo da daješ ni pišljiva boba za to šta Pol misli. – Bilo je otrova u njenom glasu.

Fern ju je oštro pogledala i izvila obrvu.

– Izvini – rekla je Stela tiše. – On često izlazi sa svojim prijateljima, a mnogi među njima su neženje. Ti ništa ne kažeš na to, zar ne?

– Da.

– Onda ne bi trebalo da te brine šta on misli.

– Nije samo zbog njega. Šta ja da radim u večernjem izlasku kad se vi smuvate s nekim?

– Iskreno, Fern, izlazimo samo da bismo se zabavile, ne da bismo nekog našle. Teško da sam ikoga upoznala na mestima na koja idemo. Samo plešemo i smejemo se.

– Šta je s Francuzom o kojem si pričala?

– To je nešto drugo. Upoznale smo ga ranije te večeri u restoranu, kasnije smo ga ponovo videle u klubu, tako da smo ljudski popričali. Bilo je to samo jednom. Ako pođeš s nama, obećavam da te neću ostaviti zbog nekog muškarca.

Fern je uzela još jedan zalogaj testenine s morskim plodovima. Zagledala se preko treperavog zaliva dok je razmišljala o onome što je Stela rekla. – Nekako se osećam kao da nigde ne pripadam. Imam prijateljice kao što si ti, koje su slobodne i uživaju u tom načinu života, kao i prijateljice koje su udate, ali s mnogo mlađom decom. Prijateljice koje sam ja stekla kad su devojke bile male sad su u pedesetim – ne osećam se bliskim s njima, kao što se nisam osećala kad sam kao majka tinejdžerki pokušala da se zbližim sa onima od trideset i nešto. Ne znam, više ne znam ko sam.

– Možda nikad nisi bila u prilici da otkriješ ko si i šta hoćeš od života. Od tinejdžerke s nadama i snovima postala si majka tinejdžerka s mnogo odgovornosti i malo vremena da se prilagodiš. Teško je imati i jedno dete u ranoj mladosti, a kamoli dvoje. Ti si đavolski sjajna, Fern, zaista to mislim. Zato iskoristi ovo vreme da učiniš nešto za sebe.

Fern nije želela da prizna sebi da je Stela možda u pravu, jer bi to značilo i priznati da je dozvolila da joj snovi izblede a njena strast prema umetnosti i kreativnosti zamre.

12.

FERN

Fern se zbog mnogo čega osetila smešnom što se odriče prilike da boravi na luksuznoj jahti. Možda je zaista preosetljiva. Počela je da uočava u sebi ono što su Stela i Amber videle, i nije bila sigurna da joj se sviđa ono što je postala. Iako njene vrline nisu bile nešto čega bi se stidela. Nema ničeg lošeg u tome što je druge stavljala na prvo mesto, što je brinula o njihovim potrebama, ponašala se majčinski, bila obzirna i brižna, ali jasno joj je bilo kad je Stela rekla da ne treba to da radi na svoju štetu. Ono što ju je rastuživalo bila je činjenica da je s godinama naoko digla ruke od sebe: svoje samopouzdanje i bezbrižnost. Nekada je prihvatala sve predloge. I dalje je mogla da se zabavlja, ali možda ona žudi za drugačijom vrstom zabave od one koju zanima Stelu.

Na kraju je prihvatila Stelin savet, znajući da zapravo želi da provede vreme ne na preskupoj jahti, već u umetničkoj koloniji. Možda će to biti način da spozna ko je sad, umesto da čezne za osobom kakva je nekad bila.

Narednog jutra je poslala poruku Idit da je pita važi li i dalje ponuda da provede nekoliko dana s njom. Dobila je odgovor da će joj biti drago da joj se Fern pridruži. Idit joj je poslala detalje o koloniji, i posle nekoliko opuštajućih dana sunčanja na bazenu vile i obroka u gradu Kapriju, njih četiri su se spakovale spremne za odvojene pustolovine.

Fern je uživala, iako drugima to nije tako izgledalo. A pod drugima je mislila na Amber. Mada je bilo jasno da je Amber drago što će njena mama biti negde drugde. Uprkos suncu i lepoti njihovog okruženja, napetost između njih dve se nastavila, Amber je i dalje ignorisala Fern, a Fern nije imala volje da ponovo razgovara s njom. Bog zna šta će Amber uraditi na jahti punoj Italijana.

Prestani da se brineš za nju, pomislila je Fern. Ponadala se da će ih taj odmor zbližiti, ali dosad se činilo da ih je samo udaljio. Možda će Stela uspeti malo da je urazumi dok budu na krstarenju.

Fern, istini za volju, nije poznavala Idit više od onog razgovora na brodu, ali radovala se što će je upoznati i što će na nekoliko dana uroniti u kreativnost. Napokon će učiniti nešto samo za sebe. Rekla je sebi da nije sebično da za promenu odvoji vreme i fokusira se na sopstvene potrebe. Briga o svima drugima bila je njen zadatak proteklih dvadeset godina. To je bilo previše.

Fernine pantalone širokih nogavica šuškale su joj oko nogu dok se pela kamenim stepenicama koje vode u umetničku koloniju. Bio je to veliki ulaz s kamenim stubovima raspoređenim duž stepeništa, s tu i tamo ponekim lavom ili sovom koji su čučali na njima. Posude od terakote smenjivale su se s kamenim stvorenjima i cvetnim mrljama koralne i boje mandarine izmešanim sa sjajnim lišćem boca-zelene boje. Vinova loza se izvijala oko stubova a lišće glicinije u slapovima spuštalo se odozgo – verovatno je izgledalo još neverovatnije u rano proleće, kad su cvetovi izbijali.

Idit ju je čekala na vrhu stepeništa, ispred velikih dvokrilnih drvenih vrata. Celo to mesto je odisalo veličanstvenošću, ispunjeno istorijom i prelepo.

Idit je pozdravila Fern kao staru prijateljicu, poljubivši je u oba obraza. – Kad si u Rimu... – rekla je, smejući se. – Dobro došla u *Ritiro d'Arte*, ili kao što ga ja jednostavno zovem, u koloniju.

Izgledala je kao umetnica, sa šarenom maramom koja joj je obuzdavala kosu da ne pada na lice. Na sebi je imala lanene pantalone i dugu lepršavu tuniku preko njih. Sve što joj je trebalo bila je kičica u ruci.

– Ovo je neverovatno – rekla je Fern, prateći je unutra. – Nisam sigurna šta sam očekivala, ali ovo je... Nemam reči.

– Još nisi ništa videla. – Pokazala je rukom na ulazni hol.

Na daljem zidu, voda je tekla iz usta kamenih gargojla u kameno korito. Pod je bio pokriven divnim pločicama sličnim onim u vili *Đardino*. Na Fern su najpre ostavili utisak hladni kameni zidovi, meko svetlo koje se probijalo kroz divne zasvođene prozore i lisnate biljke u velikim saksijama. Otvorena vrata vodila su u druge delove vile, a kamene stepenice pozivale su na prvi sprat.

– Mateo, vlasnik i naš divni domaćin – rekla je Idit sa iskrom u oku – vratiće se za sat-dva, inače bi te dočekao, ali meni je više nego drago što mogu da ti pokažem sve unaokolo.

– Sigurni ste da mu neće smetati da ostanem?

– Naravno da neće! On je najvelikodušniji čovek – hteo je da mi vrati novac, ali nisam pristala; nije on kriv što je soba ostala slobodna. Oboma nam je drago što ćeš provesti ovde nekoliko dana.

Fern je ušla za njom u prostrani dnevni boravak u kojem su se nastavljale pločice sa šarom. Svež povetarac duvao je kroz otvorena vrata verande, a svetlo i boje nahrupili su kroz velike prozore koji su gledali na sredozemni vrt.

– Mateo voli kad je ovde puno ljudi. Što više, to veselije, njegovo je geslo – dobro, ne znam da li je zaista, ali svakako izgleda kao da uživa u društvu ljudi. Uostalom, od toga živi.

Fern je samo mogla da zamišlja kako je to živeti na ovakvom mestu i zvati ga domom. Dok joj je Idit pokazivala unaokolo, shvatila je koliko je prostrano to mesto koje je, pomislila je, preveliko za samo jednog čoveka. Prošle su kroz dug širok hodnik i stigle u elegantnu trpezariju s dugačkim mermernim stolom okruženim s deset stolica, dok se u pozadini isticao starinski kamin. Vratile su se u hodnik i stigle do kraja pa ušle u oranžeriju. Svetlo je kroz stakleni krov preplavilo prostor u kojem su se isticale baršunaste naslonjače i sofa, a pogled kroz velike prozore na vrt pun drveća bio je jednostavno čaroban.

– Jesi li već nadahnuta? – upitala je Idit pokazujući unaokolo.

– Mislim da će biti teško da ne budem. – Poslednji put je Fern crtala tokom svog kratkotrajnog školovanja za grafičkog dizajnera. Godinama je razmišljala o posvećivanju svojoj ljubavi prema umetnosti – razmišljala je da ide na kurs grnčarstva kad bliznakinje pođu u jaslice, ali ono malo vremena što je imala provodila je pomažući Polu da izgradi posao. Ali sad... Sunce je dopiralo kroz stakla a nju je obavila prijatna toplota, pružajući joj osećaj da je sve moguće.

– Kad sam prvi put došla ovamo – rekla je Idit s vedrinom u glasu – ovo mesto mi je potpuno ukralo srce. Italija je već pre toga to učinila; godinama sam putovala ovamo – mislim da sam ti već pričala o svojoj želji da ovde živim, ali da, ovo je čudesno mesto.

Idit je povela Fern nazad kroz vilu do stepenica i gore do dugačkog odmorišta s više vrata.

– Ti si u sobi koju sam ja imala prvi put kad sam bila ovde. U Vrtnoj sobi. S kreveta se pruža najlepši pogled kroz prozore... uostalom, videćeš.

Idit je otvorila vrata sobe na kraju odmorišta a Fern je ušla za njom.

– Maji bi se ovde svidelo. – Idit je čežnjivo pogledala unaokolo pa slegnula ramenima pomirena sa sudbinom. – Ostavljam te. Ako po podne budeš želela društvo, naći ćeš me kako slikam, u oranžeriji ili napolju u vrtu.

– Hvala, Idit. – Fern joj se osmehnula pre nego što je starica izašla iz sobe.

Krevet sa četiri stuba od kovanog gvožđa stajao je na sredini sobe koja je odisala prošlošću i luksuzom. Ram drvenog prozora bio je izrezbaren motivima lišća i cveća i ofarban maslinastozelenom bojom, ali Fern je pažnju privukao pogled na vrt.

Odbacila je svoje patike na navlačenje i spustila torbu na pod, zatim prešla preko hladnih pločica kako bi otvorila balkonska vrata.

Balkon njene sobe gledao je na vrtove sa odsjajima plavog mora između drveća. Uza zid koji ga je opasivao zasađeno je začinsko bilje, i njegov miris je dojezdio na laganom povetarcu, a u saksijama je cvetalo flamingo-ružičasto cveće.

Fern je prislonila ruke na ivice zida i upijala toplotu i mir. Iz nekog razloga, u vili *Đardino* se nije osećala sasvim opušteno kao što se sad oseća; bar nije bila svesna da se tako osećala dok nije došla ovamo. To je bilo neobjašnjivo, budući da je tamo bila sa ćerkom i prijateljicama, dok je ovde među strancima i dosad je videla samo Idit. Susret i ćaskanje sa Idit na brodu ličili su joj na sudbinu. Neobično je bilo kako se sve odvijalo.

Sat kasnije Mateo je iznenadio Fern dok je, zaputivši se napolje, prelazila preko prostranog i prozračnog ulaznog hola. Krenuo je ka njoj ispružene ruke.

– Dobro došli, Fern. Idit mi je rekla da ste stigli.

Prvi utisak joj je bio da mu je ruka topla a stisak čvrst. Govorio je engleski savršeno s jedva primetnim akcentom. Drugi utisak joj je bio da je naočit, tamnosmeđe kose i toplih očiju boje lešnika, bezmalo zelenim. Čekinjava brada ukrašavala mu je snažnu vilicu. Verovatno je bio u ranim četrdesetim, primetila je i bio je italijanski zgodan, ali ne na razmetljiv način.

– Vi ste Italijan? – upitala je, želeći da ispuni kratku tišinu.

– Jesam. Rođen sam u Italiji, iako mi je majka odrasla u Engleskoj i u kući govorimo i engleski i italijanski, zato nemam izražen italijanski akcenat. – Pokazao je rukom ka stepeništu. – Idit mi je rekla da vam je pokazala sobu. Pretpostavljam da imate sve što vam treba?

– Imam, hvala vam. Soba je čarobna. Kao i celo ovo mesto.

– Hvala vam. Cilj nam je da udovoljimo. Želja mi je da usrećim goste i da, u idealnom slučaju, ne žele da odu. Ovde se sve vrti oko umetnosti, kreativnosti, hrane i vina. Dani nam se umnogome svode na to. – Nasmejao se s vedrinom koju Fern nije očekivala. To joj je izmamilo osmeh. – Možete da doručkujete i ručate u svojoj sobi ili gde god poželite u vili ili vrtu, ali za večerom smo zajedno. Volimo da se družimo dok jedemo, da čavrljamo o proteklom danu i kreativnim planovima svakog od nas. Priča, hrana i piće.

– Zvuči divno.

– Propustili ste ručak; da li biste sad nešto pojeli?

– O, ne bih, hvala. Obilno sam doručkovala. Hrane nas vrlo dobro tamo gde smo odsele.

– Izgleda da ste Idit upoznali slučajno.

– Pravo je iznenađenje što sam ovde i ne znam kako da zahvalim Idit što me je pozvala, kao i vama na velikodušnoj spremnosti da me primite.

– O, što nas je više, to je veselije rekao bih.

– To je i Idit rekla.

Klimnuo je glavom i srdačno se osmehnuo. – Pustiću vas da istražujete, ali pre večere moramo popričati o tome kako želite da provodite vreme ovde.

Fern je klimnula glavom, a onda su se oprostili. Fern se zaputila napolje pa duž senovite terase ispred dnevne sobe. Mateo je bio onakav kakvog ga je Idit opisala: srdačan i nesebičan, i naoko mu nije smetalo što je ona tu umesto Iditine prijateljice. Nije bilo teško videti zašto je Idit tako očarana njime – bio je prilično naočit... Fern je odbacila tu pomisao nastavivši da istražuje.

Na rubu Anakaprija, ljupkog sela s belim kućama na mirnijoj strani ostrva, vila se uzdizala na brdu i ugnezdila se u privatnim vrtovima s pogledom na more između drveća. Fern je bilo teško da poveruje koliko ima sreće; tu je bilo kao u snu. Nije bila sigurna kako da istraži kreativnost koja je bila tako dugo zakopana, ali bila je ubeđena da će je to mesto nadahnuti. Ipak, bila je uznemirena pitajući se kako će se osećati dok bude radila ono što je nekad volela. Prijalo joj je što oseća nalet kreativnosti i neočekivanu slobodu.

Kamene stepenice vodile su niže do bazena. Voda je bila bistra i tirkizna, samo još jedan privlačan detalj u tom tropskom vrtu. S toliko divnih skrivenih kutaka, Fern je na svakom koraku ostajala bez daha. Mislila je da je vila koju je Stela unajmila divna, ali ovo mesto je bilo još bolje. Iako veliko i elegantno, videlo se da se u njemu živi i da je voljeno. Sve je tu ulivalo Fern osećaj da je filmska zvezda koja živi život nekog drugog. Iako su Stela, Amber i Kloi bile na preskupoj jahti, teško joj je bilo i da pomisli kako njihovo iskustvo prevazilazi njeno.

13.

STELA

Gomila mladića u dvadesetim i tridesetim, svi bogati, svi naoči-
ti. Stela je tačno znala kako bi to Fern izgledalo, ali nije marila. To
je bilo letovanje koje treba da nadmaši sva ostala, ali poslednje što
je želela bilo je da prisiljava Fern da radi nešto što joj nije prijatno.
Činilo se da je sve ispalo dobro da bolje ne može biti. Ipak, sad kad
je bila tu, naslonjena na bok jahte i zurila u Kapri bez prijateljice,
morala je priznati da strepi za Fern koja je otišla sama, ne zato što se
plašila da ona neće uživati, već zato što je izgledala tako krhko, kao
da joj je potrebno da neko pazi na nju. Da je tetoši. Baš ono za šta je
optužila Fern da radi s Polom.

Jahta je sijala pored ostalih u pristaništu Marine Grande. Zvuk
ćaskanja i udaljenog smeha izmešao se s kreštavim zovom morskih
ptica. Preko marine se pružao veličanstven pogled na sijaset vila,
kafea, restorana i hotela načičkanih na padini. Sve je bilo okupano
suncem, uključujući i mnoštvo ljudi okupljenih na obali. Negde da-
leko s leve strane, na litici je stajala vila *Đardino*, njihov mali komad
Kaprija, iako su ga napustile zbog krstarenja duž Amalfitanske oba-
le. Ta pomisao nije Steli lako pala; teško je bilo shvatiti koliko su je
koštale tri noći koje neće provesti u toj vili, ali očajnički je želela da
se upusti u ovu pustolovinu. Kako bi dobro bilo imati nekretninu
na tom ostrvu s bazenom da se rashlađuje i terasom s pogledom
u kojem bi uživala sa čašom ili dve limončela. Znala je da bi san
mogao postati stvarnost. Ali najpre je morala mnogo toga da ra-
ščisti kod kuće. Takođe je morala da ispita reakciju ljudi – pritom
je mislila na obojicu svojih bivših, svoje prijatelje i porodicu iz koje

je potekla – na milionski dobitak na lotou, pre nego što otkrije celu istinu.

– Mama, jesi li videla unutrašnjost? – Kloi se pojavila na palubi, kao bez daha od uzbuđenja.

– Još nisam. Sasvim sam zadovoljna uživanjem u pogledu.

Dvojica braće su još uvek bila negde na Kapriju, ali dočekali su ih Luka i njegov prijatelj Dezi. Posada je obavljala pripreme za isplovljavanje a njihove torbe već su odnete u kabine. Dok su Kloi i Amber obilazile jahtu u Dezijevoj pratnji, Stela je bila obuzeta pogledom i osećanjem strahopoštovanja, divljenja i iščekivanja koje je izazivao boravak na multimilionskoj jahti. Spremali su se da zaplove duž jednog od najživopisnijih predela italijanske obale. Jedino što je moglo to da pokvari bio je žalac krivice zbog Fern.

Stela je podigla naočare u kosu pa ušla s Kloi unutra. Dok su prolazile kroz potpalublje jahte, sve je zapažala, od smešno mekog tepiha pod bosim nogama, do zidnih panela od orahovine i plišanih sofa, bledožutih i zlatnih, s gomilom jastučića. Sve je bilo blistavočisto, do savršenstva uglačano i luksuzno.

Sišle su spiralnim stepeništem na donje palube.

– Čovek bi ovde mogao da se izgubi – rekla je Stela kad ju je Kloi povela glavnim hodnikom s vratima.

Kloi se zaustavila ispred vrata s blistavim zlatnim brojem dva. – Sve kabine su raskošne, ali tebi su dali najlepšu – rekla je, otvorivši vrata.

Stela je provirila unutra. Prvi utisak joj je bio da je u prvoklasnom hotelu. Krevet je bio ogroman, polovinu su zauzimali jastuci i jastučići. Steli je uvek čudna bila ta opsednutost jastučićima na krevetu kojih ima toliko a svako veče moraš da ih sklanjaš. Kao i zidovi s panelima od orahovine, tavanica je bila plavičaste boje pačjih jaja, sa spiralnim ukrasima obojenim u zlatno. *To je zapravo verovatno pozlata*, Stela je pomislila dok je zatvarala vrata za sobom i pratila Kloi.

Pošto je istražila jahtu, Stela se vratila u svoju kabinu i raspakovala se pre nego što će izaći na zadnju palubu. Drugi čamci i jahte u marini su svetlucali, nežno se ljuljuškajući na tirkiznoj vodi. Marina Grande je bila oivičena raznobojnim zgradama zatvorenih kapaka u svetložutoj, vino-crvenoj i šafran-žutoj boji. Obronak brda se strmo uzdizao iza njih, ispresecan blistavim vilama i sjajnim zelenilom.

Kapri su napustili kasno po podne. Što su dalje plovili, marina je bivala sve nejasnija u izmaglici boja. Steli su misli ponovo odlutale do Fern. Kako će se ona snaći s gomilom neznanaca, Stela nije mogla ni da nasluti, ali to je bio njen izbor.

Namrštila se na tu neistinu. Zapravo joj nije ostavila mnogo izbora, zar ne? Bilo je ili da pođe s njima ili da ostane sama u vili. Umetnička kolonija bila je dobar kompromis. Nadala se da i Fern to tako vidi. U svakom slučaju, sad je gotovo. Nema svrhe sekirati se zbog učinjenog.

Budući da je Đovani, stariji od dvojice braće, trebalo da se sastane s klijentom rano ujutru u Napulju, plan je bio da ostanu usidreni u tamošnjoj marini preko noći, pre nego što sutradan krenu nazad ka Kapriju i duž Amalfitanske obale. Uzbuđenje koje je osetila kad je prvi put kročila na jahtu još je bilo tu, osećala je žmarce u nožnim prstima. Tu je bilo i osoblje iz snova; ploveći luksuzni hotel sa salonima, spoljnim džakuzijem, luksuznim apartmanima, barom, kuvarom, posadom koja je pazila na svaki njihov mig i gomilom mladih zgodnih Italijana koje je trebalo upoznati.

Razmahala se u kupovini s Fern, te je sad nosila ručno izrađene kapri sandale i haljinu bez bretela s motivima limuna, koja joj je dopirala do gležnjeva. Kosu je uplela u dve pletenice i stavila šešir na glavu. Nove *prada* naočare upotpunile su njen izgled. Uloga joj je odgovarala, iako se osećala kao prevarant što živi načinom života milionera.

Pridružila se ostalima na palubi. Svi su sedeli za stolom dok se boca proseka hladila u kofi. Ne baš svi, primetila je; posada je bila zauzeta, upravljali su jahtom, spremali pića i večeru u potpalublju, starajući se da sve bude kako treba. Bilo je divno da te neko tako dvori.

Skliznula je na sedište pored Luke. Obasjao ju je osmehom. Amber je bila udubljena u razgovor s Dezijem, a Kloi se kikotala s Vinčencom i Đovanijem.

Luka joj je sipao čašu proseka, pružio joj je i kucnuo čašu o njenu. – *Salute!*

Osmehnula se. – Živeli.

– Sve u redu? – upitao je. – Izgledala si kao da želiš da budeš sama?

– Dobro sam, hvala. Samo sam malo zabrinuta što sam ostavila prijateljicu.

– Ona je odrasla žena, zar ne?

– Jeste. Ipak... osećam se loše što sam je ostavila na Kapriju dok sam ja ovde.

Jahta je klizila kroz duboko plavetnilo Tirenskog mora, italijanska obala postajala je sve prepoznatljivija na poznopopodnevnom suncu. Stela je zamislila kako se Kapri sve više smanjuje iza njih. Trebalo joj je da se smiri i uživa u tom iskustvu, baš kao što se nadala da će Fern uživati u Anakapriju.

Okrenula se ka Luki. On je pijuckao proseko, jedna noga mu je opušteno bila prebačena preko druge. Izgledao je nehajno u kapri šortsu i lanenoj košulji kratkih rukava, s dva gornja dugmeta otkopčana, tako da su mu se nazirale glatke, zategnute grudi. Nema sumnje da je donela ispravnu odluku.

Uhvatio je njen pogled i osmehnuo se.

– Nego, kaži mi – rekla je Stela želeći da se usredsredi na još nešto osim na svoju krivicu – kako ti uspeva da budeš na ovakvoj jahti, rekao si da pripada tvom stricu?

– *Si.* Radimo ovo zajedno jednom godišnje. To je naše vreme za predah, jel' tako vi to zovete?

Stela je klimnula glavom. – Čime se tvoj stric bavi?

– Modom; moj otac nekretninama.

– A šta ti radiš? – upitala je.

– Ja radim s nekretninama, to je porodični posao. Ima smisla. I moja sestra se bavi time, i siguran sam da će se jednog dana i naša deca baviti time, ako budu želela. Šta ti radiš u Engleskoj?

– Ja sam partner u firmi za strategiju globalnih operacija za kurirsku aplikaciju.

Luka se namrštio.

– Napravio si isti izraz lica kao većina mojih prijatelja kad pokušam da im objasnim svoj posao.

– Voliš svoj posao? Je li dobar?

– Plaća račune a ja sam dobra u tome, tako da je to uspeh u mojim očima. Ti prodaješ nekretnine?

– Prodajem, da i ulažem u njih. Investiranjem je moja porodica zaradila novac.

Stela se oslonila laktom na sto i spustila bradu na ruku. Pažljivo ga je gledala. – Očigledno si izuzetno bogat, zar ne? Hoću da kažem, ova jahta nije tvoja, ali pripada tvojoj porodici. Imaš novca.

Klimnuo je glavom i šaljivo se osmehnuo. – U pravu si. Imam novca.

– Dobro, kakav bi savet mogao dati nekome ko je nedavno došao do mnogo novca?

I dalje se osmehivao, ali je zaškiljio u potpunosti se usredsredivši na nju. – Kad kažeš neko, misliš na sebe, *si*?

– Da.

Stela je bila svesna da su i ostali tu, ali Amber je i dalje bila udubljena u razgovor s Dezijem, a Kloi nije mogla da je čuje dok je lenčarila na palubi sa ostalom dvojicom, pijuckajući svoj proseko.

– Kako si došla do novca? – namrštio se.

Stela se nasmejala. – Ne na nepošten način, kunem se. Krajem prošle godine dobila sam na lotou u Britaniji.

Zviznuo je. – I treba ti savet kako da ga potrošiš?

– Ne baš kako da ga potrošim, već šta pametno da učinim s njim.

– Nisi dobila savet od države?

– O, jesam, dobila sam svu moguću podršku i finansijske savete, ali zanima me tvoje mišljenje, budući da imaš novca i da si, pretpostavljam, veoma vičan u tom pogledu. Volela bih da znam šta bi ti uradio.

– Koliko si dobila?

– Mnogo. – Stela je spustila glas. Jedini ljudi kojima sam rekla ovde su sa mnom, na Kapriju. – Nagnula se bliže, na samo pedalj od njegovog uha. – A ni prema njima nisam bila sasvim iskrena. Dobila sam mnogo više nego što misle.

Prijatno je mirisao. Na senzualan losion posle brijanja sa aromom začina. Malo se povukla i pogledala ga u osmehnute smeđe oči.

– Najbolje što možeš jeste da bar deo novca uložiš. Nekretnine su, ako to pametno odradiš, uvek dobar izbor. – Prineo je ruku grudima. – Razgovaraš s pravim čovekom. – Spustio je glas i nagnuo se bliže, osetila je njegov dah na vratu. – Koliko si im rekla da si dobila?

– Nešto malo preko milion.

– Koliko si zapravo dobila?

Stela je susrela njegov opušten, zamišljen pogled.

– Dvadeset sedam miliona petsto hiljada funti – prošaputala je.

14.

FERN

Rano te večeri Fern je srela Matea u dnevnoj sobi. Sasvim lagan povetarac šaputao je kroz vrata verande koja su se otvarala ka terasi. Šifonske zavese su lepršale a zraci zlatnog sunčevog sjaja slali su toplotu pružajući se preko pločica sa šarom.

Fernine pantalone širokih nogavica, lagani laneni gornji deo i kapri sandale bili su prikladni za okruženje. Idit joj je pošla u susret jednako opuštena ali otmena, zračeći kreativnošću. Fern je žudela da povrati nešto od stvaralačkog duha koji je nekad imala.

Mateo je sedeo na jednoj od četiri sofe koje su okruživale veliki i niski stakleni sto. Srdačno se osmehnuo kad je sela na ivicu sofe pored njega i pružio joj čašu s letnje žutim napitkom.

– Ovo je, bez sumnje, omiljeno piće mojih gostiju. – Kucnuo je čašom o njenu.

Ispila je gutljaj, osvežavajuće peckanje citrusa pogodilo joj je kvržice. – Opa, šta ima u ovome?

– Limončela, naravno, malo limuna iz vrta, votke i sode. Za mene, to je ukus leta na ostrvu.

Popila je još jedan gutljaj pa se zavalila u baršunastu sofu. – Hvala vam, ukusno je. I još jednom, ne znam kako da vam zahvalim što vam ne smeta moj boravak ovde.

– Zadovoljstvo mi je i daleko je bolje nego da soba ostane prazna. Ono što mi se sviđa u ovoj koloniji jeste što upoznajem mnogo različitih ljudi iz svih društvenih slojeva. Različitog porekla i nacionalnosti. Sviđa mi se kad je kuća puna ljudi. Takođe mi je mnogo žao što se prijateljica drage Idit oseća loše. Znam da se dvoumila da li da i sama dođe. Bio sam spreman da joj vratim novac, ali ona je odbila. Vaš boravak ovde, makar i nakratko, pomoći će da se uspostavi ravnoteža.

– E pa, drago mi je.

– Idit kaže da ste na odmoru s prijateljicom?

Fern je obuhvatila rukama hladan koktel s limončelom. – Da, s prijateljicom i našim ćerkama.

Mateo se namrštio. – A mogli ste sami ovamo da dođete?

Shvativši na šta on cilja, Fern se nasmejala. – Moja ćerka ima dvadeset jednu godinu. Svakako joj nisam više potrebna i imam osećaj da je sasvim zadovoljna što ne mora da me vuče sa sobom.

– Ne izgledate kao da imate odraslu ćerku.

– Rano sam je dobila – zapravo dve; bliznakinje su. Prema tome, dvostruka nevolja.

Mateo se osmehnuo, ali nije više komentarisao. Donekle joj je bilo drago kad se ljudi iznenade kad otkriju da je ona majka dve dvadesetjednogodišnjakinje, mada je to uvek podseti kako je mlada i naivna bila.

– Volim da upoznam svakog svog gosta – rekao je Mateo, nastavljajući razgovor. – Iako ljudi često dolaze sami, ne želim da se iko oseća usamljeno, stoga ih ohrabrujem za zajedničku večeru, ali naravno, nikad ne navaljujem ako bi neko radije da provodi vreme za sebe. Umetnička kolonija ima duh komune. Ako vas bolje upoznam, to mi pomaže da doprinesem vašoj nameri da postignete ono što želite dok ste ovde. – Biće da je primetio njen zabrinut izraz lica jer je nastavio: – Mada vi ne morate da znate šta biste da radite. Razmišljajte o ovom mestu kao o belom platnu s kojim eksperimentišete.

– Mislim da je to ono što me brine. Nemam pojma od čega da počnem.

– Jeste li kreativni?

– Ne... pa, više nisam. – Duboko je udahnula. – Kao mlada, bila sam veoma kreativna. Nekako sam usput to izgubila.

– Ali voleli biste da ponovo otkrijete tu stranu sebe?

– Da, volela bih. – Bila je sigurna u to, znajući da je kolonija pobedila nad krstarenjem Amalfitanskom obalom. Većina bi mislila da je luda što je to podredila ovome, ali umetnička kolonija je dokazala da nije obično mesto i izgledala je čarobno.

– Jeste li ikad bili u umetničkoj koloniji?

– Ne, nikad. Nisam sigurna da bih ikad i pomislila da se pridružim nekoj da nisam upoznala Idit i da se stvari nisu odvijale na ovaj način.

– Ohrabrujemo sve vrste kreativnosti, bilo da želite da crtate, slikate ili pišete. Ovo je mesto gde treba da uronite u *sopstvenu* strast.

Fern je pijuckala koktel i dopustila sebi da se opusti. Osetila je žmarce uzbuđenja pri pomisli na to da će imati priliku ponovo da otkrije svoju dugo izgubljenu stvaralačku stranu.

– Jeste li vi umetnik? – upitala ga je.

– Jesam, mada ne profesionalni. Umetnost mi je u krvi, ali s godinama sam otkrio da moja strast pomaže ljudima da budu kreativni. Bavim se umetnošću iz razonode, podučavam, osposobljavam, to je ono što radim. Stvorio sam mesta koja obogaćuju i moj život i život drugih. To je moja istinska strast.

– To je divno.

Povetarac je odigao zavese, donevši miris citrusa. Jedan leptir je projezdio, lepršajući između njih i spustivši se na ivicu stola.

– Kao što možete da vidite – rekao je, pokazujući ka leptiru – ovo mesto je dar, s toliko lepote i prirode na sve strane. Želim da se ovde osećate kao u drugoj kući.

Fern se osmehnula. – Teško je zamisliti da neko ima ovako divan dom.

– Pa, uživajte dok ste ovde. Slobodno istražujte, sedite, razmišljajte i radite gde god želite. Jedini privatni prostori su spavaće sobe; sve ostalo je zajedničko. Prema tome, ako vam se sviđa da sedite i crtate u trpezariji ili ovde s pogledom sa terase, samo izvolite. U biblioteci ima knjiga o umetnosti i romana, ali naći ćete i papir, olovke, boje, sve ostalo što će vam, nadam se, možda zatrebati. Samo se poslužite. A ovde je skicen-blok za početak.

– Hvala vam – rekla je, pogođena njegovom velikodušnošću, pa uzela crni A5 blok od njega i prstima prešla preko elegantnih korica u povezu koji je podsećao na lan.

– Nema na čemu. Jedino organizovano vreme je ono za večeru i kad ponekad idemo nekud kao grupa tokom dana. Kao što sutra u deset ujutru idemo na pešačku turu Anakaprijem ili na Belvedere u Miljeri, vidikovac koji će vas, siguran sam, nadahnuti. Ako se to izuzme, ovo je vaše vreme.

Mateov odjek onog što je Stela rekla neki dan ranije za večerom ponovo joj je potvrdio da je dolazak ovamo bio ispravna odluka. Malo kad je odvajala vreme za sebe. Kod kuće je uvek bilo nešto na šta treba misliti, što treba uraditi ili zbog čega se treba brinuti. Misliti isključivo na sebe bio joj je nepoznat koncept, ali koji je veoma želela da sprovede u delo.

Uprkos luksuzu i otmenosti koji su zračili iz svakog kutka kolonije, i Idit i Mateo su naglasili da je večera opuštena i da nema potrebe da se naročito oblači osim ako to baš želi. Fern je ostala u pantalonama širokih nogavica, ali je lanenu bluzu zamenila jednom crnom uzanom sa zvonastim čipkanim rukavima.

Iščetkala je kosu, stavila ruž boje šumskog voća i zagledala se u svoj odraz u kupatilskom ogledalu. Bila je opuštenija no što je mogla zamisliti da će biti na nepoznatom mestu okružena neznancima; dočekali su je srdačno, a njenu uznemirenost zbog upadanja izbrisala je Mateova toplina. Razgovor s njim malo ranije bio je lakši nego što je očekivala. Zamisli su pokuljale iz nje, kreativnost sputavana dve decenije oslobodila se. Mateo ju je ohrabrivao, oči su mu sijale dok je njen polet rastao. Nije mogla da diše od uzbuđenja kad su se rastali. A sad, iako je samo krenula na večeru, to uzbuđenje se vratilo, te se osećala kao da je pošla u pravi večernji izlazak.

Fern je sišla u prizemlje i pošla kroz vilu za zvukom glasova. Kad je stigla u dnevnu sobu, telefon joj je zazujao. Poruka od Pola.

Čili je bio sjajan – hvala što si ga napravila. Kasno se vratio kući s pića i bio gladan. Neobično je bez tebe.

Da li mu stvarno nedostaje? Preplavljena krivicom, shvatila je da nijednom tog dana nije pomislila na njega, niti je pomislila da mu kaže gde je. Verovatno mu ne bi ni bilo važno, ali ona je bila prožeta osećajem da tu koloniju treba da sačuva za sebe. Otkucala je odgovor.

Znala sam da će ti zatrebati brzi obrok. Prijatno veče xx

Sklonila je telefon i izašla, prošla pored bazena pa izašla na terasu poluskrivenu lišćem i okruženu drvećem koje se nadvijalo nad njom. Svetiljke sa svećama treperile su toplim sjajem po celoj terasi, stvarajući senke koje su plesale po lišću i srećnim licima Matea i njegovih gostiju okupljenih za okruglim stolom za desetoro ljudi. Fern je osetila navalu uzbuđenja što joj je dopušteno da bude deo tako izuzetne grupe.

Pozdravi su odjekivali preko terase kad im se pridružila.

Ostala su još dva prazna mesta kad joj se pridružio stariji čovek koji se oslanjao na štap, te je shvatila da nije poslednja došla. On je na sebi imao skupo odelo i maramicu zadenutu u džep.

– Dobro veče svima – rekao je, pogled njegovih blistavih očiju kružio je oko stola dok se nije zaustavio na Fern. – Ne verujem da smo imali zadovoljstvo da se upoznamo. – Ispružio je ruku, a ona ju je stegla. – Ja sam Artur.

– Fern.

– Drago mi je što sam vas upoznao. – Uzeo je čašu crnog vina koju mu je Mateo pružio pa se smestio za sto.

Mateo se okrenuo ka Fern. – Crno ili belo vino?

– Volela bih belo, hvala.

Pružio joj je čašu pa seo na prazno mesto pored Idit. I ona je sela, srce joj je tuklo. Ćaskanje i smeh širili su se preko stola.

Idit se nagnula ka njoj i svojom čašom kucnula o Ferninu. – Doživećeš svoje prvo posebno veče u koloniji.

15.

FERN

Mateo je bio izuzetan domaćin, upoznao je Fern sa svima, a ona se osećala dobrodošlom, ne kao uljez kao što se brinula da će se osećati. Izuzev jednog nemačkog para u šezdesetim godinama, svi ostali su došli sami. Naravno, Idit bi dovela prijateljicu da se sve odvijalo po planu. Njen gubitak je svakako Fernin dobitak, i obećala je sebi da će iskoristiti svaki minut.

Osećalo se kosmopolitsko raspoloženje, s gostima iz Kanade i Holandije, kao i iz Britanije, Nemačke i Italije. Fern je pretpostavila da za stolom ima mnogo bogataša – dve nedelje u koloniji s punim pansionom sigurno košta čitavo bogatstvo. Penzija bi – ko to može da priušti – bila savršeno vreme da se dođe na ovakvom mesto. Osećala se srećnom što doživljava to sad, neočekivano i veoma dobrodošlo.

Ako je mislila da je hrana koju je dosad jela na Kapriju nešto posebno, kombinacija okruženja, društva i ličnog kuvara za goste bila je nešto sasvim drugačije. Predjelo je bilo jednostavno ali veoma ukusno: hrskavi arančini meki u sredini i primamljivi. Glavno jelo, ravioli kapreze, nateralo je Fern da zamisli kako bi bilo živeti tako, iz dana u dan uživati u najukusnijim jelima s najsvežijim sastojcima. Imati svog kuvara koji ti kuva... Fernin uobičajen život izbledeo je pred tim; uvek je bilo naporno smisliti šta će se jesti iduće nedelje. Sveže napravljena testenina punjena glatkim, skoro slatkim sirom kačota i majoranom, orošena ukusnim sosom od paradajza – bolje nije moglo. Komotno je mogla da jede raviole svake nedelje, a onda se u mislima vratila na njihove večere ispred TV-a, dok je nevoljno gledala fudbal ili neku drugu glupost zato što Pol to želi.

– Lepo je što Mateo ima ovde nekoga svojih godina – Iditin glas uz sâmo njeno uho naterao ju je da odvrati pažnju od hrane.

Fern nije bila sigurna da li je ta izjava imala neki podtekst. Idit nije namignula i nije je značajno pogledala; zvučalo je kao iskren komentar. I bilo je istina. Fern je bila uveliko najmlađa tu a Mateo je bio sličnih godina, možda malo stariji, ali ne mnogo. Tamna kosa bila mu je prošarana sedim vlasima, koje su se jedva primećivale, a i to samo zato što ga je ona pomno proučavala. Oči boje lešnika, trodnevna brada, lagana preplanulost, izražene jagodice.

Zabola je viljušku u testeninu i pokušala da se fokusira na hranu umesto da joj misli blude ka čoveku kojeg je tek upoznala.

– Pretpostavljam da je u prirodi vođenja ovakvog mesta – nastavila je Idit – da budeš okružen nama starcima koji mogu dozvoliti sebi da na nedelju-dve dođu na Kapri. Uvek sam razmišljala o svojoj penziji kao o prilici da uronim u ono što volim – umetnost, hrana i putovanja bili su mi najvažniji – i naravno, vino. – Zakikotala se. – Kapri ima svega toga u izobilju, a ovo mesto, pa, govori samo za sebe.

Fern je bila potpuno saglasna. Nikad nije bila na sličnom mestu. Sâm pogled kroz prozor njene sobe bio je kao slika, s kontrastima maslinaste i sive i svežeg zelenog lišća spram živahnih mrlja crvenkastoljubičastih i crvenkastonarandžastih cvetova.

– Uživala sam u svom poslu psihologa i u napornom radu, ali znala sam da bih volela da mi penzija bude nešto više od sedenja podignutih nogu. – Iditini obrazi bili su rumeni, a osmeh joj je obasjavao celo lice. Njena nehajna frizura bila je na ivici razbarušenosti, ali na lep način, sa sedim pramenovima koji su joj uokvirivali lice. Fern je pomislila kako bi lepo bilo stići u njene godine i još imati životne snage i strasti. Bilo bi podvig stići u Iditino doba i znati šta želiš da radiš u penziji budući da ona nije mogla da smisli ni šta bi radila u narednih godinu dana.

Osećala je kako joj obrazi gore od previše vina, ne čudeći se što joj i dalje pune čašu. Sredinom večeri, sto je bio pun praznih boca. Okruženi privatnim vrtom, kao da su bili kilometrima daleko od svega, iako je znala da su zapravo na obodu Anakaprija, s drugim velikim vilama načičkanim unaokolo.

Od zvuka vode u fontani nedaleko od terase Fern se pripiškilo, ali nije htela da pokvari trenutak; bila je zadovoljna što može da sedi i pije, sluša ćaskanje gostiju, povremeno se uključi i upija prijateljsku atmosferu. Bila je uzbuđena, uživala je u danu ispunjenom novim ljudima i iskustvom drugačijim od svega što je imala kod kuće. Radila je ona ponešto za sebe – Stela i ona su išle za vikend u banju, s vremena na vreme bi otišla na ručak s prijateljicama, išla je na posao i slagala se s ljudima s kojima je radila... Ona i Pol su imali zajedničke prijatelje s kojima su takođe zajedno izlazili, ali morala je priznati da Pol izlazi mnogo više od nje.

Uzdahnula je. Život joj je prosečan, dosadan. Možda je Stela bila u pravu što joj je predlagala da izađe s njom i njenim prijateljicama. Nema ničeg lošeg u obilaženju klubova; Pol i dalje to radi. Lepo bi bilo otići na ples i malo živeti. Baš kao što to sad radi, živi punim plućima. Mada baš i ne; samo sanjari razmišljajući o svemu što bi volela da promeni u svom životu.

Odbacila je ta razmišljanja i uspravila se na stolici, ponovo se uključivši u razgovor koji se odvijao za stolom. Svi su bili zanimljivi i živeli su punim plućima – imali su karijeru i putovali su. To ju je navelo da shvati koliko je propustila što je rano rodila decu, iako ih ne bi menjala ni za šta na svetu. Sudbina ju je – dobro, nezaštićen seks – odvela na put majčinstva. Ipak, na pragu četrdesete, s nekoliko decenija koje se krajnje neizvesne pružaju pred njom, nije mogla i dalje tako da se oseća.

Trgni se, pomislila je.

Ponovo je pokušala da se usredsredi na ono što se događa oko nje. Mateo je uhvatio njen pogled preko stola i podigao čašu. Uzvratila je klimnuvši glavom pa popila gutljaj vina ne odvrativši pogled. Njegove oči boje lešnika bile su tamnije pod sjajem sveća.

Okrenula je glavu, svesna treperenja u grudima. Sručila je ostatak vina. Previše je popila. *Pa šta,* pomislila je, *vreme je da uživam.* Zar nije to ono što Stela, Amber i Kloi upravo sad rade? Piju i zabavljaju se na jahti negde uz Amalfitansku obalu.

Ostaci glavnog jela su sklonjeni, poslužen je desert.

Idit se nagnula ka njoj kad su joj spustili izdašno parče torte, zajedno sa čašom limončela.

– Torta kapreze – rekla je, pa zabola viljušku u kolač.

Fern je pijuckala limončelo. Ledenohladan i divno osvežavajući posle obroka, savršeno se slagao s tortom bogatom čokoladom i bademima. Čak se i elastični pojas njenih pantalona zategao posle toliko hrane.

– Rekla sam ti da nas dobro hrani – kazala je Idit kao da joj čita misli. – Zato svakog dana pešačim – i to je pravo pešačenje, ne šetnja – da se ne bih osećala krivom kad pojedem desert.

– Mislim da ovde nema potrebe osećati krivicu zbog bilo čega. – Kod kuće se stalno merila, dok je ovde shvatila da je baš briga ako nabaci kilo-dva. Svideo joj se Iditin običaj da pešači, osim toga, jedva je čekala da pliva u bazenu. Možda će to uraditi rano ujutru, pre nego što ostali ustanu, ako bude mogla da natera sebe da ustane iz kreveta. Osmehnula se; bila je to novina – nemati nikog kome bi udovoljavala do samoj sebi.

S praznim čašama i samo mrvicama od kolača na tanjirima, gosti su počeli da se povlače želeći ostalima laku noć, sve dok nisu ostali samo Fern, Idit i Mateo. Idit je pričala o detinjstvu provedenom u Keniji i u internatu u Engleskoj. Fern je poželela da je bar trunčicu zanimljiva kao Idit. Čitavo njeno odraslo doba vrtelo se oko podizanja dece i staranja o porodici. To nije nešto čega bi se stidela, pa ipak, tištao ju je osećaj neuspeha.

Idit je odmakla svoju stolicu i ustala. – Još je rano za vas mlade. Meni treba san; ja sam ranoranilac. – Blago je potapšala Fern po ramenu i osmehnula se srdačno – ili možda pijano – Mateu. – *Buona notte.*

– *Buona notte,* Idit – rekao je Mateo dok je ona odlazila, dugačka ešarpa lepršala joj je na ramenima umalo je saplevši kad je zakoračila na kameno stepenište koje vodi u vilu.

Tišina se spustila na dvorište. Vrt je bio pun stabala, na rubovima su bila gusta kao šuma, ništa nisu propuštala. Nije bilo ni saobraćajne buke, što je bila samo jedna od neočekivanih radosti ostrva. Noćni leptir je lepršao oko sveće na stolu. Fern je pogledala uvis. Lisnate grane uokvirivale su noćno nebo, modro plavetnilo posuto srebrnim zvezdama.

– Čarobno je, zar ne?

Fern se okrenula na Mateov dubok glas. Posmatrao ju je, ruka mu je obuhvatala čašu vina koju je držao u krilu.

– Vedro skoro kao u Toskani – nastavio je. – Tamo ima manje veštačkog svetla. Nebo je beskrajno i vrlo tamno. Ali ovo mesto je posebno.

– Sviđa mi se – rekla je Fern pokazavši rukom na okolno zelenilo. Onda je pogledala u njega. – Da li organizujete kolonije preko cele godine?

– Od aprila do juna ovde. Zatim preko leta i jeseni u Toskani.

– Opa, znači imate kuću i u Toskanu?

Klimnuo je glavom. – I tamo vodim koloniju.

– Gde provodite zimu?

– O, na raznim mestima, nekoliko nedelja ovde, a Božić i Novu godinu u Toskani. U to doba godine obično putujem i u Britaniju nakratko.

– Imate porodicu tamo?

– Da, i prijatelje. – Zamišljeno je pijuckao vino. – Odakle ste vi u Britaniji?

– Iz malog grada nedaleko od Bristola. Ništa uzbudljivo.

– Jeste li uvek želeli tamo da živite?

– To je dobro pitanje na koje ne znam kako da odgovorim. Život mi je proleteo. Imam utisak da sam ne tako davno imala osamnaest, onda su došla deca, treptaj, i evo me ovde, u trideset devetoj, a da nisam sasvim sigurna kako sam dospela ovamo. Počinjem da se pitam kuda je otišlo sve to vreme.

– Podizanje porodice je plemenita obaveza. Ne bi trebalo da budete tužni zbog toga.

– O, nisam – rekla je ne baš uverljivo. Susrela je njegov pogled. Kao da je mogao da vidi pravo kroz nju.

– Žao mi je ako sam rekao nešto pogrešno.

Način na koji ju je gledao izazvao joj je žmarce niz leđa.

– Niste. – Bila je u iskušenju da posegne preko stola i uhvati ga za ruku, ali se zaustavila. – Tragično je što ste vi bez sumnje u pravu; ne bi trebalo da budem tužna, ali tužna sam.

16.

STELA

Usidrili su se u marini Molo Luize u Napulju. Koliko god je Stela želela da istraži grad uveče, nije bilo potrebe budući da je jahta bila kao ploveći restoran i bar. Televizijski program *U potpalublju* bio je grešno zadovoljstvo, podsećao ju je kako tačno izgleda biti na jahti, samo što je ona osećala i ukus života bogate vlasnice jahte.

Sedeli su za jednim od velikih okruglih stolova na palubi dok je sunce zalazilo, a treperava svetla grada prosecala tamu. Vezuv je bio senka naspram crvenoljubičastog neba, koje je u suton zadobilo jarkoljubičastu boju. Vazduh je bio ispunjen smehom; četvorica Italijana bili su dobro društvo s mnogo priča, koje su Stelu i devojke ostavile zadivljene njihovim načinom života. Svaki je za sebe stekao bogatstvo, ali imali su prednost, pogotovo dvojica braće, budući da su poticali iz neverovatno bogatih porodica. Dok su im donosili tri jela koja je spremio kuvar na jahti, a poslužila posada, Stela se osećala kao da živi nečiji tuđ život. Pili su velike količine vina, a *linguine all'astice* – lingvini s mekim mesom jastoga, paradajzom i belim sosom s vinom – bili su nešto najbolje što je Stela ikad probala.

Opuštena atmosfera zabave nastavila se do duboko u noć, sedeli su na udobnim sedištima oko džakuzija na gornjoj palubu. Vino je zamenjeno koktelima a Stela je morala da uspori tempo. Oko jedan posle ponoći vid je počeo da joj se zamagljuje te je odlučila da se povuče, ostavivši Kloi i Amber da se smeju i piju sa Italijanima. Doteturala se do donje palube i izgubila se u prostoru koji je ličio na raskošni lavirint. Jedan od članova posade pokazao joj je put do njene kabine i ostavio je klimnuvši glavom i rekavši *buona notte*. Načas joj je prošlo kroz glavu da posada ne može da ode na počinak dok oni svi ne odu na spavanje. Zaista je ličilo na ploveći i veoma skup hotel.

Na trenutak je zastala, ljuljajući se nasred svoje kabine dok se nije orijentisala. Sjaj spolja pružio joj je dovoljno svetla da bezbedno pređe preko kabine do prozora. Svetla Napulja sijala su duž cele obale do Pompeje. Negde u tami krio se Vezuv.

Stela je spustila roletne i skliznula u svileni bebi dol. Sve što je želela bilo je da se sruči u krevet, ali uspela je da ode u toalet, morala je da piški, opere zube i skine šminku.

Svetlo u kupatilu je bilo divno, njeno lice oslobođeno šminke izgledalo je iznenađujuće sveže s obzirom na doba dana. Blago preplanulo i nimalo loše nedelju dana uoči četrdesetog rođendana. Ugasila je svetlo. Nije se čula s Fern i pitala se kako njoj ide. Otkucala je kratku poruku.

Nadam se da si dobro i da je prvo veče dobro prošlo. S xx

Bilo je neobično zamisliti Fern samu na Kapriju. Kao da ju je napustila. Iako se večeras zabavljala, mogle su da odbiju krstarenje jahtom i da zajedno ostanu u vili Đardino. To bi bilo ispravno. Njen savet Fern bio je da jednom misli na sebe, ali čak i u pijanom stanju, Stela je morala priznati sebi da je upravo to ono što *ona* stalno radi; to što je na toj jahti, iako je to poslednje što je Fern želela, samo ističe tu činjenicu. Istog trena ju je preplavila krivica. Stela je pomislila kako je brinuti o tome samo kvarenje ove pustolovine i kako će uskoro ponovo biti s Fern.

Krevet je bio ogroman i mek kao perje. Pobacala je jastučiće pa se opružila na hladnim svilenim čaršavima. Bila je prilično sigurna da će Kloi otići sama u krevet, ali Amber... Nije se stidela dok se ljubakala s Dezijem, kad ih je Stela ostavila, šaputali su nešto jedno drugom. Amber je koketirala sa svima njima, naoko ne mareći s kojim će Italijanom završiti. Podsetila je Stelu na Fern kad su bile mlađe. Možda zato Amber nastoji iz petnih žila da se udalji od majke; videla je svoga duha u Fern, život koji bi mogao da se okonča ne bude li oprezna. Fern nije namerno zatrudnela; ona i Pol nisu bili dovoljno pažljivi, kao ni ona i Gari nekoliko godina kasnije. Jedna noć strasti zauvek im je promenila život. Nadala se da je Amber razumnija i pametnija u pogledu spavanja s Dezijem. Istom se nadala i za Kloi. Njih dve su imale iskren odnos, i Stela je stalno naglašavala opasnosti i posledice nezaštićenog seksa. Znala je da je glupo to što je isprepadala Kloi, ali i to je bilo bolje od još jedne tinejdžerske trudnoće i nje kao babe u četrdesetoj. Sama pomisao da bi mogla postati baba i pre sredovečnog doba ispunjavala ju je strahom.

Možda su njihove ćerke iskusnije nego što su to ona i Fern bile. Ili nisu bile glupavo neodgovorne. Tako su njeni roditelji opisali Stelinu nepriliku kad je zatrudnela mlada s nekim u koga nije bila ni zaljubljena.

Um nikako da joj se umiri i pusti je da spava. Dobitak na lotou zadao joj je više briga nego što je mogla i da zamisli, od odluke da vest o tome zadrži za sebe, do one o tome kome i kad da je saopšti. Laknulo joj je kad je ranije te večeri saopštila to Luki, čak je bilo oslobađajuće saznanje da postoji neko s kim može da bude iskrena. Ogroman dobitak i korenita promena koju će uneti u njen život brinuli su je – nadala se da će ta promena biti nabolje, ali bila je svesna da novac ne mora nužno da usreći ljude. Činilo joj se jednostavnijim da neke stvari zadrži za sebe, da ostavi sebi vremena da prihvati sve to.

Vreme je i da raščisti stvari s Fern. Ulazak u četrdesete značio je prekretnicu u njenom životu i bez dobitka na lotou, a još veću s kombinacijom ta dva događaja... Došlo je vreme da Fern sazna istinu o Polu. Stela nije mogla dopustiti da ona i dalje živi u laži, koliko god da će pritom povrediti prijateljicu. Činjenica da Amber zna za očevo neverstvo samo naglašava potrebu da neko bude otvoren i iskren prema njoj...

Stela se sklupčala u fetusni položaj, želeći da zaspi kako bi zaustavila svoje strepnje. U glavi ju je probadalo. Kapci su joj bili teški. Dopustila im je da se spuste, žudeći da uplovi u san bez snova...

Zzz, zzz, zzz.

Zastenjala je, ali onda ju je pogodila briga za Džejkoba. Posegnula je i uzela telefon s noćnog stočića. Zaškiljila je na jarkom svetlu u mraku kabine. Stigla joj je poruka, ali ne od Roda.

Pol.

Drugačija vrsta brige preplavila ju je kad je otvorila poruku.

Budna si? Ne mogu prestati da mislim na tebe.

Ponovo je pročitala poruku, osećaj koji se trudila da zakopa proteklih nekoliko meseci sad joj je peckao celo telo. Odjednom joj je bilo pretoplo u mračnoj, zatvorenoj kabini. Brzo je poslala odgovor.

Sigurno si ovo hteo da pošalješ Fern?

Pol je odgovorio posle nekoliko sekundi.

Ne. Tebi sam hteo da je pošaljem. Znaš to. Šaljem je sa svog drugog telefona.

Stela se ugrizla za usnu.

Već sam ti rekla da prestaneš da mi šalješ poruke.

Znam da nisi tako mislila. I u čemu je problem, osim ako sad nisi s njom?

Ako misliš na svoju ženu, ne nisam. Kasno je, svi su u krevetu.

Odlučila je da ne pomene da je Fern sama na Kapriju, dok je ona na jahti, u marini u Napulju. Mrsko joj je bilo što se osmelio da joj pošalje poruku i proklinjala je sebe što je osećala treperenje u stomaku jer on misli na nju. Bila je sigurna da je pijan; verovatno je bio u pabu s drugarima i upravo je došao u praznu kuću. Biće da je usamljen čim joj šalje poruke. S Fern koja je otišla na dve nedelje, pretpostavila je da bi u letu zgrabio priliku da dovede neku ženu. Nije bila ljubomorna; najviše bi volela da je ostavi na miru, ali i dalje se jedan delić nje radovao njegovoj pažnji, iako ju je izjedala krivica.

Ogromna krivica. Znala je da se mora suočiti s tim i raščistiti stvari s Fern. Nije da će ikada više išta biti kako treba kad istina izbije na videlo. Nije želela da je povredi, ali Pol je nije prevario samo s njom; bilo je i drugih žena. Da je ona na Ferninom mestu, htela bi da zna šta se zaista događa. Možda bi to Fern motivisalo da krene dalje i izgradi bolji život za sebe, čak i ako bi to značilo kraj njihovog prijateljstva.

Pogledala je u svoj telefon. Nije joj više slao poruke. Možda je za promenu jednom poslušao i shvatio koliko je pogrešno da joj šalje poruke dok je ona na odmoru s njegovom ženom. Sa svojom najboljom prijateljicom.

Stela je vratila telefon na noćni stočić i okrenula se, očajnički želeći da zaspi, ali pitajući da li će joj to sad poći za rukom.

Mobilni joj je ponovo zazujao.

Uzdahnula je, ali odmah ga je zgrabila.

Još jedna poruka od Pola. Otvorila ju je.

U krevetu si, a? ;-) I ja sam. Kao što vidiš, mislim na tebe.

Zurila je u sliku koju joj je poslao. Znoj joj se slivao između dojki. Srce joj je tuklo. Sve u vezi s tim bilo je strašno pogrešno, ali dok joj je srce udaralo u grudima a ruka joj kliznula ispod svilenog donjeg dela bebi dola, nije mogla a da ne prizna da ju je preplavilo uzbuđenje, iako je sve to bilo potpuno pogrešno.

17.

FERN

Sunce je pokuljalo u sobu, zlatno-zeleni sjaj promicao je kroz prozirno lišće koje je uokvirivalo prozor. Fern je zevnula i protegla se, pomislivši na prethodno veče i jednu od najboljih večera koje je ikad jela. Društvo nije zaostajalo za njom. Mateo joj je ispunio misli svojim prijatnim dubokim glasom i gromkim smehom. Vraćala se u mislima noćnom razgovoru koji su vodili pošto su svi otišli na spavanje.

Treperenje u grudima preobrazilo se u tople žmarce koji su joj se širili telom. Što je više razmišljala o njemu, to je taj osećaj postajao snažniji, zajedno s krivicom kad se setila Pola. Brzo je strgla pokrivač sa sebe, otišla u kupatilo i napunila kadu. Bila je postavljena tako da je kroz sobu i balkonska vrata mogla da gleda u lišće. Utonula je u toplu mirisnu vodu i uživala ne samo u miru već i u opuštenosti tog mesta. Nikud nije morala da žuri. Kod kuće bi se ujutru na brzinu istuširala i zakoračila u dan, bilo da je morala da ide na posao ili da sprema kuću.

Zagnjurila je pod vodu, obavio ju je talas toplote. Izronila je, otirući vodu s lica i cedeći kosu. Ako je mislila da će time sprati svoje uporne misli o Mateu, prevarila se. Pomisao da će ga i danas videti i provesti neko vreme s njim ispunila ju je radošću; samo je trebalo da podseti sebe da je ona gost i ništa više.

Fern se obrisala i obukla belu dugačku suknju i šafran-žutu bluzu sa spuštenim kratkim rukavima koja je bila udobna i lepo joj stajala. Mateo je pomenuo pešačku turu po Anakapriju kako bi našli mesto za crtanje, te je navukla udobne patike.

Pre nego što je krenula dole proverila je telefon i našla lepu dugu poruku od Rubi, kao i jednu kratku od Stele poslatu prošle noći u šašavo vreme. Obema je poslala kratak odgovor, rekavši Rubi da jedva čeka da je vidi za nekoliko dana i uverivši Stelu da joj je prvo veče proteklo sjajno.

Doručak je bio na terasi s pogledom na bazen. Mateova domaćica, Ana, donela je Fern svež sok od pomorandže i tostiranu brusketu od kiselog testa s mocarelom od bivoljeg mleka i paradajzom prelivenim pestom od bosiljka. Među poslednjima je doručkovala. Nemački par je završio doručak i poželeo joj dobro jutro u prolazu. Posmatrala je Idit, koja je već bila u vrtu s kičicom u ruci, da iskoristi jutarnje svetlo.

Matea nigde nije bilo, ali baš kad je stavila poslednji zalogaj bruskete u usta čula ga je. Otrla je mrve i popila ostatak soka od pomorandže. On je bio negde u vrtu, razgovarao je sa Arturom skriven iza bujnog lišća.

Fern je pogledala na sat; bilo je skoro vreme da pođu. Popela se uza stepenice do sobe i stavila u torbu skicen-blok koji joj je Mateo dao.

Grupa se podelila, nekoliko njih je otišlo u centar Anakaprija s Mateom, dok su Idit, Fern, Artur i još nekoliko ostalih pošli Putem Miljera, popločanim drumom koji je prolazio pokraj seoskih kuća i vinograda. Pomalo je želela da ostanu svi zajedno. Sa zaprepašćenjem je shvatila da je to zato što je želela da provede više vremena s Mateom, no kako ju je Idit pozvala, smatrala je da bi bilo ispravno da ostane s njom. Možda je to i dobro; Mateo joj je odvlačio pažnju. Oštro je prekorela sebe zaključivši da su njena zbrkana osećanja jednostavno posledica romantičnog okruženja u koloniji i glamura Kaprija.

– Uživam pri pomisli da hodam stopama starih Rimljana – rekla je Idit dok su se sklanjale sa sunca u hladovinu drveća. – Toliko je istorije na ovom ostrvu da mi to oduzima dah. Mislim da zato toliko volim Italiju i ovo ostrvo: njihova lepota u kombinaciji sa živopisnom prošlošću i najukusnijom hranom i pićem. Raj!

Iako su pukim slučajem došle na Kapri, Fern nije mogla da zamisli nijedno mesto koje bi ga nadmašilo. Čak i uz napetost koja vlada između nje i Amber, ostrvo samo po sebi deluje smirujuće. Možda je bila naivna što je verovala da će boravak negde drugde pomoći njihovom odnosu, ali bar joj je pružio priliku da zastane i ponovo sve proceni.

Ritam je diktirao najsporiji u grupi, ali Artur je čak i u osamdesetoj bio iznenađujuće čio. Prijalo je usporiti i dati sebi vremena da se upije okruženje. Fern je uhvatila deliće plavog mora između drveća, ali tek kad su stigli na kraj puta mogla je da vidi prostranstvo Tirenskog mora kako svetluca na jutarnjem suncu.

Smestili su se u hlad između drveća i uzeli svoje skicen-blokove. Fern je bila sigurna da neće biti u stanju da naslika pogled onako kako on to zaslužuje, ali dok je olovkom ispunjavala stranicu, prestala je da mari za krajnji rezultat. Ponovno otkrivanje svoje kreativne strane činilo se kao nešto neverovatno dobro. Svidelo joj se da jednostavno sedi i primećuje detalje koji bi joj promakli da nije odvojila vreme da na svojim crtežima okruženje pretvori u uspomenu: jahte koje su krstarile plavim morem ostavljale su bele tragove za sobom, a svetionik na Rtu Karena uzdizao se na vrletnoj steni obrasloj zelenilom.

Sedeli su u prijatnoj tišini. Idit se zadovoljno osmehivala prelazeći olovkom preko svetložutog papira u svom skicen-bloku. Ljudi su dolazili i odlazili; bilo je to popularno mesto, vredno pešačenja makar samo zbog pogleda koji se s njega pružao.

Fern je izgubila pojam o vremenu. Bila je toliko udubljena u svoj crtež da je jedva primetila da su Artur i još dvoje gostiju otišli. Fern je bilo drago da ostane sa Idit i završi svoj crtež, ali kad je Idit objavila: – Ne znam za tebe, ali ja sam od rada ogladnela – shvatila je koliko je gladna uprkos dobrom doručku.

Idit je spakovala svoj skicen-blok i prebacila torbu preko ramena. Šara njenih pantalona sa širokim nogavicama podsetila je Fern na plavo-bele pločice u vili *Đardino*. Pomisao na praznu vilu navela je Fern da se zapita gde li su Stela i devojke. Tamo negde na beskrajnom plavom moru. Nema sumnje da uživaju u pogledu koji može da se nadmeće sa ovim.

I Fern je spakovala svoj blok pa pošla za Idit nazad stazom po suncu, koje je bilo dobrodošlo nakon hladovine drveća. Sedela je mirno i usredsređeno duže nego što je mislila, te joj je prijalo da razmrda bolna ramena dok su hodale.

Restoran nije bio daleko; okružen vinogradima i vrtovima, imao je pogled ravan onom koji su crtali. Dočekali su ih i smestili za jedan sto ispod pergole. Dani kao da su se okretali oko hrane, što joj nije smetalo budući da je sve bilo tako sveže i ukusno. Volela bi da ima mogućnost da putuje i isproba različite kuhinje. Odmori su se godinama vrteli oko porodice i uvek je njen bio zadatak da pazi na devojčice i da ih zabavlja. Nikad nije bila potpuno opuštena na bazenu, pažnju je samo polovično mogla da posveti knjizi dok je pazila na Rubi i Amber. Čak i na nedavnim odmorima s Polom u inostranstvu, on je uvek navaljivao da idu tamo gde služe britansku hranu. To nije bilo nimalo nalik ovome što je ovde iskusila.

Fern je mogla da uzme sve s jelovnika, ali znajući kako ih dobro hrane u umetničkoj koloniji, opredelila se za salatu od morskih plodova. Nije bila razočarana kad je salata stigla: izdašna porcija hobotnice, krupnih sočnih račića i školjki na rukoli isprskanoj maslinovim uljem i limunom.

Iditin osmeh postao je širi kad su ispred nje spustili tanjir testenine pakeri s hobotnicom i paradajzom. – Imam mnogo omiljenih restorana na ostrvu, ali ovo mesto je dragulj. – Pokazala je rukom po bašti pokrivenoj pergolom, gde je većina stolova bila zauzeta – ljudi su za njima jeli i pili. Bila je daleko od gužve na pjaceti, a povrh toga imala je pogled na more, na prigušenu paletu zelene i plave. Čak i s mnoštvom turista, to mesto je ulivalo osećaj spokoja.

Fern je jela mekušce uživajući u njihovom slanom reskom ukusu. Italijanska hrana kod kuće svodila se na picu za poneti i prekuvanu testeninu. Pijuckala je rashlađeno belo vino i zadovoljno slušala Idit.

– Ono što mi se najviše sviđa ovde, ako izuzmemo ono očigledno – nastavila je Idit – jeste što toliko uživam u upoznavanju drugih ljudi, kao što si ti, koje inače verovatno nikad ne bih upoznala.

– A i ovo je bilo pukim slučajem.

– Istina. Da je Maja pošla sa mnom, verovatno ne bismo razgovarale na brodu a ti ne bi došla ovamo.

– Možda se sudbina umešala.

– Možda jeste. Osećam da je trebalo da budeš ovde.

Fern je kucnula svojom vinskom čašom o Iditinu. – I ja. Ranije sam razmišljala o tome koliko sam očajnički žudela za ovakvim odmorom i za vremenom koje bih odvojila samo za sebe. Tek kad sam došla ovamo shvatila sam to. Isprva sam osećala krivicu što nisam htela da idem na jahtu sa ostalima, ali ispravno sam odlučila.

– Nisi to izabrala?

Fern se nasmejala, ali smeh joj je bio šupalj. Natakla je račića na viljušku i pogledala u Idit. – One su na jahti s gomilom mladih, bogatih momaka, nešto što mojoj dvadesetjednogodišnjoj ćerki i te kako prija, ali meni ne.

– Ipak, ne smeta ti što je ona otišla?

– Bože, sad zvučim kao užasna majka.

– Nisam to mislila. Uostalom, ona je odrasla i sposobna da odlučuje za sebe. Jesi li uopšte mogla da je zaustaviš?

– Ne, naravno da nisam. Čak i da sam predložila da ne ode, verovatno bi me još više mrzela.

– O, dušo, to zvuči kao da postoji mnogo napetosti između vas dve.

Fern je stavila račića u usta. Idit je za kratko vreme uspela da dokuči njen i Amberin odnos.

– Pretpostavljam da si udata? – upitala je Idit dok je viljuškom zahvatala testeninu.

Fern je klimnula glavom i rekla „aha“ ustima punim čvrstih i sočnih račića natopljenih limunom i aromom bilja.

– Pretpostavljam da zbog njega nisi otišla na jahtu?

– Da, činilo mi se neprikladnim. Prilično sam sigurna da ne bi bio oduševljen time.

– Ali da nema njega? – polako ju je upitala Idit.

– Iskreno, umetnička kolonija mi je izgledala primamljivije. U svojim mlađim godinama, zgrabila bih priliku da odem na jahtu punu seksi Italijana. Mislim da starim.

Idit je klimnula glavom i sažvakala puna usta hrane. Zadržala je pogled na Fern kad je otpila malo vina. – I ja sam prošla kroz to.

Fern se namrštila. – Šta hoćete da kažete?

– Kroz nesrećan brak.

– Ja nisam... – Zastala je, odjednom je bila pregrejana i usplahirena. Nije bila sigurna kako da odgovori; nije bila sigurna kako se zapravo oseća. Iditine reči su je iznenadile, ali kao da su bile ispunjene iskrenom brigom, za razliku od uznemirujućeg razgovora koji je nekoliko dana ranije vodila sa Amber. Fern je nabola jednu školjku na viljušku. – Ne bih da razgovaram o tome.

– Mnogo mi je žao. Stalno zabadam nos u tuđe stvari. Izvinjavam se.

Idit je promenila temu i dok su završavale ručak pričala je o svojim omiljenim mestima na Kapriju i na italijanskom kopnu. Kasnije su se peške vraćale Putem Miljera u prijatnoj tišini. Fern je bila zahvalna Idit što nije pokušala da nastavi neprijatan razgovor, ali ostao je osećaj nelagode koji su njene reči izazvale.

18.

FERN

Fern je celim putem nazad razmišljala o onom što joj je Idit rekla, i ukazala joj se gruba i neporeciva istina. Već neko vreme je bila tu, zakopana duboko u njoj. Amber je pre neki dan pokrenula nešto, a Stelino ćutanje na tu temu bilo je gromoglasno. Sad je Idit, koja je jedva poznaje, postavila isto pitanje.

Idit je otvorila velika drvena vrata vile pa su zakoračile u svežinu ulaznog hola. Fernino ćutanje na povratku očigledno je navelo Idit na zaključak da želi da je ostavi na miru, ali kad se zaputila ka stepenicama, Fern ju je uhvatila za nadlakticu.

– U pravu ste da nisam srećna – rekla je Fern.

Idit se okrenula ka njoj. – Jesam li?

Pogledala ju je tako saosećajno, da je Fern jedva zadržala suze.

Umesto da produži uza stepenice, Idit je provukla ruku ispod Fernine. – Hajde da sednemo na moje omiljeno mesto.

Idit ju je povela kroz vilu pa napolje do najdaljeg dela vrta. U hladu paperjaste paprati nalazio se mali kameni deo dvorišta na kojem nije bilo ničeg osim drvene klupe okrenute ka drveću što je zaklanjalo obod vrta. More je bilo skriveno od pogleda, ali nebo je bilo vedro jarkoplavo između lišća. Sele su na klupu i zagledale se preda se. Fern je sve upijala: ptičji let s grane na granu, žubor vode u jednoj fontani skrivenoj iza rastinja; lepršanje leptira oko cveta, njegova svetložuta krila koja su postala providna na suncu. Velike saksije pune majčine dušice, origana i limunske verbene bile su raspoređene oko kamenog platoa.

– Ovamo dolazim da meditiram, da razmišljam, da donosim odluke – na kraju je Idit rekla.

– Ne slikate ovde?

– Ne, ovo je mesto za sedenje i razmišljanje. Ili za razgovor. – Blago je ćušnula Fern po ruci. – Postavila sam ti tako lična pitanja, a nisam bila sasvim iskrena kad je reč o meni.

– O?

Idit je uzdahnula. – Za nekog kome je jasno kako ljudi funkcionišu, uspela sam ne samo da se upletem u zapetljane odnose nego i da se osećam kao da bauljam u mraku.

– Kako to?

– Rekla sam Mateu da Maji nije dobro, da zato nije mogla da dođe, ali to nije istina... – Idit je duboko udahnula i zagledala se nekud između drveća. Pege od sunca i mrlje krasile su joj naborane ruke koje je sastavila na krilu. Fern je sačekala da ona nastavi. – Odvojene sobe bile su skupo pretvaranje koje sam sa zadovoljstvom izvela jer je to značilo da ćemo moći da budemo zajedno.

Fern je polako shvatala Iditinu nepriliku. – Ona je, dakle, vaša partnerka koja želi da sakrije vaš odnos?

– Predomislila se u pogledu dolaska ovamo u strahu da će njen muž preispitati njene razloge... Zaljubljena sam u nju više od deset godina. Možda je pomislila da je previše da dođe na odmor na mesto koje ja toliko volim i želim da podelim s njom – uzdahnula je Idit. – Iako nastavljamo da se pretvaramo. – Slegnula je ramenima, ali bilo je tuge u njenim očima. – Dugo smo bile prijateljice, ali zajedno smo tek četiri godine. I ne sanjam da je pitam da ostavi muža, čak nisam sigurna ni da želim to. Ali želim da provodim vreme s njom, kako treba, ne da kradem trenutke kod kuće praveći se da smo nešto što nismo kako bismo sačuvale našu, pa, tajnu.

– To mora da je teško. – Fern je srce zabolelo zbog Idit.

– Ništa dobro ne može proisteći iz zaljubljenosti u nekog ko je s nekim drugim, čak i ako je ta ljubav uzvraćena. To se malo kad srećno završi. – Okrenula je glavu ka Fern. – Ali ono što sam ti ranije rekla, pitajući se da li si srećna u braku, dolazi od mog razumevanja. Vidim u tebi isto što vidim u Maji. Znam da nije srećna s mužem, ali ostaje s njim zato što je to svršena stvar i dovelo bi do skandala da ne samo napusti muža, s kojim je provela pedeset čudnih godina, već i da ga napusti zbog neke žene, da... ona ne može to da uradi, što je u redu, njena odluka i njen život, ali ostatak života će provesti u laži i ne sasvim srećna. Ponekad treba postaviti teško pitanje kako bi nam ono pomoglo da krenemo dalje – *ako* je to ono što želimo. Kad si rekla da si ranije bila srećna, da li si mislila da si bila srećna sa svojim mužem.

Fern se zamišljeno zagledala preko malog platoa. Mrlje zelenila bile su umirujuće spram krtičijesivog kamena i saksija od terakote tamne boje rđe.

– Delimično, da... – Kako da opiše šta oseća? – Ali takođe sam se osećala zarobljenom odgovornošću i onim što se očekuje od mene. Imala sam utisak da ništa nisam uradila od svog života, da je poslednjih dvadeset godina prošlo kao treptaj.

– Podizati decu bez sumnje znači uraditi nešto sa svojim životom. Neko bi rekao da je to najvažnije što čovek može da uradi.

– Rekli ste da nemate dece?

– O, odakle da počnem s tim? – Odmahnula je glavom. – Bila sam udata, ali sam ostavila muža jer sam se zaljubila u jednu ženu. Pogledala je iskosa u Fern. – Ne kažem da ti treba da uradiš ništa tako dramatično. – Njen smeh je poput zvona ispunio slatkasti vazduh bašte sa začinskim biljem. – Od početka sam znala šta hoću, samo nisam imala petlju da sledim svoja uverenja. Moj muž je bio pristojan čovek, i udala sam se za njega zato što su to moji roditelji od mene očekivali. Tada sam to želela. I, kao što rekoh, bio je fin. Bili smo prijatelji i slagali smo se, ali od početka sam znala da je to varka.

– Da li je on znao?

– Možda ne u početku. Želeo je decu, a ja nisam. Toliko toga u našem odnosu nije išlo, između ostalog i zato što me nije privlačio. Sviđao mi se, mnogo, kao čovek, kao prijatelj. I dalje razgovaramo. On se ponovo oženio i veoma je srećan. Ima decu i unučiće. – Iditin glas je bio ravnodušan, ali Fern je primetila da je stisla usne. – S Majom kao da se istorija ponavlja na mnogo načina. Ona ima muža, kao što sam ga ja imala. – Značajno je pogledala u Fern. Samo što ona nije u dvadeset nekoj već u sedamdesetim shvatila da joj se sviđaju žene a ne muškarci, u vreme kad su joj deca već bila odrasla, a ona iza sebe imala višedecenijski brak. Znam da to nije nimalo isto, zato sa zadovoljstvom činim sve da održimo privid da smo samo dobre prijateljice.

Izgledala je čežnjivo i veoma setno. Fern je samo mogla da zamisli bol saznanja da ne možeš da budeš sa onim koga voliš. Ali u isto vreme je želela da gaji tako snažna osećanja prema nekome. Da bude tako zaljubljena, tako strastvena u želji da provodi vreme s nekim... Na nju je bio red da uzdahne.

– Pitanje koje treba sebi da postaviš jeste da li voliš svog muža.

Fern se naslonila na klupi. Pomislila je kako nikad nije postavila sebi tako direktno i lično pitanje.

Idit je sigurno primetila zgranutost na njenom licu. – Uvek sam znala da kažem nešto što će sagovornika dovesti u nepriliku. Celog života sam bila psihološki savetnik, uglavnom sam radila sa zavisnicima, ali oduvek sam opčinjena međuljudskim odnosima – naročito odnosima bračnih parova. Kod kuće imam prijateljicu koja je udata za psihologa i volim da razgovaram s njom. Čak i sad u penziji, i dalje sam zadivljena onim što pokreće ljude.

Fern je jedva poznavala Idit, ali nekako joj je bilo lakše da bude otvorena s njom nego da razgovara sa Amber, pa čak i sa Stelom. Nije želela njihovo osuđivanje, niti teret njihovog mišljenja. Idit je imala prednost nepristrasnosti. Nije poznavala Pola; nije znala ni Fern ako se izuzme ono što je napabirčila za protekla dvadeset četiri sata. Fern je bila uznemirena kad je Idit za ručkom prvi put potegla tu temu, ali ona ju je zaista navela da razmisli o okolnostima u kojima se nalazi, i bilo je olakšanje razgovarati iskreno s njom.

– Zavidim vam na ljubavi koju imate s Majom. Ja jesam u braku, ali mislim da nikad nisam iskusila tako snažna osećanja prema nekom.

– Ako nisi sigurna, onda nisi.

Obe su se ućutale. Fern je uznemiravala takva otvorenost, ali smatrala ju je ujedno oslobađajućom. Možda su Iditin pristup i njeno iskustvo psihologa naveli Fern da se otvori. Kako god bilo, prijao joj je razgovor. Negde duboko u svom umu, te dve nedelje je videla kao priliku da rašćisti sa sobom šta hoće od života sad kad su Rubi i Amber odrasle.

– Pre neki dan me je prijateljica pitala da li sam srećna – polako je rekla Fern, ispunjavajući tišinu zaklonjene bašte.

– I kako si joj odgovorila?

Fern je frknula. – Rekavši da nisam nesrećna.

– O bože – odvratila je Idit, zavrtevši glavom.

– Znam kako to zvuči. – Udahnula je svež miris bilja. – Nezadovoljna sam i nisam sigurna u pogledu mnogo toga u svom životu, ali mislim da je više reč o meni nego o mom mužu.

– Hm, ne bih bila tako sigurna u to. Za brak je potrebno dvoje da bi funkcionisao. Ja mislim da je sreća veoma važna. Ti zvučiš nesrećno. Pretpostavljam da želiš da promeniš stvari? Kako se tvoj muž oseća?

Fern je slegnula ramenima.

– Niste razgovarali?

– Ne o takvim stvarima. A kad god ja pokušam da navedem razgovor na nas i naš odnos, on se naljuti i postane ratoboran.

– Teško je zapodenuti razgovor za koji znamo da će biti težak ili možda bolan. – Potapšala je Fern po ruci koja je počivala na klupi između njih. – Ja ću morati da ga obavim s Majom kad se vratim kući. Volela bih da joj stvarno nije bilo dobro. S tim bi bilo jednostavnije izboriti se. Naravno, bila sam uznemirena što nije došla ovamo, ali to neće promeniti naš odnos. Možda ju je na kraju sustigla krivica... – Idit se slabašno osmehnula, ali suze kao da su bile spremne da poteku. – Želela sam da podelim ovu vilu s njom. Ona ima posebno mesto u mom srcu.

– Vidim i zašto.

– A što se tiče tebe, niko ne zaslužuje da ide kroz život nesrećan, Fern. Ja sam se tako osećala kad sam se udala, kao da život prolazi pored mene, želela sam da budem s nekim drugim.

– Ja ne moram da budem ni sa kim drugim, samo nisam sigurna ni u šta. I svakako nisam gej – Fern je rekla, uzvrativši slabašnim osmehom.

Idit se nasmejala. – Nisam ni mislila da jesi! – Zaverenički se nagnula ka njoj. – To je očigledno sudeći po tome kako gledaš Matea.

Vrelina je jurnula Fern u obraze.

– Nemoj da ti bude neprijatno. On je zgodan muškarac – to čak i ja mogu da vidim. – Zakikotala se. – Iznenadilo bi me da te nije privukao. On tebe gleda na isti način. A kao gej žena nimalo nisam začuđena – i pritom ne mislim ništa loše – što i on tebe smatra privlačnom.

Fern je ostala bez reči. Uživala je u Mateovom društvu, ipak, zar je to bilo tako očigledno? Mnogo je pila protekle večeri – svi su mnogo pili – vino je teklo, kao i razgovor, kako za stolom tako i kasnije kad su ostali samo ona i Mateo. Ostali su dokasno, daleko duže nego što je ona imala običaj. Pretvorila se u osobu koja leže u deset. Čak i kad bi nekud izašla, ako bi uspela da ostane do jedanaest, sve na šta je mislila bilo je kako da stigne do kuće i legne. Možda je to bio lančani efekat odgajanja bliznakinja i nedovoljno sna prvih pet godina njihovog života. To je bilo neljudski teško i dovelo ju je dotle da ne želi više dece. Sad je nastavila rano da se budi.

Rani odlazak na počinak bio je jedno od malih životnih zadovoljstava, i to ne s Polom. Odgovaralo joj je što on obično leže kasnije. Mnogo puta se vratio pripit i napaljen iz paba, a ona se pravila da spava. Pol nije bio tih kad se napije. Treskao bi ulaznim vratima, posrtao po stepeništu. Podrigivao u kupatilu, puštao vodu, strovalio bi se u krevet obujmivši je rukama, zavlačeći ih ispod njene pidžame. Nije se obazirala na njegove pokušaje i nadala se da će je ostaviti na miru. Ali zar noć pre nego što je krenula na Kapri nije bila uznemirena što je on zaspao pre nego što je ona legla? Zašto? Ugrizla se za usnu. Da li je želela da on zapamti šta propušta dok ona bude bila na putu, a on sâm kod kuće, da ga podseti zašto su zajedno i da nekad nisu mogli da skinu ruke jedno s drugog?

– Čini mi se da sam ponovo preterala sa svojim komentarima. – Iditin srdačan glas vratio je Fern u stvarnost i u živopisnu baštu.

– Ne, niste. Samo sam razmišljala kako je to izgledalo s mojim mužem. Ako se tako osećam, mogu samo da zamislim da i on slično razmišlja.

– On je veran?

– Ja, ovaj...

– Sad sam stvarno previše rekla. Izvini.

– Znate šta, nemojte se izvinjavati. Niste prva osoba koja mi je tu mogućnost usadila u glavu. Moja ćerka je rekla nešto ranije ove nedelje. Možda je to pitanje kojeg sam se dugo plašila.

– Zato što se plašiš da ti je neveran?

Da li je to istina? Nikad nije ostavljala dovoljno vremena da razmisli o tome, iako joj je to, naravno, prolazilo kroz glavu kad bi on radio dokasno, ostajao preko noći izvan kuće ili se vraćao iz paba mnogo kasnije no što se pabovi zatvaraju, govoreći da je pio kod drugara. Imao je mnogo mogućnosti da je vara ako je želeo.

– Mnogo manje se plašim da li mi je bio neveran nego da sam ceo život provela u laži.

19.

STELA

Ispružena na palubi, Stela se sunčala na prijatnoj toplini. Jastučići iza leđa podupirali su je taman toliko da uživa u pogledu a da ne mora da pomeri nijedan mišić. Tog jutra su za sobom ostavili Napulj i sad su bili ukotvljeni negde uz Amalfitansku obalu gde se iznad blistavog plavetnila azurnog mora Pozitano kupao u sunčevoj svetlosti. Bele, svetložute, medenožute, smećkastocrvene i koralnocrvene vile stajale su na obronku, dok su se vrletne pepeljastosive litice ublažene maslinastozelenim rastinjem uzdizale iznad tog živopisnog grada.

Osećala se kao da je u mehuru, zvuci oko nje bili su udaljeni, tu i tamo poneki dubok glas koji govori na italijanskom, kikot Kloi i Amber, koje su pozirale na palubi za fotografiju dostojnu Instagrama, s Pozitanom u pozadini, preplanule u sićušnim bikinijima.

Uprkos vrelini kože, erupciji boja panorame i nežnom ljuljuškanju jahte, ništa nije izgledalo sasvim stvarno, kao da vodi nečiji tuđ život. Poslednjih dvadeset godina bilo je kao u žrvnju: život s decom i neprilike s dva propala braka. Rad joj je bio spas, izgradnja karijere i uspeh koji je sama postigla. Njeno najveće dostignuće bilo je to što nije morala da zavisi ni od koga, ni od roditelja ni od nekog muškarca. Sve je postigla zahvaljujući napornom radu i žongliranju između majčinskih obaveza i nemilosrdne ambicije. A onda je, s lotom, sreća odigrala svoju ulogu.

Ovo bi mogla da bude njena stvarnost, ne nužno krstarenje jahtom, već činjenica da bi svoj život u malom gradu na jugozapadu Engleske mogla da zameni za parče raja na Amalfitanskoj obali ili bilo gde drugde gde izabere. Znala je da to nije tako jednostavno, s obzirom na Džejkoba i njegove godine, ali mnogo toga je mogla učiniti kako bi njihov život postao bolji. Nije morala sasvim da ih iščupa iz korena; imala je sredstva da kupi vilu za odmor negde gde je toplo, negde daleko od kuće, na nekom mestu koje će im biti uto-čište.

– Pomislio sam da si možda žedna.

Dubok glas sa italijanskim akcentom prekinuo ju je u razmišlja-nju. Podigla je pogled ka Lukinom osmehnutom licu. Držao je kok-tel tirkizne boje s maraskino trešnjom i kolutom limuna.

– Malo je rano, zar ne?

Luka je iskrivio lice. – Nikad nije prerano.

On je bio najstariji u grupi, bio je u srednjim tridesetim, proce-nila je Stela. Malo mlađi od nje. Došla je u godine kad primećuje razliku u godinama koja joj do pre izvesnog vremena nimalo ne bi smetala. Poslednje što je želela bilo je da bude opsednuta činjenicom da je mlađi od nje, mada je starenje već neko vreme muči.

Luka je skliznuo na sofu pored nje, s bocom piva u ruci.

– Ovo je dobro mesto za Instagram – rekao je, pokretom glave pokazavši ka devojkama. – Nećeš im se pridružiti?

– Nisam toliko zaokupljena isticanjem sebe na društvenim mre-žama. A nisam sigurna ni da bi Kloi bilo drago da ima mamu na slikama. – Stela je podigla čašu i otpila gutljaj.

– Možda kao sestru.

– Slatkorečiv si.

Prineo je ruku grudima praveći se da je zgranut. – Istinu go-vorim.

– Veoma si ljubazan.

Privlačio je Stelu, isto koliko je, podozrevala je, privlačila i ona nje-ga. Devojke su koketirale sa svom četvoricom – i s još nekoliko mla-đih članova posade – ali Luka je svoju pažnju poklanjao njoj. Na kraju krajeva, bili su najpribližnijih godina. Biće da je i on primetio, kad je proveo malo vremena s njima, koliko su Kloi i Amber mlade. Zabora-vila je kako je biti u tim godinama, bez odgovornosti, samo sa željom da se zabaviš, da se prepustiš romansi, mladosti i slobodi. Zavidela im je što naoko nisu brinule zbog svojih postupaka, dok je ona bila krajnje svesna kuda njeno koketiranje s Lukom vodi. Uzdahnula je. Prilično ju je uznemirilo što toliko brine umesto da se zabavlja. Zar nije sebi obećala da će odmor na Kapriju tome služiti?

Pol je opet zakuvao stvar svojom kasnom pijanom porukom. Odavno je trebalo da stavi tačku na to. Mada, kad malo bolje razmisli, i jeste stavila tačku. Bilo je to samo jednom. Dvaput, ako se računa noć koju su proveli zajedno kad joj je bilo sedamnaest. Ali to je bilo *pre* nego što se on upustio u vezu s Fern. Zavaravala se da se to ne računa; računa se budući da Fern ne zna za to, i pošto su to ponovili iako je on u braku s njenom najboljom prijateljicom. Čak i da nisu spavali zajedno posle tog prvog slučaja, njihova razmena poruka i koketiranje otrgli su se kontroli. Njen život je dve decenije povezan s Polovim i Ferninim. Vreme je da preseče te veze. Stegla je pesnicu. Ne može da izgubi Fern; njihovo prijateljstvo mnogo joj znači, a zna kako izgleda što se tako ponela prema svojoj prijateljici.

Promeškoljila se na sofi, odjednom obuzeta nelagodom zbog toka kojim su joj misli odlutale. Sunce je bilo u zenitu, milovalo joj je nagu kožu svojom utešnom toplotom. Oboje su zaćutali ležeći poduprti jastučićima, ramena su im se dodirivala. Stela je nosila samo bikini sa širokom tunikom preko, a Luka je bio samo u šortsu. Njegove glatke grudi bile su u visini njenih očiju, ruka mu je počivala na preplanuloj mišićavoj nozi. Udisala je njegov miris, srce joj je lepršalo. Uvek joj se sviđalo jurenje, koketiranje, ono što dolazi pre veze. U tome je uživala i u tome je bila dobra, u upoznavanju, ćaskanju, uzbuđenju prvog poljupca i na kraju prvoj zajedničkoj noći. Problemi za nju počinju kad se završi „medeni mesec". Možda nije trebalo da se udaje, mada nije mogla i posle četrdesete i dalje da se glupira unaokolo kao zaljubljena tinejdžerka, zar ne?

Neznatno je okrenula glavu ka Luki, svesna da joj je taj pokret naglasio liniju između dojki. Pogled mu je skliznuo naniže, pa se podigao i zadržao na njenom licu. Osmehivao se. Tačno je znala šta radi.

– Ne mogu ti opisati koliko sam vam zahvalna što ste nas pozvali.

– Drago mi je što si pristala.

– U suprotnom nikad ne bismo ništa slično uradile.

– Ne? – Namrštio se. – Čak ni sa svim tvojim novostečenim novcem?

Stela je nabrala nos.

– Nema razloga stideti se što si bogat, iako nas mnogi navode da se tako osećamo.

– O, ne stidim se ja, samo nisam navikla. Dovoljno sam zarađivala za sebe, ali uvek sam morala da budem pažljiva. Nikad nisam mogla da ugađam sebi i da ne brinem zbog toga.

– Nemaš muža? – Bilo je puno aluzije u tim rečima.

Stela je frknula. – Imala sam dva beskorisna muža, više nemam nijednog. Samo ja, Kloi i moj trinaestogodišnji sin.

– Dakle, zaslužila si da se ne brineš. – Pogledao ju je sa sjajem u očima.

– Šta je s tobom? – Želela je da izbegne razgovor o sebi. – Nemaš ženu, devojku, decu?

– Nikad se nisam ženio, ne. – Odvratio je pogled na trenutak, zagledavši se preko palube u mesto gde su se Kloi i Amber smejale sa ostalom trojicom momaka. – Imam četvorogodišnjeg sina s bivšom devojkom. To među nama nije bilo ozbiljno, ali izdržavam ih.

– Nisi deo njihovog života?

– Ona se vratila u Milano da bi bila bliže svojoj porodici. Ja veći deo vremena provodim u Rimu – tamo mi je posao, tamo radim.

– Kad ne krstariš Amalfitanskom obalom. – Lukavo mu se osmehnula.

– Ha, *si*. To je istina. – Promeškoljio se na sofi pa spustio ruku duž jastuka iza nje. – Zadovoljan sam svojim životom – glatko je nastavio. – Ne želim da se skrasim. Ona je to od početka znala, pre nego što je ostala u drugom stanju. Mada ne žalim što se to dogodilo.

– Viđaš li sina?

– Da, ja sam deo njegovog života.

Prstima joj je okrznuo rame. Ona se sklupčala uz njega, naslonivši se u toplo udubljenje njegovih grudi. Prijatno je mirisao, pa joj je bilo drago što je naprskala parfem *fjori di kapri* od kartuzije.

Količina novca koji je potrošila otkako je stigla na Kapri bila je veća od bilo koje ikada potrošene ako izuzme kupovinu automobila i kuće. Ipak, ovo su bile luksuzne stvari, divne ali nepotrebne, za razliku od tehničkog pregleda i popravke bojlera.

Stela je ispružila noge. Osećala je da je Luka gleda. Gospode, volela je da koketira: svideo joj se način na koji joj je ukazivao pažnju. Na trenutak joj je prošlo kroz glavu šta li će njena ćerka misliti, ali Kloi je još bila u dobu kad misli da se svet vrti oko nje. Stela je bila sigurna da neće primetiti ili će odlučiti da nimalo ne obraća pažnju na to. I ona je proživljavala najbolje dane u svom životu. Osamnaest joj je godina, a njena mama je dobila na lotou, i evo njih na jahti. To je bilo mnogo drugačije od njenog tinejdžerskog doba i petka uveče u Bristolu, od ljubakanja s momkom u *Riciju* i kraja večeri uz pomfrit iz kioska s kebabom ispred hipodroma.

– Znam da ugađam Kloi ovim odmorom, ali mene brine da ću ugađati samo sebi. Ne želim da budem sebična. Moram da mislim na decu.

– Ali Kloi je odrasla, zar ne?

Stela je frknula. – Odrasla koliko može da bude osamnaestogodišnjakinja koja mi i dalje donosi veš na pranje kad dolazi s fakulteta.

Luka se nasmejao, ali Stela se zapitala da li ju je zaista razumeo. Pretpostavila je da on nikad u životu nije sebi oprao veš. Krstarili su na luksuznoj jahti s posadom od šesnaestoro ljudi spremnom na svaki njihov mig. To je bio i te kako dobar život. I ne čudi što nije želeo da odustane od toga zarad ograničenja porodičnog života.

– Gde ti je sin sad? – upitao je Luka.

– Sa svojim ocem. Sad je školski raspust, pa će njih dvojica doći iduće nedelje na nekoliko poslednjih dana da proslavimo moj rođendan.

– A srećan rođendan iduće nedelje. – Nagnuo se još niže, ruka mu je visila opasno blizu ruba gornjeg dela njenog bikinija. – Novac će ti dati slobodu ako ne dozvoliš sebi da brineš zbog njega. – Njegov dah joj je golicao uho. Bio je preblizu, tako topao uz nju.

– Ne brine mene toliko novac, iako je to ogromna promena, a osim što sam došla ovamo zapravo i nisam mnogo šta s njim uradila.

Više me brine šta će drugi misliti i kako će se ponašati. Rekla sam vrlo malom broju ljudi. Čak ni moji bivši još ne znaju.

– Moje okolnosti su drugačije. Uvek sam imao novac, ali razumem da može biti stresno. I nije sebično da napokon misliš na sebe.

– Imam utisak da je to sve što radim u ovom trenutku.

Njegovi prsti su joj dodirnuli kožu, milujući oblinu njenih grudi. – Hoćeš li da idemo u džakuzi? – Lukin dubok i čulan glas ispunio joj je uho. – Biće tiše.

Lepršanje u grudima i toplota koja se širila kroz nju pojačali su se kad su uzeli svoje piće pa kroz potpalublje izašli na gornju krmenu palubu. Pažnja zgodnog momka koji samo želi zabavu bilo je upravo ono što joj je trebalo.

Pogled na Pozitano zamenio je pogled na svetlucavo Tirensko more sa čamcima i jahtama usidrenim u azurnoj vodi. Tamo negde bili su Kapri i Fern. Kad je uhvatila Luku za ruku i ušla u toplu vodu džakuzija, ponovo ju je preplavio talas krivice što je ostavila Fern samu. Bar je poruka koju joj je poslala tog jutra zvučala kao da se ona zabavlja.

Lukini poljupci prekinuli su je u razmišljanju. Skliznula je rukama do njegovog pasa, privukavši ga bliže i uzvraćajući mu poljupce. Voda je bila topla, prijatna skoro kao dodir njegovih ruku na njenoj koži, dok su klizile preko bokova, struka, uz slabine, usporavajući kad su stigle do gornjeg dela bikinija... Dok su lebdele iznad njega ranije na sofi, razmišljala je kako su divne te prve iskre s nekim, uzbuđenje prvog poljupca i onog čemu to vodi. Ovo je bilo ono što je želela; uzbuđenje razvoja jedne veze, za koju zna da neće ići dalje od vremena koje će provesti na Kapriju. Bio je iskren prema njoj – on je igrač, bez želje da se skrasi. Mlad je, zgodan i bogat. Verovatno izabere ženu u svakoj marini. Znala je ishod, no nimalo nije marila...

Uhvatio ju je za ruku pa je izveo iz džakuzija i poveo ka donjoj palubi i kabinama. Znala je da neće reći ne. Nije želela da kaže ne. U tom trenutku nije joj bilo važno ni da li će devojke saznati. Teško da je bila stara. Bože, šta Fern propušta. Odustala je od svega ovoga zato što je udata i zabrinuta kako će to izgledati Polu. E pa, jebeš

Pola. On je i napravio celu tu zbrku. Ali ne sad. Tog trenutka, više ništa nije bilo važno.

Nisu ni stigli do kreveta. Njen mokar bikini i njegov šorts skliznuli su na tepih mekan kao flis. Povukao ju je sa sobom na sofu. Roletne su bile podignute i načas joj je prošlo kroz glavu kad je skliznula preko njega kako je pogled preko palube na Amalfitansku obalu spektakularan.

20.

FERN

Nakon što se poverila Idit, Fern je poželela da telefonira Polu i obavi razgovor koji je odavno trebalo obaviti. Svakodnevni život isprečio se između njih, a kad god bi Fern pokušala da pokrene tu temu, Pol bi je ućutkao. Kad razmisli o tome, kad joj je poslednji put rekao da je voli? Kad je poslednji put ona to rekla njemu? Svakako veoma davno.

U početku je bilo strasti i možda ljubavi; nesumnjivo su privlačili jedno drugo. Smejali su se zajedno i uživali da budu zajedno, iako su retko bili trezni. A onda su, naravno, stvari ubrzo postale vrlo ozbiljne. Pol je nije ostavio na cedilu, trudnu, prepuštenu samu sebi; posvetio se njoj i devojčicama. Da li ga je ona zbog toga volela? Da li je, s godinama, zanemarivala nesigurnost u pogledu njegove vernosti zato što je nije izneverio kad joj je bio najpotrebniji? Da li je bilo šta od toga dovoljno dobar razlog da se ostane s nekim?

Ostali gosti i Mateo vratili su se iz svoje pešačke ture po Anakapriju kasno po podne, a kako su svi bili ručali, niko nije hteo još jedan obilan obrok. Kuvar je spremio toplu salatu od tikvica, avokada i sipe koju je Fern pojela na svom balkonu, upijajući mir i gledajući kako se iza drveća zlatni sjaj sutona pretvara u tamnoljubičastu. Osećala se potčinjenom Polu, svesna da je uzrok njene neizgovorene tuge osećaj da je nevoljena, ali i potcenjena, pa ipak nije imala petlju da preduzme bilo šta u vezi s tim. Povrh svega, osećala se smešno što je zbog Iditinog komentara o međusobnoj privlačnosti želela da izbegne Matea. Nije želela da prizna da je Idit u pravu. Dovoljno joj je bilo da pogleda Matea pa da se oseti smešnom. Osmeh, usputni dodir njegove ruke bili su dovoljni da joj se zavrti u glavi.

Dolazak na Kapri izgledao je kao savršena prilika da razjasni sebi šta želi sad kad su Rubi i Amber otišle od kuće. Predugo je odlagala donošenje odluke u pogledu svoje budućnosti. Ali što je više razmišljala o razgovoru sa Stelom i onom sa Amber, a sad i o razgovoru sa Idit, bila je sve zbunjenija.

Otišla je rano u krevet, delom i zato što joj je glava bila puna briga, delom da bi izbegla da ponovo završi sama s Mateom. Zbrka se komešala u njoj dok je ležala u postelji, pokrivena hladnim čaršavima. Mesečina je dojezdila kroz balkonska vrata i preko popločanog poda. Prozor naspram kreveta bio je otvoren i lišće je šuštalo na povetarcu koji je sa sobom donosio utešni miris origana.

Pol i njihov život izgledali su joj kao daleki san, skoro kao da se probijala kroz nečija tuđa sećanja. Od protekle godine je imala utisak da bolje primećuje stvari. Počela je da preispituje svoju sreću i prekretnicu na kojoj se našla u životu, počela je drugačije da posmatra Pola. Počela je stvarno da ga gleda. Ne samo kako izgleda, već i kako se ponaša. Naročito prema njoj. Bilo je mnogo znakova upozorenja, no ona je ipak pokušala da odagna brige, ne želeći da pravi probleme.

Iako je rano legla, Fern nije mogla da zaspi od mučnih misli. Probudila se kasno, na brzinu se istuširala i još mokre kose pohitala niza stepenice u novi dan. Bila je poslednja na doručku. Sela je za sto na verandi okrenutoj ka bazenu.

– Dobro jutro. – Mateo je skliznuo na stolicu naspram nje.

Pri pomisli da ostane sama s njim Fern se prikrao dodir strepnje. Progutala je zalogaj i obrisala mrvice sa usana. – Jutros sam baš kasno sišla, izvinite.

– Nema razloga da se izvinjavate. Ovde ne postoji kašnjenje. – Zaverenički se zagledao u nju pa tiše dodao: – Ne znam da li to ima veze s godinama, ali većina gostiju koja je, ovaj, u poodmaklom dobu budi se đavolski rano. Izležavanje nedeljom moja je zamisao raja. – Pogledi su im se susreli i osmehnuli su se. – Ali jutarnje svetlo je savršeno za slikanje. Postavili smo pored fontane. Upravo sam pošao tamo, ima jedno mesto sačuvano za vas. Nadam se da ćete nam se pridružiti?

– Volela bih, hvala vam.

Odsutno je žvakala svež hleb namazan džemom i gledala ga kako silazi niza stepenice sve dok joj nije nestao iz vida, skriven iza paprati uz dalju stranicu bazena. Iditine reči od prethodnog dana, o privlačnosti između nje i Matea, vratile su se. Ona je gost, i koliko je mogla da primeti, on je bio srdačan, pričljiv i prijateljski nastrojen prema svakome. Možda je Idit u tome videla više nego što je bilo, ali nije mogla poreći kako se oseća u njegovom društvu. Taj iznenadni nalet uzbuđenja, iščekivanje vremena koje će provesti s njim, pomisao da će ostati sama s njim... Vrelina joj je navirala iz dubine stomaka, šireći se po grudima.

Pojela je preostali zalogaj hleba, ispila late i pošla za Mateom. Žamor glasova postajao je glasniji dok je vijugala kroz vrt. Sve joj se sviđalo u njemu: svi skriveni delovi s bleskovima grimizne boje istočnjačkih makova ili svežih belih rada; mirni kúci s klupama kao što je bašta sa aromatičnim biljem i ono što je Idit zvala leptirovom terasom, ispunjena omiljenim žbunjem leptira.

Svi su se rasporedili na velikoj okrugloj terasi, štafelaji su im okruživali fontanu u sredini. Svi su bili zajedno a svi su gledali u vrt. Fern je pomislila kako ne bi bilo teško udaljiti se i osećati se kao da si sâm tu.

Idit se osmehnula Fern dok se približavala. Mateo ju je dočekao pokazavši joj prazno mesto pored Idit.

– Jesi li dobro? – upitala ju je Idit ispod glasa, široko otvorenih brižnih očiju, kad se Fern smestila pored nje. – Nadam se da te juče nisam uznemirila.

– Zaista niste. Samo mi je trebalo malo vremena da razmislim.

Fern se zagledala u list bledožutog papira na svom štafelaju. Primetila je da je Idit dobrano odmakla sa svojom slikom, pogled na vrt već je dobijao obrise akrilnim bojama.

– Ne brinite – rekao je Mateo, pridruživši joj se. – Prazan list papira ne treba da bude zastrašujući. Pogledajte u prizor ispred sebe, ali ne razmišljajte o njemu kao o drveću, žbunju i cveću, već kao o linijama, oblicima i bojama. Radite deo po deo i ne brinite ako je nesavršena.

Fern se nasmejala. – Svakako će biti takva.

– Priroda sama po sebi nije savršena, prihvatite to.

– Kako uopšte da počnem? – Otkako je stigla u koloniju osetila je kako joj se kreativnost vraća, ali je i dalje bila nesigurna u pogledu svojih veština koje bi je pratile.

– Samo se usredsredite na mali deo onoga što je ispred vas. – Pokazao je ispred njih, privukavši Fern pogled. – Šta kažete na ono stablo limuna u saksiji s kamenim zidom iza njega? Možete prvo da ga skicirate kredom; to nije tako obeshrabrujuće kao kad počnete s bojom. Razmišljajte o tome kao o eksperimentisanju i zabavljajte se. Ne morate da ga naslikate verno – samo utisak onog što vidite, boje, oblike. I neću vam gledati preko ramena, obećavam. Ali kažite mi ako vam zatrebaju uputstva.

Ostavio ju je i obratio se Arturu, ali ona je još bila svesna njegovog prisustva dok je pokušavala da se usredsredi na papir.

Idit se ohrabrujuće osmehnula. – Mateo je divan umetnik i još bolji učitelj. Mnogo sam naučila od njega zato što ne štedi vreme. Obziran je i konstruktivan. Šteta što nećeš duže ostati ovde. – Idit je umočila kičicu u sjajnu boju intenzivno zelene boje. Pomešala ju je s kapljicom bele kako bi posvetlela i zaličila na boju maslinovog lišća ispred nje.

Fern se okrenula ka stablu limuna. Saksija je bila boje bakra, velika i izvijena, u suprotnosti s krtičijesivom zida iza njega. Plodovi limuna bili su sjajni naspram blistavog zelenog lišća, i naterali su Fern da se zapita kako da njihovu svežinu prenese na prazan list papira.

Uzela je parče zelene krede i odlučila da bude hrabra. Odavno je to muči – to što ne može da prihvati prilike, nema petlju da prodrma svoj život, da napusti posao i uradi nešto prema čemu oseća strast. Jučerašnji dan proveden u crtanju ispunio ju je radošću; bilo je to tako jednostavno zadovoljstvo, ali zadovoljstvo koje joj je zaista nedostajalo. Stvarno nije bilo važno da li će njena prva slika biti obično smeće; ne bi bila ni toliko da ne proba.

Lagano prelazeći kredom preko papira, Fern je skicirala zakrivljene obrise saksije, vitko stablo drveta i grube obrise kamenja. Limunove i lišće bilo je najteže izvesti verno, te bi na njih možda trebalo da se usredsredi na kraju, ili pak prvo njih da se lati. Zastala je s kredom iznad lista, nesigurna šta dalje da učini.

– Seti se šta je Mateo rekao. – Idit je pokazala na Ferninu skicu, zatim ka stablu limuna. – Treba ti samo utisak toga – neka tvoja kreativnost potekne. Ona je tu negde.

Fern se slabašno osmehnula. – Da, zakopana ispod godina pomanjkanja samopouzdanja.

– Ono će s vremenom ponovo doći. Izrazi svoju tugu; preobrazi je u nešto pozitivno. Verujem da su najbolji umetnici oni koji su iskusili najveći bol.

Fern se okrenula ka Idit. – Oh?

Idit je zamahnula kičicom, obuhvativši pokretom bujni vrt i veliku vilu. – Čak i onaj ko živi u palati može biti ispunjen tugom. – Pogledala je nekud iza nje. Fern je pratila njen pogled do mesta s druge strane fontane, gde je Mateo razgovarao sa Arturom o njegovoj slici. Nagnula se bliže Fern. – Nikad ne kaže previše, samo nagovesti. Spolja izgleda zadovoljno, ali obe znamo kako dobro možemo da skrivamo osećanja čežnje, razočaranja i uznemirenosti.

Fern se malo duže zagledala u Matea, pitajući se kakvu priču on krije. Odvratila je pogled, svesna da zuri. Idit je uhvatila njen pogled i osmehnula se.

– Svi mi nastojimo da nađemo sreću – rekla je Idit tužno, navevši Fern da se zapita razmišlja li ona o Maji, nesrećnoj sa svojim mužem u Engleskoj, dok je ona tu, srećna na mestu koje voli, pa ipak razočarana što ga ne deli sa osobom koju voli.

Fern je uzdahnula. Zašto život mora biti tako đavolski zapetljan?

21.

STELA

Nakon popodnevnog seksa s Lukom, koji je bio sjajan, Stela je bila opuštena i zadovoljna. Kad su se vratili na glavnu palubu da se pridruže ostalima, Kloi i Amber su se i dalje sunčale s Dezijem i Vinčencom, naoko i nesvesne da su Stela i Luka bili otišli. Jedino im je Đovani znalački namignuo kad su se zajedno spustili na sofu.

Napustili su Pozitano, gde su bili usidreni tokom najvećeg dela dana, i ukotvili se da zanoće uz obalu Marine d'Areki. Steline dobre namere da provede mirnu noć bile su osujećene večernjim izlaskom u restoran na keju, gde su jeli i pili, a onda su se pripiti vratili na *Silver spirit*. Uzdržala se i nije više pila na palubi, već je krenula u svoju kabinu.

Luka je pokucao deset minuta kasnije. Pošto je poslala Fern kratku poruku s nekoliko slika Pozitana, Stela je isključila telefon ne želeći da je bilo ko uznemirava, čak ni Fern, a svakako nije htela da rizikuje da ponovo dobije neželjenu poruku od Pola. Ispostavilo se da je Luka bio sjajna razbibriga, ovoga puta ju je zavodio polako, te nije mogla da misli ni na šta drugo dok je satima kasnije nije savladao san.

Sutradan su zaplovili nazad duž obale i usidrili se kod Amalfija da bi ručali na kopnu pre nego što istraže njegove kaldrmisane prolaze i pjacete okupane suncem. Vratili su se na *Silver spirit* na sijestu, iako je iz Lukinog namigivanja i načina na koji ju je začikavao rukom bilo očigledno da bi on pre radio nešto više od toga.

Ali Stela nije više mogla da odlaže telefonski poziv Fern. Odgovorila je na njenu poruku od prethodnog dana zadivljujućom fotografijom sredozemnog vrta i zvučalo je kao da se zabavlja, ali Stela je htela da bude sigurna, pre nego što se pridruži Luki. Prošaputala je da će se videti u kabini i povukla se na praznu palubu sa džakuzijem.

Zabrinutost je obuzela Stelu kad je pritisla Fernin broj. Sela je na ivicu ležaljke za sunčanje i zagledala se u obalu pored koje su promicali dok je telefon zvonio. Mogla je da je pozove juče, ali onda se dogodilo to s Lukom i razmišljanja o bilo čemu drugom su iščezla. Osećala se strašno krivom – osećaj koji kao da je neprekidno strujao kroz nju kad je mislila na svoju prijateljicu.

– Hej, Stela! Htela sam da te zovem, ali jednostavno nije bilo prilike.

Preplavilo ju je olakšanje kad je čula kako zvuči.

– Isto; ali mnogo sam mislila na tebe. Fotografija je čarobna. Znači da uživaš tu?

– O, oduševljena sam. Ne mogu ti rečima opisati kako je ovde divno.

Čvor napetosti u Stelinim grudima malo je popustio. – Baš mi je drago. Onda, nisi se pokajala što si ostala?

– Nimalo. Da me ne razumeš pogrešno, nedostajete mi, ali tako je dobro uroniti u kreativnost.

– Jesu li ljudi fini?

– Da, većina je mnogo starija, ali divni su. Idit je... Ne znam, nekako se osećam kao da je oduvek poznajem. Lako je razgovarati s njom. A sâmo mesto – mislila sam da je naš smeštaj veličanstven. Kako vama ide?

– Nije isto bez tebe, ali... – Stela se nasmejala. – Ova jahta, ovaj način života, jednostavno su... uh!

– Kakvi su Italijani?

– Sjajni. Svi se odlično slažemo. – Stela se ugrizla za usnu pri pomisli na Luku, koji je čeka u potpalublju u njenom krevetu. Fern to ne mora da zna. – Trenutno sam na palubi s džakuzijem.

– Ima i džakuzi?

– Da, prilično je impresivan. Upravo krstarimo duž obale.

– Je li lepa kao Pozitano?

– Poslaću ti još slika. Teško je opisati boje i dramatičnost ovih neverovatnih mesta s pogledom na more. Skoro da ne želim da odem.

Načas su obe zaćutale. Stela se pitala da li je Fern isto mislila da je napuštanje Kaprija i odlazak kući stvarnost koju je bezmalo previše teško podneti.

– Nego, gde si ti sad? – upitala je Stela, prekinuvši tišinu.

– U vrtu. Završila sam slikanje za danas. Znaš, bilo je čarobno imati vremena samo za sebe. Da ti kuća ne odvraća pažnju. Imala sam vremena da razmislim. Prijalo mi je.

– Dobro je, drago mi je što ti je koristilo to vreme koje si odvojila za sebe.

– Kako je Amber? – Fernin opušten ton zamenio je onaj ispunjen brigom.

– Sasvim je dobro, Fern. Nemaš razloga za brigu. Ona i Kloi se odlično provode. Čudo bi bilo da je drugačije.

Još malo su ćaskale ne rekavši ništa. Iako je Fern zvučala veoma srećno, Stela je oklevala da joj podrobno ispriča kako se dobro zabavlja. Pošto su se oprostile, načas je ostala da sedi na palubi, posmatra Amalfitansku obalu pored koje su promicali, sve ono jarko zelenilo i bele vile. Znala je da dobitak na lotou nije bio njena karta za sreću, ali bio je prvi korak potreban da bi preokrenula svoj život. Morala je da ispravi svoje greške. Morala je da podrži ljude do kojih joj je stalo i da sledi svoje srce ako želi bilo kakvu priliku za stvarnu sreću. Ovog trenutka, sreća je bio Luka nag u njenom krevetu... Ali pomisao na povratak svom životu... Promene su nailazile; samo je trebalo da bude dovoljno hrabra da ih prozre.

Luka je prešao prstima od Stelinih nagih kukova naviše, privlačeći je bliže za dug poljubac. Toliko su dugo bili u krevetu da je sunce skoro zašlo. Rumen je obojila zlatnu iskru koja se prikradala kroz poluspuštene roletne. Jahta je bila usidrena da bi prenoćili, mada nije bila sigurna gde. Nije želela da ustane iz kreveta i ode iz Lukinog zagrljaja.

– Vratiću se u svoju kabinu da se istuširam. – Ponovo ju je poljubio. – Možda bismo večeras mogli da večeramo napolju?

– Volela bih – rekla je dok ga je gledala kako ustaje iz kreveta i navlači šorts. Poslao joj je poljubac dok je odlazio.

Stela se raširila na krevetu. Lukina toplota zadržala se na čaršavima pored nje. Želela je da ostane u tom mehuru dalekom od stvarnog života. Želela je da se i dalje oseća dobro u sopstvenoj koži i da život ostane jednostavan, bez zbrkanih veza, kako onih platonskih, tako i onih romantičnih. Mada nema ničeg romantičnog u mojoj vezi s Polom, gorko je pomislila. Bila je glupa što je dozvolila da to dođe dotle.

Zbacila je pokrivače, odjurila naga u kupatilo i pustila vodu da joj zapljuskuje telo. Njihova vila na Kapriju bila je san, ipak, nije želela da se vrati ni tamo. Nije želela da se suoči ni sa kakvom stvarnošću. S kakvim namerama je pozvala Fern na odmor? Za pet dana bi trebalo zajedno da proslave svoj četrdeseti rođendan. Njena najbolja prijateljica. Najbolje prijateljice ne rade jedna drugoj ono što je ona uradila Fern. Da li je taj odmor bio pokušaj da popravi stvar s njom, da ublaži udarac? Može li išta ispraviti ono što je uradila?

Stela se obrisala i obukla novu dugačku haljinu s nenametljivom leopard-šarom u laskavoj zagasitoplavoj i sivoj, s bretelama, koja joj je meko prianjala uz kožu. Naprskala je parfem i pogledala se u visokom ogledalu. Sve u vezi s njenim životom bilo je blistavo i novo, mogućnosti koje je pružala tolika količina novca i sloboda koja ide uz nju ključali su ispod površine. Ipak, osećala se kao kukavica i prevarant jer već dugo živi u laži. Kad stignu kući, ispraviće stvari, koliko god to teško bilo.

Na glavnoj palubi je vladala atmosfera zabave. Dva člana posade služila su piće, na veliki okrugli sto poređane su grickalice. Smeh je prožimao noćni vazduh, Kloin prepoznatljiv kikot nadjačavao je ostale. Dok je Stela bila u potpalublju, gore se ozbiljno pilo.

Dezi joj je namignuo u prolazu. Znači njen i Lukin nestanak nije prošao neprimećeno. Zašto bi je bilo briga? Kloi bi prevrnula očima i pravila se da povraća pri pomisli na majčine vannastavne aktivnosti sa zgodnim Italijanom, ali ona je bila slobodna i zasluživala je da se zabavi.

Luka ju je primetio, uzeo čašu penušca s poslužavnika i prišao joj. Zagolicala ju je njegova brada kad ju je poljubio. Pružio joj je čašu. – Ovde ćemo da popijemo piće a večeraćemo na kopnu. Samo nas dvoje.

Stela je pogledala ka Kloi i Amber.

– Devojkama će biti drago da ostanu – rekao je, preduhitrivši njeno sledeće pitanje.

– Mislim da treba nešto i da jedu, a ne samo da piju. – Shvatila je koliko majčinski zvuči. Mogla je da glumi da nema nijedne brige na svetu i ponaša se kao da je ćerkina vršnjakinja, ali njen majčinski nagon bio je živ i čio.

– Biće hrane. Tražio sam od kuvara. Ne treba da se brineš.

Luka ju je uhvatio za ruku, a ona je dopustila da je veče obuzme te poslednje noći pre povratka na Kapri. *Silver spirit* je bio najveća jahta u marini i sijao je kao svetionik. Nije bio jedini brod za zabavu. Bilo je i drugih, s ljudima na palubi koji su punim plućima uživali u životu. Treperava svetla ukrašavala su marinu, ogledajući se u blistavoj belini trupova. Ritam muzike, dobovanje glasova i nanosi smeha ispunili su zvezdanu noć.

Piće je teklo lako kao i razgovor. Bila je kocka prihvatiti poziv četvorice neznanaca na jahtu. Stela se vezala za sve njih, naročito za Luku, i to ne samo zato što je spavala s njim. Razgovarali su, a on se prema njoj ponašao kao prema sebi ravnoj, čak i pre nego što je saznao da ima novca. Nikad se nije družila s nekim ko je istinski bogat. Volela bi da se to dogodilo pre nego što je došla do novca, ali dok je gledala kako je Lukin život lagodan i kako je on – bar spolja gledano – srećan, to joj je ulivalo nadu da bi i ona mogla biti srećna.

Luka je provukao prste između njenih, palcem je milujući dok je preko stola razgovarao sa Đovanijem ni manje ni više nego o novogodišnjim planovima, u to blago veče poznog maja. Razgovarali su brzo i bili dobro raspoloženi, obojica se smejući i zadirkujući jedan drugog, često se sa engleskog prebacujući na italijanski. Nedostajaće joj Luka, ali samo zato što je ono što sad imaju savršeno. Prava veza bi to pokvarila. Seks s njim bio je jednostavan i dobro su se slagali. Rastanak će biti težak samo zato što će ponovo morati da se suoči sa stvarnošću.

Luka je napravio rezervaciju za devet u restoranu s morskom hranom. Stela je skoknula u potpalublje da popravi ruž. Alkohol je otupeo oštricu njenih briga. Blago se okrenula, zadovoljna onim što vidi. Lukina pažnja joj je ulila samopouzdanje. Osećala se dobro u sopstvenoj koži. Uzela je tašnu i krenula nazad.

Amber je bila na palubi, držala se za naslon jedne fotelje i loše je izgledala.

– Hej. – Stela ju je uhvatila za nadlakticu. – Dobro si?

– Aha. Samo se vraćam iz toaleta... – frfljala je usiljeno veselim glasom.

– Samo polako večeras, važi. – Nagnula se i tiše dodala: – I obavezno koristi zaštitu.

Amber se ljuljala naspram nje. – Nisi mi ti majka, Stela. Ne možeš mi ti govoriti šta da radim.

Stela je prekrstila ruke, zgranuta netrpeljivošću koja je izbijala iz Amberinih reči. – Samo te upozoravam da budeš oprezna. Ne želim da zbog bilo čega žalite.

– Šta, kao što ti žališ zbog Kloi, a moja majka žali zbog mene i Rubi.

– Au, Amber! Kako možeš i da pomisliš tako nešto? Nimalo ne žalimo zbog vas. Tvoja mama me je zamolila da pripazim na tebe, i to i radim. Nije zgoreg prijateljsko podsećanje da ne zatrudniš, s obzirom na to koliko si popila.

Amber je uperila prst u Stelu. – Moja prokleta majka nema više prava da mi govori šta mogu a šta ne mogu.

– Možda, ali ona nije ovde, a ja jesam. I niko ne pokušava ništa da ti kaže. Samo predlažem da usporiš s pićem, s Dezijem...

– Malo je kasno za to – rekla je uz zlobno smeškanje.

O, biti ponovo mlad i lud, pomislila je Stela. Ipak, da li se ona s godinama zaista smirila? Vrlo brzo je s Lukom prešla s reči na dela. Teško da je ona mogla bilo šta da kaže, a ona je ta koja bi trebalo da bude odgovorna. Da, Amber i Kloi su odrasle, ali Fern ju je zamolila da drži Amber na oku. Stela ne može sprečiti Amber da učini bilo šta, ali pokušaće sve što može ne bi li uticala na nju da bar razmisli, iako se ni sama nije pridržavala svog saveta.

Stela je provukla ruku ispod Amberine i povela je iz otvorenog salona u praznu biblioteku. – Nije problem da spavaš s Dezijem. Imaš dovoljno godina da sama donosiš odluke. Samo pazim na tebe, to je sve. Kao što pazim na Kloi. Nema potrebe da se duriš.

Krotko je pogledala u nju. – 'Zvini.

– Nema razloga da se izvinjavaš, samo budi oprezna, to je sve što ću reći.

– Mogu isto da kažem za tebe i Luku. Najgore čuvana tajna na jahti. – Štucnula je.

– Da li Kloi zna?

– Naravno da zna. Mada to ne znači da se uzbuđuje zbog toga.

– Šta je s njom i Vinčencom? Jesu li oni...?

Amber je slegnula ramenima.

– Ne znaš, ili nećeš da mi kažeš?

– Pitaj je sama.

Stela je uzdahnula i krenula. Amber ju je uhvatila za ruku.

– Nemoj da kažeš mami za mene i Dezija.

– Zašto se brineš? Neće ona misliti ništa loše o tebi zato što si se zabavila.

Amber je protrljala čelo. – Krivo mi je što propušta ovo zbog tate... Znaš.

– Sigurna sam da ona ne misli o tome na taj način. Iskreno, s obzirom na izbor, verujem da bi se svakako radije odlučila za umetničku koloniju. – Stela je nežno dodirnula Amber po ruci. – Možda, kad se vratimo na Kapri, da budeš malo blaža prema njoj. Budi ljubaznija. Imam utisak da mnogo toga pokušava da obradi.

– Žao mi je nje. Život joj je usran, Stela. Htela bih da joj kažem istinu, ali tata me je naterao da obećam da joj neću reći.

– O, Amber, grozno je što je to uradio. – Stela je protrljala čelo; glavobolja usled napetosti počela je da joj se prikrada. – Teško je znati šta bi bilo najbolje.

Amber je zaškiljila. – Ako znaš da je tata bio neveran mami, zašto joj to ne kažeš?

Uprkos drhtaju straha, Stelini obrazi su planuli. – Mislim da je vreme da neko to uradi.

Amber je polako klimnula glavom. – Bilo bi mnogo bolje da to čuje od tebe...

Stela je raširila nozdrve. – Zapravo ne bi, Amber. Mislim da bi ublažilo udarac kad bi ti iskreno rekla majci za svog oca. Ali sad si pijana, a ja izlazim i Luka čeka, zato ćemo to da prespavamo i da razgovaramo sutra. Kad budemo trezne.

– Pre će biti mamurne – promrmljala je Amber.

Stela je stegla Amber za rame. – Jedi nešto pre nego što nastaviš da piješ.

– Da, da. A ti se lepo zabavi. – Amber je namignula.

Stela je pošla ka vratima biblioteke. – O, to i nameravam.

22.

FERN

Fern je stekla nepogrešiv utisak da je Stela izostavila mnogo toga što se događa na jahti. Morala je priznati da mnogo toga ni sama nije rekla. Teško je bilo pretočiti u reči kako se oseća tu, kako se oseća u pogledu mnogih stvari. Ugrizla se za usnu i zagledala se preko bilja na svom balkonskom zidu u sunce koje se povlačilo iza senovitih grana drveća.

Pošto je provela dan u vrtu udubljena u slikanje, Fern se popela u svoju sobu da se presvuče za večeru. Ukrala je malo vremena za sebe, upijajući lepotu večeri, nebo iza drveća preplavljeno okerom i nijansama zagasite rumeni. Zamislila je da slika suton i osmehnula se. Počela je sa stablom limuna, ali nije bila sigurna da joj se sviđa. Idit je istakla da je to tek početak i da je prerano procenjivati, ali Mateo bi je blago ohrabrio kad god bi prišao, što je, primetila je, često činio. Možda je to bilo zato što je nova i neiskusna. Iditin znalački osmeh nagoveštavao je nešto drugo.

Večera je bila jednostavna, lingvini i račići, a večerali su zajedno na terasi. Možda zato što je to bila opuštena nedelja, gosti su se ranije povukli u svoje sobe. Fern je bilo drago što je mogla da sedi i ćaska sa Idit i Mateom, jedinima koji su ostali pošto su sklonjeni prazni tanjiri od deserta. Razgovarali su o onome što su slikali tog dana i o Iditinim planovima za narednu nedelju. Fern je dokučila da su ponedeljak i utorak u koloniji slobodno vreme za goste da rade šta žele. Bol izazvan tugom pogodio je Fern budući da je to bila njena poslednja noć i da će se sutra po podne pridružiti ostalima u vili.

Idit je iznenada ustala i osmehnula im se u svetlu boje meda terase obasjane svećama. – Kasno je, a ja moram na vreme da legnem. Potreban mi je dobar, okrepljujući san. – Namignula je. – Vi mladi treba da idete da se zabavite. Što ne odvedeš Fern u onaj koktel bar o kojem si nam pričao, Mateo?

Idit je bila diskretna kao slon. Fern ju je potajno volela zbog toga. Idit im je mahnula i zaputila se ka vili. Fern ju je gledala kako odlazi. Nadala se da će njih dve ostati u kontaktu. Uprkos razlici u godinama, Idit joj je brzo postala prijateljica i neko s kim može da razgovara, neko ko joj daje zdrave savete i korisno sagledava stvari iz drugog ugla.

– Idit mi je jedna od omiljenih gostiju – rekao je Mateo, ispunivši tišinu na terasi. – Nadam se da će na kraju naći sreću.

Fern ga je ovlaš pogledala. – Rekla vam je za svoju prijateljicu?

– Shvatio sam kad je rezervisala sobe, kao i na osnovu onoga što je ranije govorila. Bila je tako tužna kad je stigla. Nisam mogao to da prenebregnem te sam sabrao dva i dva. – Ispio je svoju čašu vina i susreo njen pogled. – Kako bi vam se svidelo da odemo na koktel?

Fern se osmehnula. To joj je bilo poslednje veče i želela je da iskoristi svaki trenutak. Nije mogla podneti pomisao da se vraća uobičajenom životu. – Volela bih to.

Fern je tek trebalo da istraži Anakapri, ali ono što je usput videla dok su prolazili uskim putem oivičenim drvećem, s poluskrivenim vilama okrečenim u belo, nateralo ju je da se u njega zaljubi još više nego u grad Kapri. Obuzeo ju je preplavljujući osećaj mira u sumračnom večernjem svetlu.

Koktel bar je bio smešten u hotelu. Zidovi i sofe bili su beli, a stubovi su razdvajali zone za sedenje, ipak, daleko od toga da je bio oskudno namešten. Sjaj sveća treperio je u velikim marokanskim podnim fenjerima, dok su zidove pokrivala blistava zidna svetla i umetnička dela velikih dimenzija. Prostor iza šanka bio je ispunjen raznobojnim bocama, a dok su se približavali slobodnim sofama, Fern je spazila koktele vrlo lepe na oko.

Utonula je u meku belu sofu, s Mateom pored sebe. Ruka mu je počivala na naslonu, ne dodirujući je, ali dovoljno blizu da joj se srce usplahiri. Proteklih nekoliko dana provela je mnogo vremena sama s njim, zašto bi, onda, ovo bilo drugačije. Znala je zašto. Treperavi sjaj sveća, romantično okruženje i činjenica da su tu samo njih dvoje... Sve je to ličilo na sastanak. Krivica je milila kroz nju, pitanja su joj ispunila glavu: šta bi Amber pomislila o ovome? Šta bi rekla Stela? Šta bi, dođavola, Pol mislio?

Pomisao da je trebalo da telefonira Polu ponovo joj je prošla kroz glavu, ali nije želela to. Njihov prošli razgovor bio je usiljen i ostavio ju je sa osećajem... Šta je osećala osim ozloјеđenosti i želje da prekine razgovor? Da li bi Pol uopšte mislio na nju, da li bi se pitao šta ona radi? Podozrevala je da ne bi. Obuzela ju je strepnja da je pogrešila što je izašla sama s Mateom.

Stigli su njihovi kokteli, jedan s kolutom limuna i maraskino trešnjom, drugi sa spiralno isečenom korom pomorandže. Mateo ih je podigao i pružio Fern njen amareto sour.

– Šta ste planirali u životu pre nego što ste zatrudneli? – Mateovo pitanje ju je zateklo. Kratko su razgovarali o tome šta Fern radi kod kuće, ona nije pokušala da sakrije svoje razočaranje time što nije izgradila karijeru i načinom na koji se njen život odvijao.

– To je vrlo dobro pitanje. – Pijuckala je svoj koktel uživajući u prijatnoj slatkoći sa osvežavajućom erupcijom limuna. – Nisam sigurna ni da sam tada znala šta želim da radim. Rekla bih da nisam razmišljala dalje od naredne večeri. Zapravo, to je laž. Upisala sam se na fakultet, na grafički dizajn – umetnost je bila nešto u čemu sam se pristojno pokazala i u čemu sam želela da se oprobam.

– Morali ste da odustanete?

– Da, nisam mogla da se izborim. Išla sam prvih nekoliko nedelja, ali bila sam nesrećna. Pokušala sam da sakrijem trudnoću, ali sam patila od jutarnjih mučnina koje su trajale veći deo dana. Bilo mi je teško da steknem prijatelje zato što nisam htela da izlazim, a nisam se bila ni usredsredila na predavanja. Bilo je neke podrške, ali bilo je to užasno vreme. Pojma nemam šta bih uradila sa svojim životom da je bilo drugačije.

– Prošlost treba ostaviti iza sebe. Šta god da je trebalo da uradite, niste, zato možda treba da se usredsredite na ono što biste sad voleli da uradite. – Obuhvatio je dlanovima svoju čašu negronija i prineo je usnama. – U čemu ste dobri?

– Dobra sam s ljudima. Uživam da radim s njima, što nije uvek lako, ali sviđa mi se taj odnos. Ako ljudi odu zadovoljni, osećam da sam dobro obavila posao.

– Rekli ste da radite u prodavnici?

Fern je klimnula glavom. Nije to bio podsmešljiv ton, samo iskreno pitanje. – Da, sad radim u prodavnici kućnih potrepština, ali radila sam i u prodavnici odeće kad su deca bila mala i u supermarketu.

– A da li su vas ti poslovi usrećili?

– Ne, ali nisu mi bili mrski – bilo je nečeg što mi se sviđalo. Ne radim zato što mi treba novac; radim da bih imala nešto na šta ću da se usredsredim, kao i razlog da izađem iz kuće. Iskreno, volela bih da vodim sopstveni posao, da usrećujem ljude na neki način, kao što vi to radite. Ne kažem da bih volela da vodim umetničku koloniju. Moja majka je radila kao čistačica u velikom hotelu. Bio je to težak posao i nije nešto što bih ja volela da radim, ali sviđalo mi se što je ona deo nečega na šta može da bude ponosna. Za mene je želela nešto više od onog što je ona imala, ali ja sam zatrudnela. Moji roditelji bez sumnje misle da sam upropastila sebi život.

– Misle da ste pogrešili? – blago je upitao.

– *Ja* znam da sam pogrešila. Oni su samo bili neverovatno razočarani. Naš odnos je još otad napet.

Mateo se načas netremice zagledao u Fern, pogled mu je klizio preko njenog lica. – Ono što uradite u životu nikad nije greška ili traćenje, čak i ako je neplanirano – ozbiljno je rekao. – Važno je šta ćemo uraditi sledeće. Odluke koje donosimo imaju snagu da nam promene život. Imate tu mogućnost. Ja sam jedno vreme živeo u braku zasnovanom na laži, gde nijedno od nas dvoje nije shvatalo koliko smo nesrećni, zato što nismo razgovarali jedno s drugim.

Bilo je to prvi put da Mateo pominje to, a Fern je malo-pomalo videla u njemu nešto od one tuge koju je Idit nagoveštavala. – Jeste li se oženili s najboljim namerama?

– Ne znam; s naknadnom pameću uviđam da možda nisam.

Fern je pijuckala amareto sour puštajući ga da nastavi.

– Pre nego što sam se oženio bio sam zaljubljen u drugu. Bili smo mladi, prebrzo smo uleteli u to i dobili dete.

– Imate dete?

– Sad joj je dvadeset.

– Skoro istih godina kao moje ćerke.

Mateo je klimnuo glavom. – Njena mama se zaljubila u nekog drugog. Nas dvoje nismo bili venčani i njih dve su se odselile; tada sam zabrljao u mnogo čemu te sam se bacio na posao kako bih zalečio slomljeno srce. Onda sam upoznao svoju bivšu ženu, pa smo i nas dvoje prebrzo uleteli u brak, venčali smo se pre nego što smo zaista upoznali jedno drugo, da bismo nekoliko godina kasnije shvatili da od života želimo različite stvari. Nismo bili istinski zaljubljeni jedno u drugo. Mislim da sam se pretvarao da smo dobro zato što nisam hteo da priznam ponovni neuspeh. Vrlo brzo smo se razdvojili. – Iznenada se osmehnuo. – Dugo sam sâm, teško je i setiti se kakav je bio život u vezi.

– Niste upoznali nikoga otad? – Jedva je mogla da sakrije iznenađenje.

– Ništa ozbiljno, ne.

– Ja se osećam kao da sam oduvek u braku. I zarobljena, izborom i obavezom koju sam preuzela. – Fern je preplavila hladnoća na tu pomisao. Šta zaista oseća? – A ono što sam nedavno čula navodi me da se zapitam da li mi je muž veran...

Mateov pogled je bio brižan. – Brak ne bi trebalo da bude takav i ako ste nesrećni...

Fern je odmahnula u pokušaju da izbriše svoj komentar. – Previše sam rekla. Previše sam popila. – Pokazala je ka svojoj skoro praznoj čaši s koktelom. Posle poveće količine vina koju je popila pre nego što su izašli, vrtelo joj se u glavi. – Trenutno ne znam kako se osećam u pogledu bilo čega. Jednostavno sam predugo zapomagala za „vremenom za sebe“. Konačno sve posmatram iz drugog ugla.

– Kao da posmatrate sa strane.

– Upravo tako. I smešno je; život koji sam imala pre devojčica kao da je zauvek nestao – i jeste nestao – ali inače se osećam kao da sam pucnula prstima i dvadeset godina je prošlo pored mene.

Dodir njegovih prstiju na njenom golom ramenu naterao je Fern da se trgne. Odjednom je shvatila da su se tokom razgovora približili jedno drugom. Ostao je samo majušni prostor između njegovog kolena i njenih butina. Zagladila je suknju s leopard šarom, koju joj je Stela pozajmila. Bila je na opasnom terenu, ali osećala se živom. Bar jednom u životu.

Želela je da ispuni tišinu. – Istina je da su sve ambicije i snovi koje sam imala kao osamnaestogodišnjakinja iščileli s testom za trudnoću. Sećam se kako sam godinama mislila da ću se, kad devojčice pođu u školu, ponovo upisati na fakultet i studirati grafički dizajn. Onda sam to odlagala misleći da ću se upisati kad devojčice pođu u više razrede. A sad su one na fakultetu, a ja i dalje ništa nisam uradila tim povodom.

– Šta mislite da vas zaista sprečava? – upitao je Mateo.

Fern je odmahnula glavom. – Ne znam. Ili možda znam: potpuno sam izgubila samopouzdanje koje sam nekad imala. Što je vreme više prolazilo, manje sam se osećala sposobnom da uradim ono što bih uradila kad sam imala osamnaest godina. Jer kad sam onako mlada dobila devojčice, bilo je iscrpljujuće dokazivati svima da sam sposobna, i te kako sposobna da budem dobra majka. Kad su krenule u školu, pridružila sam se savetu roditelja i potpuno se predala tome. Moj život se tako dugo okretao oko devojčica da je to jedino što znam.

– To nije loše, staviti ih na prvo mesto.

– Nije, znam. Samo žalim što sam s godinama zaboravila ko sam. Znam da se mnoge mame osećaju tako bar dok su im deca mala, ali ja nikad nisam uspela da se vratim onom što sam bila. Možda i zato što sam bila mlada majka, nisam imala stvarnu mogućnost da shvatim ko sam bila pre nego što sam postala majka i supruga.

– I ja žalim za ponečim. Mislim da je teško doći u naše godine a ne žaliti ni zbog čega, bilo da je reč o onom što smo uradili ili onom što nismo uradili.

– Za čime vi žalite?

– Žalim što se nisam borio za svoju porodicu – ne mora da znači da bi to išta promenilo, ali žalim što nisam okrenuo nebo i Zemlju kako bih proveo više vremena sa svojom ćerkom kad je bila mlađa.

– Na osnovu onog što ste rekli, zvučalo je kao da to nije zavisilo od vas.

– I nije do određene mere, ali bilo je nečeg što sam i mogao učiniti da olakšam viđanje s njom, na primer da se preselim bliže.

– Ali to bi vam poremetilo život još više nego što je to uradila vaša bivša?

Klimnuo je glavom. – Ipak, vredelo bi ako bih se tako zbližio s ćerkom. – Znalački ju je pogledao. – Naknadna pamet je sjajna stvar. Vreme prolazi i ujedinjeno sa starenjem pruža ti drugačiji pogled na svet.

23.

FERN

Fern bi mogla celu noć da razgovara s Mateom. Životi su im bili potpuno različiti, no bilo je neke iskre – povezanosti i zajedničkog bola utkanih u njihova zajednička iskustva. Pošto su oboje slistili po tri koktela, oteturali su se iz toplote bara u sveže majsko veče. Zadovoljstvo je strujalo kroz Fern dok su prolazili ulicama Anakaprija, tihim sad kad su iza sebe ostavili barove i kafee u srcu živopisnog centra. Postalo joj je jasno koliko je nesrećna kod kuće. Brak zasnovan na laži; zar nije to upravo ono u čemu živi. Više nije bilo prave ljubavi. Ako ju je u početku i bilo, ostala je zarobljena obavezama i ispravnom postupanju. Kad god pomisli na Pola oseća se zbunjeno, ozleđeno i nemoćno. A ako on u njoj budi ta osećanja, šta li tek on misli o njoj, imajući u vidu ono što je Amber nagovestila?

Mateo je govorio da se ne treba fokusirati na prošlost; zaista su važni samo budućnost i sledeće što ćeš uraditi. Fern je znala da je na prekretnici. Znala je i da ne može nastaviti na isti način, osećati se nesrećno i bezvredno, u svemu nesigurna. Morala je da uzme budućnost u svoje ruke i donese odluke i promene koje će njoj odgovarati. Morala je da bude hrabra.

Veći deo puta prešli su ćutke. Kad su stigli do kolonije i Mateo zatvorio vrata za njima, Fern se zapitala o čemu li on razmišlja. Okružena senovitim drvećem, udisala je slatki i vrtoglavi miris narandžinog cveta.

– Šta vam se najviše sviđa na ovom mestu? – upitala je dok su hodali stazom osvetljenom solarnim lampama, ka vili poluskrivenoj od pogleda crnikom i stablima maslina.

– Mnogo toga, ali sviđa mi se noću ovde. Tako je mirno kad gosti spavaju i kad mi se čini da imam celo ovo mesto za sebe... – Osmehnuo se. – Za nas.

Uhvatio ju je za ruku. Nije je povukla. Previše koktela omogućilo joj je da se opusti i spusti gard. *Uostalom,* pomislila je, *to je prijateljski gest.* A s obzirom na to koliko je pripita, i potreban.

Krenuli su uz kamene stepenice ka velikom ulazu, ali ona je na prigušenom svetlu zapela nogom o kamen i naletela na njega. Mateo ju je čvrsto pridržao dok im je smeh odjekivao u noći. Prineo je prst ustima pa ga podigao uvis, što je Fern shvatila kao upozorenje da moraju biti tihi da ne bi probudili ostale goste.

Umesto da uđu, poveo ju je oko vile i dublje u vrt. Nebo je bilo vedro, mesečina je klizila kroz granje, srebrom zasipajući kamenu stazu. Svetlost je dopirala samo još od plavih bazenskih led svetiljki koje su obasjavale vodu.

– Jesi li za plivanje? – upitao je Mateo.

– Šta, sad?

Skinuo je majicu, nasmešio se i bacio je na naslon stolice. Fern je srce tuklo. Svakako je mislio sad.

Bio je viši od Pola i ne tako nabijen, s nagoveštajem tamnih malja na preplanulim prsima. Fern je iznenada shvatila da on otkopčava farmerke. Vrelina joj je jurnula u obraze te je odvratila pogled. Disala je duboko, i brzo odlučila. Ne razmišljajući ni trenutka više, povela se za Mateovim primerom i skinula bluzu. Bilo joj je drago što je obukla gaćice i grudnjak koji se slažu. Osećala se nepromišljeno, kao da se obrela u nečemu čemu nije dorasla, ali nije mogla da kaže ne. Ne zato što je previše popila, već zato što nije želela. Odjednom ju je preplavilo osećanje da više nije vezana. Ono što ju je sputavalo odagnano je alkoholom i osećala se oslobođenom, što ju je podsetilo na mladost. Zbacila je sandale i pustila suknju da joj sklizne.

Fern je zadrhtala dok se stepenicama spuštala u vodu. Bila je zapanjujuće hladna, iako se bazen grejao. Mateo je već bio zaronio, njegovo osmehnuto lice gledalo ju je kad joj je voda doprla do kolena, zatim do struka, sve dok nije stigla tik ispod grudnjaka. Načas joj je proletelo kroz glavu da je udata, u bazenu u donjem rublju, sa izuzetno privlačnim Italijanom, ali odbacila je tu misao i izvrnula se na leđa, plutajući, ne mareći da li je Mateo gleda. Možda joj se svidela pomisao da je gleda.

Zapiljila se u zvezdanu prašinu na ponoćnom modrom nebu. Nije znala koliko je sati i nije je zanimalo koliko je kasno. Odavno su prošli dani kad su je devojčice budile u šest, uostalom, sad je na odmoru. Šta bi Pol pomislio o ovome? Utroba joj se skvrčila od straha. Želela je da odagna to osećanje. Uspravila se i zaplivala dužinom bazena, pokušavajući da oslobodi um od svega.

Sinule su joj Amberine reči izgovorene nekoliko dana ranije, o tome kako bi stvarno trebalo da se zapita kako se Pol ponaša prema njoj. Reči koje je sve otad muče.

– Kao da si u svom svetu. – Mateo je plivao uporedo s njom.

Fern je stigla do ivice bazena. – Samo razmišljam o nečemu što mi je ćerka rekla. Zapravo, upinjem se da ne razmišljam o tome zato što me brine, a sita sam briga, što me još više brine.

Mateo se nasmejao. – To nema nikakvog smisla.

– Zaista nema. – Odmahnula je glavom i osmehnula mu se. – Malo je teško uhvatiti ga posle onoliko pića.

Zaćutali su i spustili ruke na kamen boje terakote koji je okruživao bazen, plutajući opruženim nogama. Bilo je potpuno tiho čak i uz udaljen žamor glasova odnekud iza drveća. Noćni leptir je lepršao oko solarne svetiljke, a osim nežnog pljuskanja vode čulo se još samo šuštanje buba u žbunju.

– Bilo je osvežavajuće uraditi nešto drugačije i deliti ovo mesto s nekim. – Mateov dubok glas ispunio je tišinu. – Odavno nisam izlazio dokasno.

– O?

– Moj život se sedam meseci godišnje vrti oko ove kolonije i one u Toskani, i kao što sam već rekao, gosti su većinom stariji ljudi. Ne kažem da mi to smeta; njihovo društvo je divno i očaran sam njihovim životom. Ipak, večeras je bilo drugačije, hvala ti.

Fern je shvatila koliko su blizu, gole ruke su im se dodirivale. Mateo je govorio o tome kako jedna odluka može da utiče na ceo naš život. Ovo je izgledalo kao taj najvažniji trenutak. Nije mogla da odvoji pogled od njegovog. Upijala ga je; silinu njegovog pogleda, koji je delovao mračno u plavom sjaju bazena, čekinjava brada na njegovoj kao isklesanoj vilici, njegove pune usne izazivački blizu njenih kad se nagnuo bliže.

– Udata sam – tiho je rekla, odbacivši se o zid bazena. Snaga tog trenutka provalila je dok je voda pljuskala između njih.

– Izvini. – Provukao je prste kroz njenu mokru kosu pa ponovo skliznuo kroz vodu, povećavši razdaljinu između njih. – Zaneo sam se.

– Ne, izvini ti. Bilo je ovo tako lepo veče, ali ja... ovaj...

– Nema razloga da se izvinjavaš; znam da si udata. – Posustavši, ponovo je zaplivao ka njoj. Sklonio joj je pramen kose s lica. – Samo što si rekla da misliš da ti nije veran...

– To nije opravdanje da i ja napravim istu grešku. – *Mada ne bi bila greška da te poljubim*, vrištalo je sve u njoj. – U očima mojih roditelja, moje porodice, većine mojih prijatelja, ozbiljno sam zabrljala kad sam ostala u drugom stanju. Kad sam se udala za Pola, zavetovala sam se da neću i to zabrljati – obavezala sam se, i u dobru i u zlu.

U grudima ju je ponovo stezalo od brige. Šta ona to radi, proživljava svoje maštarije podležući lepoti ostrva i osećaju slobode? Ona nema slobodu da koketira s nekim privlačnim muškarcem, bar ne toliko da on stekne utisak da bi moglo biti i nečeg više.

Stopala su joj pronašla dno bazena. Nije bio predubok, voda joj je dopirala do ivice grudnjaka. Odjednom se otreznila, i bila potpuno svesna da je samo u čipkanom grudnjaku i gaćicama.

Možda je Mateo naslutio njenu iznenadnu nelagodu. Izašao je iz bazena, voda je kapala s njega na kamen.

– Doneću peškire.

Potočići vode slivali su mu se niz ruke i leđa. Njegove bele *kalvin klajn* gaće bile su natopljene i prilepile su se za njega. Laknulo joj je što je leđima okrenut ka njoj, ali čak i tako, proželi su je topli žmarci. A brinula je šta bi mogle da urade Stela, Amber i Kloi na jahti. Nije nimalo bolja od njih. Ne, gora je. Udata i šašava.

24.

FERN

Lakoća s kojom su Fern i Mateo ćaskali i koketirali iščezla je onog trenutka kad je on izašao iz bazena. Posle tako prijatne večeri, Fern je bilo mrsko što su završili u tako čudnim okolnostima.

Ostala je u vodi dok se on nije vratio. Iskoračila je iz toplote u noćni vazduh, lagani povetarac bio je svež na njenoj koži. Mateo joj je pružio paperjasti beli peškir. Pogled mu je kliznuo naniže. Samo u oskudnom grudnjaku i gaćicama, osećala se razgolićenijom nego da je u bikiniju, ipak, prožela ju je žudnja. Obavila je peškir oko pasa.

– Žao mi je što sam preterao. – Odlučno ju je gledao u oči. – Poslednje što sam želeo je da ti bude nelagodno. Zaista sam uživao u tvom društvu. Nema ljutnje?

Fern je odmahnula glavom. – Nema.

Kako bi mogla da se naljuti na njega? Ni u čemu nije pogrešio; ako išta, njena je krivica što je dozvolila koketiranje. Što ga je ohrabrivala. Želela.

Obrisali su se, pokupili svoju odeću i pošli unutra. Pratila ga je uza stepenice, tišina između njih rasla je kao olujni oblak.

Mateo je zastao na vrhu stepeništa. Pogledi su im se sreli. Fern nije imala pojma kako da ublaži napetost. Mesečina je tekla kroz prozor na kraju odmorišta, osvetljavajući mu jagodice i zasenjujući mu oči, otežavajući Fern da dokuči njegov izraz lica.

– Lepo spavaj. – Nagnuo se i poljubio je u oba obraza.

Koža ju je peckala, a srce joj je tuklo.

Pošao je hodnikom ka svojoj sobi, a ona je uzdahnula. Povukla se u svoju sobu, odbacivši nepromišljenu pomisao da pođe za njim.

Šta bi uradila? Zavela ga? Morala je da potisne smeh na pomisao da bi mogla da bude tako smela. Ipak, u njoj se uskomešalo saznanje da uopšte i razmišlja da prevari muža.

Fern je odlučno zatvorila vrata svoje sobe. Duboko dišući, zategla je peškir oko sebe. Misli su joj bile ispunjene Mateom. Neporeciva je istina da je očajnički želela da ga poljubi. Ali nije mogla, znala je to. Morala je o mnogo čemu da razmisli. I mnogo odluka da donese.

Možda je Idit naslutila da Fern ne želi da priča o svojoj večeri s Mateom, budući da je ujutru nije ništa pitala. Mateov srdačan osmeh za doručkom naterao je Fern da se istopi, osećaj koji je odmah smenila zabrinutost s kojom je otišla u krevet.

Uzela je brusketu s paradajzom i mocarelom. Istina je da bi rado spavala s Mateom. Obrazi su joj se zajapurili na tu pomisao. Pogledala je unaokolo, plašeći se da će neko primetiti, kao da su joj misli bile istetovirane na koži. Mateo je susreo njen pogled. Postalo joj je još toplije.

– Danas je potpuno slobodan dan – rekla je Idit. – Možeš nastaviti ovde sa slikanjem ili mi se možeš pridružiti. Idem u vilu *San Mikele*. Čarobna je. Budi sigurna da tamo nećeš ostati bez nadahnuća.

Fern se okrenula ka Idit. – Hvala vam, ali ja ću verovatno ostati ovde i malo slikati. Moram i da razgovaram s prijateljicom i saznam kad se one vraćaju na Kapri, ali verovatno odlazim danas po podne.

– Zaista ću se rastužiti što ideš. – Idit je nežno dodirnula Fern po nadlaktici. – Tvoje društvo me je beskrajno uveselilo. – Nagnula se bliže. – I nisam jedina koja će se pokunjiti. Videćemo se pre nego što odeš.

Posle doručka, Fern se sa svojim skicen-blokom povukla na klupu u udaljenom delu vrta. Činilo joj se preteškim da nastavi da radi na slici limunovog stabla. Uprkos Mateovom ohrabrenju prethodnog dana, samopouzdanje ju je napustilo. Želela je da bude kreativna, ali osećala se kao prevarant. Kod kuće nikad nije imala vremena za to. Iako to zapravo nije bilo istina; imala je vremena, samo joj to nije bilo najvažnije.

Odmori su kao bekstva, ali ovo mesto je bilo kao iz mašte, tu se osećala zaštićenom od stvarnosti. Mada je, dosad, njeno vreme na Kapriju pokrenulo više pitanja nego što je ponudilo odgovora.

Bilo joj je krivo što je pustila Idit da ode sama, pogotovo što je želela da istraži vilu *San Mikele*, ali ostala je u vili ne zato što je želela da bude sama već, istini za volju, zato što je Mateo bio tu.

Fern je duboko udahnula, otvorila svoj skicen-blok i zagledala se u prazan list. Šta ona to, dođavola, radi? Koketira s pomišlju da bi nešto moglo da se dogodi između nje i Matea? Skicirala je obrise ruže i zagledala se u improvizovane tragove grafita na papiru. *Nema ničeg lošeg u maštanju,* pomislila je. Da li je zbilja verovala da Pol nikad nije maštao o drugim ženama? Da li je bila sigurna da nikad nije preduzeo nešto u pogledu tih maštarija?

Suze su joj zamaglile poteze olovkom. Mučila je sebe razmišljajući o Mateu na način na koji nikad nije razmišljala ni o jednom muškarcu – ako se izuzme žudnja za nekim slavnim muškarcima i kikotanje s prijateljicama. Ovo je bilo drugačije. Ovo su bila osećanja prema nekom koga je upoznala proteklih nekoliko dana, nekom ko ju je privlačio, nekom ko joj se prikrada u mislima otkako se probudi pa dok ne zaspi.

Fern je ljutito obrisala oči i uzela telefon s klupe. Pritisla je Stelin broj.

– Hej – čula je Stelin poznat glas. – Upravo sam krenula da ti telefoniram.

– Jeste li krenule nazad?

– Ovaj, ne, još ne... Jesi li ti dobro? Čudno zvučiš.

Fern je duboko udahnula i usredsredila se na lišće ružinog grma ispred sebe, koje je treperilo na laganom povetarcu. – Dobro sam. Samo sam htela da vidim kad treba da krenem nazad u vilu.

– Da, to. Htela sam da popričamo o tome... Molim te, odbij ako ti ne odgovara... Znam da mnogo tražim od tebe. Bože, osećam se tako loše što te to pitam...

– Još me ništa nisi pitala.

Stela je načas zastala. Leptir svetložutih krila sleteo je na ivicu velike saksije od terakote.

– Momci se vraćaju u Pozitano na neku zabavu. Pozvali su nas. – Nervoza u Stelinom glasu bila je očigledna. – Što je još jedna noć, i znači da bismo se na Kapri vratile kasnije u toku sutrašnjeg dana. Rekla sam da nisam sigurna; htela sam prvo s tobom da proverim.

Leptir je odleteo, kovitlajući se visoko na suncu. Stela joj je pružila priliku da ostane duže, da uživa u slobodi koju je tu našla, da raširi krila... – Ne mari. Idite ako ste sve za to.

– Stvarno? – Sad je bilo neverice u njenom glasu.

– Stvarno.

– Ti možeš da se vratiš u vilu, ako želiš – mogu da javim Violeti.

– Ljubazno od tebe, ali neka, dobro sam. Treba da dovršim crteže.

– Ne aktove, nadam se? – našalila se Stela.

Slika Matea kako izranja iz bazena protekle noći, dok mu voda krasi preplanuli torzo, proletela je Fern kroz glavu. – Crtam samo okruženje. Nema slikanja figura.

– To znači da se zabavljaš?

Fern se zagledala u savršeno plavo nebo i uzdahnula. – Bilo je otrežnjujuće.

– Dobro – polako je rekla Stela. – Na dobar način?

– Nadam se.

– Hoćeš li da razgovaramo o tome?

– Zapravo ne. – Toliko toga je morala sama da dokuči pre nego što počne da objašnjava Steli.

– Sasvim si sigurna da si dobro?

– Da. To je samo još jedan dan. Videćemo se sutra.

Fern nije htela da nastavi razgovor u strahu da je Stela ne ispituje zašto želi da ostane. Oprostile su se i mir se vratio u vrt.

Iščekivanje je prostrujalo njom pri pomisli na još jedan dan i još jednu noć tu. Da li je ostanak greška? Verovatno, ali znala je da joj je laknulo što ne mora još da ode i što ima mogućnost da istraži... Šta? Svoju kreativnost? Ili je zapravo mislila na Matea i na to kako se zbog njega oseća? Možda je to više bilo povezano s prosejavanjem njenih osećanja nego s Polom.

Zatvorila je skicen-blok i zaputila se ka vili vijugajući kroz vrt. Srce joj je tuklo u grudima. Prigušeni glasovi dopirali su odnekud izbliza, ali činilo joj se da nikog nema unaokolo. Možda je većina sledila Iditin primer i otišla da nađe nadahnuće.

Unutra je bilo sveže i tiho kad je pošla preko popločanog hodnika. Nemački par je sedeo u oranžeriji, žena je podvila noge poda se na sofi i zurila kroz velike prozore. Artur je bio u salonu, sedeo je na sofi okrenutoj ka vrtu, te je nije ni primetio.

Vrata Mateove radne sobe bila su otvorena. Prvog dana je objasnio kako ih uvek drži otvorena, što je poziv gostima da dođu i proćaskaju s njim, da popričaju o svojim zamislima. Fern je nesigurno zastala u dovratku. U jednom uglu sobe nalazile su se police s knjigama i dve fotelje. Kamin sa ukrasnom mermernom maskom bio je ispunjen suvim cvećem. Mateo je sedeo za pisaćim stolom okrenutim ka vratima koja su vodila na malu terasu s postavljenim štafelajem. Na podu pored stola stajala je gomila knjiga i papir. Soba je bila živahna i ispunjena kreativnošću.

Tiho je pokucala.

Mateo se okrenuo na stolici, osmeh mu je obasjao lice kad ju je ugledao.

– Izvini, nisam htela da te uznemiravam.

– Ne mari, upravo završavam. Izvoli?

Fern su se znojili dlanovi i bila je svesna kako joj srce tuče. – Ja, ovaj... samo sam se pitala da li je u redu da ostanem još jednu noć.

Mateo se namrštio. – Stvarno? Mislio sam da se tvoja ćerka i prijateljice danas vraćaju?

– Trebalo je, ali došlo je do promene plana. Ne smeta ako ne mogu da ostanem. Bio si vrlo velikodušan i ne želim da zloupotrebim tvoje gostoprimstvo.

– Naravno da će mi biti drago da ostaneš, ali upravo sam hteo da dođem da se pozdravimo.

Na Fern je bio red da se namršti. – O?

– Spremam se da idem u Toskanu. Kratka poseta. Početak nedelje je prilika da gosti istraže ostrvo ili da se samo usredsrede na svoju umetnost. Osim toga, to je malo slobodnog vremena i za mene, a Ana se dobro brine o njima.

– Da, rekla mi je Idit.

Ustao je i prišao joj. – Samo bih voleo da ne moramo još da se oprostimo. Osim ako... – Izgledao je usplahireno, obrazi su mu se zajapurili dok je ozbiljno gledao u nju. – Da li bi volela da pođeš sa mnom u Toskanu?

25.

STELA

Stela je bila zbunjena Ferninim brzim pristankom na njihov produženi boravak na jahti. Razgovor je tekao iznenađujuće lako, ali Fernin ton ju je ostavio uznemirenu. Zvučala je zadovoljno što će ostati još jednu noć u koloniji, ali bilo je nečeg u njenom glasu što Stela nije mogla sasvim da dokuči. Čak i s Ferninim blagoslovom, Stela je ponovo osetila krivicu.

Da li je smešno sebična? Verovatno. Da li je želela da provede još jednu noć s Lukom? Da, dođavola. I devojke su htele da ostanu; nije to bila samo njena odluka. Držeći mobilni, Stela je pošla na glavnu palubu da saopšti dobre vesti.

Umesto na Kapri, plovili su ka Pozitanu. Kad je skinula haljinu i u bikiniju se smestila na ležaljku, Stela je rekla sebi da nema svrhe brinuti o Fern. Odlučeno je, i sutra će se videti.

Jahta je sekla vodu, povetarac je odagnavao toplotu. Bio je tek kraj maja, ali bili su blagosloveni divnim sunčanim danima, te je Stela odlučila da se dosunča dok joj se pruža prilika.

Devojke su lenčarile na sofi s Dezijem i Vinčencom, vitke i preplanulih udova. Sad je gledala Kloi kako koketira s Vinčencom. Na osnovu onog što je Amber rekla i onog što je izvukla od Kloi, to je bilo sve, samo koketiranje. Amberino ponašanje je, s druge strane, bilo odraz nje i Fern kad su bile mlade.

Pozitano je bio sve bliži, njegov zakrivljeni obronak prekriven raznobojnim kućama polako se izoštravao. Videli su ga izdaleka, ali Stela je žudela da ga istraži i radovala se što će provesti noć izvan

jahte. Obećanje ekskluzivne zabave u vili na padini samo je potvr-
đivao njena razmišljanja da proživljava svoj san.

Gumenjakom su stigli s jahte do obale. Dok su hodali preko pla-
že, Stela je osetila kako ljudi posmatraju, i odjednom se osetila kao
milionerka, što je zapravo i bila. Tako je bila i obučena, u belu *fendi*
svilenu suknju s jednostavnom majicom na bretele, koje je kupila na
Kapriju. Nije izuvala kapri sandale, nešto najpraktičnije ali i najlep-
še što je imala. Zaista se osećala kao da živi nečiji tuđ život, da hoda
tragovima bogatih i poznatih.

Devojke su zastale na plaži za fotografiju za Instagram, pozi-
rajući s kućama pastelnih boja u pozadini, koje su krasile vrletnu
padinu. Luka je uhvatio Stelu ispod ruke i napravio njihov selfi na
kojem se oboje osmehuju. Osećala se kao da je na vrhu sveta kad su
otišli s plaže i uzeli dva taksija koji su ih odvezli uskim, vijugavim
ulicama, pored malih prodavnica i kafea načičkanih uz put, ispod
rublja koje je visilo s balkona.

Taksiji su se zaustavili ispred kapije, a Stela je spazila svetložute
i losos-ružičaste zidove vile i bujni vrt koji ju je okruživao. Luka i
Vinčenco su platili taksistima, i oni su se odvezli. Stela, Amber i
Kloi su pratile Italijane kroz kapiju u dvorište vile, koja se uzdizala
visoko pružajući pogled na Pozitano iz ptičje perspektive.

Domaćin i njegova žena dočekali su ih raširenih ruku – bili su
to Lukini prijatelji, oboje na izmaku tridesetih, tamnokosi, prepla-
nuli, s dizajnerskim naočarima i zlatnim nakitom. Bili su glasni i
svugde ih je bilo, a Stela i devojke su se prepustile atmosferi zabave.
Razgovor na italijanskom bio je brz i melodičan, a vazduh ispunjen
smehom.

Kako je jahta ostala usidrena podalje od obale, njihove torbe sa
stvarima za jednu noć poslate su pre njih u vilu. Stela nije postavila
pitanje što su njoj i Luki dodelili zajedničku sobu. Primetila je i da
Amber deli sobu s Dezijem, ali Kloi je dobila svoju. Vinčenco nije
ništa pretpostavljao. Poštovala ga je zbog toga. Poštovala je i Kloi;
uradila je nešto kako treba podižući je, ili se Kloi plašila da ne bude

kao njena majka. Bila je zadivljena njenom uzdržanošću, i što nije uskočila u nečiji krevet čim joj se pružila prilika, iako ona sama svakako nije žalila što je otišla dalje s Lukom.

Stela je previše pila i mnogo se smejala. Bila je ošamućena tim iskustvom: ekskluzivna zabava za malobrojne goste, svi očigledno imućni, s domaćinom multimilionerom, kojem je bilo zadovoljstvo da ih ugosti u svojoj kući. Luka ju je upoznavao s ljudima na način koji je jasno pokazivao da su njih dvoje zajedno. Nimalo joj nije smetalo što će on verovatno imati pored sebe neku drugu kad se ona bude vratila kući, što će nastaviti da uživa na Sredozemlju. I ona je proživljavala san i bila više nego zadovoljna što uživa u pažnji i tom iskustvu, zaboravljajući na sve ostalo.

Ta vila je pružala onakav život na otvorenom za kakvim je Stela žudela, ali teško da je Nejlsi bio mesto u kojem bi se dao isprobati mediteranski način života. Ogromne kamene saksije ispunjene cvećem i blistavim monsterama, popločani podovi i zamršene slike na tavanicama bili su puni boja i istorije. Ipak, ono što je privuklo Steli pažnju bio je pogled. Na vrhu litice nalazio se bazen s kojeg je pucao pogled na plažu i obronak načičkan kućama. Kameni zidovi obujmljivali su skrivene terase s ležaljkama u hladu drveća. Cveće je cvetalo u saksijama i u pukotinama kamenih zidova. Sa obiljem boja i lepote na sve strane, to je zaista bio komadić raja.

Kako je veče odmicalo i mrak se spuštao, svetla su protkala brežuljak Pozitana. Stela je bila opijena vinom. Luka je razgovarao na italijanskom s prijateljima, ali je ruku provukao oko njenog struka. Zar seksi Italijan i avantura s njim nije ono o čemu je sanjarila? Fern je sigurno znala šta će se dogoditi, te se delimično i zato odlučila za koloniju.

Fern.

Ponovo ju je prožela krivica. Stela je rekla Fern da je to *njeno* vreme u kojem će da radi šta god *ona* želi, ali bila je tužna što u životu njene prijateljice nema strasti i uzbuđenja kojih bi moglo biti.

Oglasio joj se telefon. Pogledala je u poruku i potonula.

Nedostaješ mi.

Pol. Čak i tu, na najlepšem mestu na svetu, tokom večeri ispunjene srećom, pratile su je stare greške, podsećajući je na sve ono što je uradila pogrešno.

Odvojila se od Luke i našla tiho senovito mesto, daleko od treperavog svetla i ostalih na terasi. Da li da odgovori Polu ili da ga ignoriše? To što mu je rekla da mora prestati da joj piše kao da nije donelo ništa dobro. Bio je uporan, a s obzirom na doba dana, verovatno i pijan. Da li to što joj piše znači da ne vara Fern s nekom drugom dok je ona daleko? Nadala se da je tako, ali to je bila prazna nada zato što ga je vrlo dobro poznavala. Bila je sigurna da svojoj ženi ne šalje kasne poruke.

Tople ruke skliznule su joj oko struka, nateravši je da poskoči.

– Izvini – Luka je prošaputao, zagnjurivši lice u njen vrat.

Stela je ugasila telefon i prinela ga grudima. Želela je da isprazni um; želela je da njene greške i sve ono što je podseća na kuću nestane, makar nakratko. Sigurno ne traži mnogo?

Luka ju je poveo do male sofe okružene lišćem, u jednom uglu iza bazena. Podvila je noge poda se na mekom sedištu, a on ju je zagrlio. Stela se naslonila na njegovo rame. Zabava se stišavala. Bilo je još nekoliko gostiju koje su šoferi vozili nazad u njihove vile na Amalfitanskoj obali. Ostalo je otprilike šestoro njih, pijuckali su koktele na terasi iznad bazena. Kloi i Amber su nestale, kao i Vinčenco i Dezi. Đovani je i dalje bio tu, ćaskao je s jednom glamuroznom ženom u svetlucavoj crnoj haljini.

– Veoma si, ovaj... zamišljena večeras – rekao je Luka, prešavši prstima preko njene gole ruke, što joj je izazvalo žmarce.

Primetio je; svidelo joj se to.

– Jesi li ikad zažalio zbog nečeg što si uradio? – upitala je.

Luka je frknuo. – Naravno. Pravio sam i ja greške, ali u vreme kad sam ih pravio mislio sam da je to ispravno. To je jedini način da gledaš na stvari. Ili ćeš zauvek biti prestrog prema sebi. – Pomilovao ju je po ruci pa isprepleo prste s njenim. – Zbog čega ti žališ?

Stela je udisala slatkast miris ruža i zagledala se u crnomodro nebo ukrašeno zvezdama. S mesta gde su sedeli, Pozitano je ostajao skoro skriven, video se samo slabašan sjaj koji je nagoveštavao da ima nečeg iza bazena.

– Žalim što sam spavala s mužem najbolje prijateljice.

Ako je i bio šokiran, Luka to nije pokazao.

– Prijateljice koja je na Kapriju?

– Da. – Naglas izgovoreno, zvučalo je još gore nego u njenim mislima. Ona je užasna osoba. – Bila sam zaljubljena u njega od osamnaeste. Bar sam ja mislila da sam zaljubljena. Prilično sam sigurna da je to bila samo mladalačka strast – bila sam previše mlada da razumem svoja osećanja, ali u to vreme bila sam preplavljena njima. Spavali smo jednom, odavno, kad smo se napili na nekoj zabavi – nismo ni celu noć proveli zajedno. Moja prijateljica Fern nije znala ništa o tome – i dalje ne zna – a da budem iskrena, uspomene su mi prilično zamagljene. Ali njemu se sviđala Fern te su njih dvoje postali par, onda je ona ostala u drugom stanju i njih dvoje su se venčali. Možda je u to vreme postupio ispravno, ali zapravo je seronja. Znam to zato što sam pre godinu dana, u nastupu gluposti, imala avanturu s njim...

– Da li tvoja prijateljica zna da joj je muž seronja? – Luka ju je gledao u oči.

– Nisam sigurna. Od mene to nije čula. Još nemam petlju da joj kažem. – Stela se šuplje nasmejala. – Uvek su me privlačili pogrešni momci.

– Ha. Pogrešni. Jesam li i ja takav? – šaljivo je upitao.

– Jesi li?

– Ti meni kaži.

– Svakako nisi onaj pravi. Pozvati nas na nekoliko dana krstarenja uz obalu. Bile bismo vraški naivne da nismo prozrele tvoje prave namere.

Znalački je klimnuo glavom. – Ipak, ovde si.

Stela se osmehnula, ceneći iskrenost. – Ovde sam. Da budem iskrena, nekako sam se nadala ovom ishodu.

– *Certo.* – Podigao je ruke. – *Lo so.*

– Šta to znači?

– Rekao sam ti, naravno, znam. – Slegnuo je ramenima. – Znam i da ti se sviđam.

– Prilično si samouveren, a? – *Naravno da je samouveren,* pomislila je.

Ruka mu je skliznula niz njenu slabinu zaustavivši se na kuku. I ona je u svojoj samouverenosti bila sigurna da će njih dvoje završiti zajedno. Nekoliko dana uživanja pre povratka u stvarnost. Ipak, njena stvarnost će biti sasvim drugačija, znala je to. Njena tajna uskoro neće više biti tajna. Suočiće se s padom i nastaviti svoj život. Šta god da se dogodi, izvući će najbolje iz onog što joj je život dodelio.

– I dalje ga voliš, tog svog čoveka?

– O, nije on moj i nikad neće ni biti. I ne, više ga ne volim. Godinama sam čeznula za njim. Dugo sam bila ljubomorna što će Fern biti s njim. Posle okončanja mog drugog braka bilo mi je zaista teško. Fern mi se našla, kao i Pol. Bio je dobar prijatelj. On je prijatelj i s mojim bivšim mužem, ali stao je na moju stranu kad je postalo ružno – bio je nezvanični posrednik i pomogao nam da prijateljski prođemo kroz razvod.

Stela je zastala, prisećajući se niza događaja koji su doveli do te kolosalne greške. – A onda sam, prošle godine, jedne večeri u izlasku naletela na njega – Fern nije bila sa mnom – i niz događaja doveo je do toga. Znam i da to nije prvi put da je prevario ženu. Pol razgovara s mojim bivšim te sam tako saznala. Napravila sam ogromnu grešku, ali ne mogu da oprostim Polu što je takav prema Fern. Mislim da sam bila zaljubljena u sliku onoga što bi moglo biti da smo nas dvoje bili zajedno nekada davno, pre nego što je ušao u ozbiljnu vezu s Fern.

– Misliš li da bi tvoja prijateljica ostala s njim da nije bilo dece?

– Ne. – Stela je frknula. – Ni u kom slučaju. Bila je u klopci zbog trudnoće, stida i pritiska da postupi ispravno, kao i straha da će ostati sama. Istina je da bi joj bilo bolje bez njega. Znam to; sigurna sam da i njene ćerke to znaju, kao i ona u izvesnoj meri. Samo treba da stisnem petlju da priznam svoje greške, koliko god teško bilo.

– Zašto mi to pričaš, Stela? – Prestao je da je miluje, ali kad ju je pogledao, njegov lukavi osmeh odao je činjenicu da je zadirkuje.

– Zato što te više nikad neću videti kad nas budeš vratio na Kapri. Osim toga, korisno je izneti svoje brljotine nekom ko je daleko od tih događaja, ko me zapravo ne poznaje. Osećam da mogu s tobom da razgovaram otvoreno, i da neće biti osuđivanja.

– To je tačno.

– Koji deo?

– Svi delovi, iako si dobrodošla da mi se javiš ako ikad ponovo dođeš u Italiju. Sviđaš mi se. Sviđa mi se što imaš duha, što si nezavisna. Sviđa mi se što ti ne smeta činjenica da je ovo samo zabava.

– I ništa više. – Slobodnom rukom je obuhvatila njegovu čekinjavu bradu i primakla ga bliže. I on se njoj sviđao i nedostajaće joj, ali... Bila je to avantura na odmoru, ništa više.

Poljubila ga je. Provukavši noge između njegovih, približila mu se. Jezik mu je naleteo na njen, a ruku je zavukao ispod njene majice, milujući glatku kožu sve do čipkanog grudnjaka.

– Ti se baviš nekretninama, zar ne? – pitala je između poljubaca.

Klimnuo je glavom. Ruka mu je ostala ispod njene majice, milujući je, otežavajući joj pokušaj da misli pretoči u reči. Ostavljao je poljupce na njenom vratu, spuštajući se do ključne kosti i dalje do njenih grudi.

– Možda mi možeš dati neki savet u pogledu kupovine na Kapriju.

– Hoćeš kuću za sebe? – Glas mu je bio prigušen uz njenu kožu.

– Razmišljam o tome. Ti si savetovao da ulažem. Nisam sigurna mogu li sasvim da se preselim; mislim da mi sin ne bi bio zahvalan na tome, budući da je zadovoljan u školi s drugovima, ali kao kuća za odmor. Ili dve – osmehnula se – možda bi to bio pametan potez.

– Sa zadovoljstvom ću ti pomoći da nađeš savršenu kuću. – Uhvatio ju je za ruku i povukao je iz dubine sofe. Osmehnuo se vodeći je ka vili. – Ali ne večeras. *Stasera è per amore.*[6]

---

[6] It.: Ovo veče je za ljubav. (Prim. prev.)

26.

FERN

Fern je počela da se pakuje već rano ujutru. Još jednom je pogledala po Vrtnoj sobi, talas tuge preplavio ju je dok je zatvarala vrata. Na Kapriju je tek nešto više od nedelju dana, a u koloniji svega tri noći, ali osećala je njihovu čarobnu privlačnost. Zastala je ispred Iditine sobe, provukla poruku ispod vrata pa se zaputila niza stepenice da nađe Matea.

Fern je bilo nezamislivo da si dovoljno bogat da unajmiš helikopter kako bi odleteo s Kaprija do Sijene i svog imanja u Toskani, na samo dvadeset četiri sata. Život mu je bio tako drugačiji od njenog, izbezumilo ju je što unajmljuje helikopter kao da ide na voz. Bilo je očigledno da je bogat, pa ipak ni sad, dok je sedela pored njega nadlećući Napulj, nije se činilo da se razmeće bogatstvom.

Da li je bilo krajnje nepromišljeno to što je otputovala sa čovekom kojeg je upoznala pre nekoliko dana? Možda, ali verovala mu je i nije mogla poreći da je on privlači. Nije joj promakla spoznaja da se nikad nije tako osećala ni sa kim. Stela, Amber i Kloi nisu znale šta ona radi. One su negde na moru, a ona se sve više udaljava od njih. Mateova domaćica je znala da ona ide s njim, a Fern je u poruci objasnila Idit gde je. Videće je pre nego što se vrati u vilu *Đardino*. Na mnogo čemu ima da zahvali Idit.

Šta bi Pol mislio? Fern je stegla pesnice. Zašto brine? Ovo je vreme za nju. Da li zaista veruje da on misli na nju, pita se kako je, da li uživa? Iskreno je sumnjala u to. Odlazak s Mateom u njegovu kuću u Toskani neće ništa promeniti za Stelu i devojke na jahti s četvoricom Italijana koje su Amber i Kloi upoznale.

Zapravo će promeniti. Umesto noćnog izlaska i opijanja, Fern se pružila prilika da upozna Matea i započne prijateljstvo s njim. Fern je žudela za njegovim društvom i mislila je na njega daleko više nego što je to zdravo za nekog ko je u braku. Potisnula je pomisao da je to što radi emotivna prevara. Mateo joj postaje prijatelj, to je sve. Ipak, osećala je više od toga i nije mogla odagnati osećaj da je na opasnom terenu. Ako je pre neko veče strahovala da pođe za njim, šta joj govori to što je pristala da otputuje s njim u Toskanu?

Toskana je bila lepša nego što je Fern zamišljala. Bila je očarana pogledom dok su leteli iznad sela, ali vožnja taksijem od Sijene kroz talasaste brežuljke bila je još lepša, put je često vodio pored toskanskih kamenih kuća i stabala čempresa, drevnih kamenih zdanja, zemljanožutih i onih boje kajsije.

Fern je ćutke posmatrala. Mateo je sedeo pored nje pozadi u taksiju, dozvolivši joj da u tišini upija pogled na sela ispunjena kamenim kućama i manastirima, zelenilom vinograda i stabala maslina koji su se ukazivali dok su se spuštali brežuljcima.

Vozač je s glavnog puta skrenuo na uži, ostavljajući iza sebe svaki nagoveštaj civilizacije. Zlatno treperenje se utkalo u prirodu preplavljujući zelene brežuljke, šumovite predele i vinograde na suncu.

Popeli su se na vrh jednog brega a Fern je kroz vetrobransko staklo gledala nizove tipičnih toskanskih zdanja raspoređenih po nepreglednom ozidanom zemljištu.

– Evo je – Mateo je rekao sa osmehom. – Toskanska kolonija. Dom.

Fern je ostala bez reči kad je taksi skrenuo na zemljani drum duž jednog od tih zidova. Zaustavili su se na parkingu ispred zasvođenog ulaza.

Mateo je platio i zahvalio vozaču. Fern je izašla iz taksija u spokoj kasnog popodneva. Mateo joj se pridružio, a taksi je odjurio ubrzavajući i podižući prašinu.

Fern je zadivljeno zurila u ljupke obrise zdanja. Kameni zidovi bili su splet zemljanih boja, toplih i primamljivih, sa zasvođenim prozorima i krovom sa zagasitocrvenim crepom umrljanim lišajem.

– Ovo je zadivljujuće – napokon je izgovorila dok je pratila Matea kroz zasvođeni prolaz. Različite zgrade od kamena – za stanovanje, kule i štale – bile su načičkane na travnatom prostranstvu unutar nepreglednih zidova.

– Potiče s početka šesnaestog veka i nekad je bila manastir. Dugo je u porodici mog oca. Moji pradeda i prababa su je obnovili iz ruševina; moji baba i deda su dozidali delove i pretvorili je u uspešan hotel; ja sam je preobrazio u koloniju. To je mesto gde ljudi mogu da se sklone od stresa i životnih teškoća.

Prošli su kroz dvokrilna drvena vrata najvećeg zdanja pa ušli u kameni hol. Drvene grede su držale zasvođenu tavanicu, a izrezbareni stubovi se isticali u prostoru. Dočekao ih je par u pedesetim, koje je Mateo predstavio kao muža i ženu koji se staraju da sve bude kako treba, bilo da je on tu ili nije. Pomisao da neko poseduje nešto toliko veliko da mu je potrebno osoblje Fern je smatrala prosto neverovatnom, a Stefano i Tereza su predvodili tim koji se starao ne samo o zgradama i njihovim gostima kad je kolonija otvorena već i o celom imanju s vinogradima, zasadima maslina i šumama.

Stefano je odneo njihove torbe sa stvarima za jednu noć u njihove sobe, a Fern je sledila Matea u obilasku građevine koja je nekad bila sumorno i ozbiljno mesto gde su monasi ispovedali svoju veru. Mateo joj je pričao o restauraciji, i dok su prolazili iz sobe u sobu Fern je malo-pomalo postajalo jasno koliko je ljubavi i pažnje njegova porodica ugradila u to mesto.

Zidovi su bili prekriveni umetničkim delima, većinom sačuvanim iz manastirskih zgrada iz šesnaestog veka, ali bilo je i savremenih modernih komada, nekih koje je i sâm Mateo naslikao. Istoriju zdanja čuvali su vidljivom kamen i drvene grede, kao i velike podne pločice i kameni kamini s viševekovnim tragovima čađi. Ako se izuzmu raznobojna umetnička dela, svi materijali i ukrasi bili su prirodni. Dok su prolazili, Fern je zapažala male detalje: gvozdene kvake koje su, zamišljala je, dodirivale bezbrojne ruke tokom proteklih pet stotina godina; prijatni pokrivači zagasitih boja prebačeni preko kreveta i sofa; zid s prozorima u trpezariji koji su gledali na glavno dvorište i dalje na brežuljak obrastao šumom.

Iako je Mateo imao tim ljudi da se staraju o njegovim imanjima, okruživala ga je samoća. Kratko je pričao o porodici sa očeve strane, koja je obnovila toskansku koloniju, ali brzo je u razgovoru prešao preko toga, navevši Fern da se zapita ima li zategnute odnose s roditeljima kao ona. Dok je kolonija u Anakapriju bila oaza usred zatvorenih mediteranskih vrtova, toskanska kolonija je bila nepregledna i otvorena. Njena lepota je poticala od kamenih zidova u kontrastu sa zelenim livadama i srebrnastom sivozelenom bojom drevnih stabala maslina. Fern nije bilo teško da zamisli sebe kako provodi vreme tu. Imala je jasan osećaj da joj jedan dan tu neće biti dovoljan.

Suton je obojio obzorje u bledoružičastu, a s prvim mrakom zvezde su zatreperile na vedrom noćnom nebu. Sto je bio postavljen na terasi s dve strane zaklonjenoj kamenim zidovima građevine i s pergolom u koju su se uplele pavitina i vinova loza, propuštajući svež majski povetarac.

Od mirisa toskanskog paprikaša koji im je Tereza skuvala Fern je pošla voda na usta. Živela je na ribi, morskim plodovima, testenini i pici, ali okrepljujući paprikaš s pasuljem i paradajzom uz svež hleb iz pećnice, za umakanje, bio je savršen izbor. Mateo im je sipao kutlačom vruć paprikaš u dve činije i njih dvoje su gladno navalili, ćutke jedući, a jedini zvuk bila je muzika koja je dopirala iz kuće i zveckanje njihovih kašika o činije dok je para iščezavala u noći.

Lišće je šuštalo na povetarcu. Bilo je svežije nego na Kapriju i Fern je zadrhtala. Mateo je posegnuo za golubijesivim pokrivačem i pružio joj ga.

– Hvala ti. – Osmehnula se i prebacila ga preko ramenâ.

– Volim da sedim ovde zimi, ušuškan ispod ćebeta, sa upaljenim spoljnim grejačem. Palimo i kamine unutra, što mi se sviđa. Ovo mesto je leti sveže, a zimi prijatno.

– Čudi me da uopšte želiš da odeš odavde, iako imaš i drugu kuću na Kapriju. – Umočila je parče hleba u ostatke na dnu svoje činije i ubacila ga u usta.

– Na Kapriju možeš da se osetiš klaustrofobično, naročito leti kad nagrnu horde turista, zbog čega se i vraćam ovamo. Ovo mesto mi je dom. Ovde sam živeo od sedme do osamnaeste godine. To je mesto kojem sam se uvek vraćao dok su mi deda i baba bili živi.

– Odrastao si s njima? – Bilo je to čarobno mesto za odrastanje, tako drugačije od dvoporodične kuće iz pedesetih u kojoj je ona živela s roditeljima i bratom.

– Da, od sedme godine. Pre toga sam živeo sa svojom porodicom u Firenci. Moji roditelji su bili kolekcionari umetnina i imali su brojne galerije u Londonu i Italiji, glavne u Rimu i Firenci. Moja majka je bila poznata umetnica. Od njih sam nasledio strast prema umetnosti, iako moja darovitost nije ni prineti njenoj.

Čak i pod prigušenim svetlom mogla je da vidi suze kako su mu zasijale u uglovima očiju. Poželela je da se nagne preko stola i uhvati ga za ruku.

– Šta se dogodilo, Mateo?

Glas joj je zazvučao oprezno u večernjoj tišini. Privučen svetlošću i ne mogavši da pobegne, noćni leptir je udarao krilima o staklenu lampu. Nebo je bilo crno kao mastilo, a iza kolonije mrak je bio beskrajan, prekidan samo sjajem meseca poluskrivenog oblakom. Zvezde su istačkale nebo kao da su preko njega razbacane srebrne šljokice. Negde u daljini čuo se sovin huk. Jedan konj u štali zanjištao je u odgovor.

Možda Mateo nije želeo da govori o prošlosti. Fern je bilo očigledno da on skriva slomljeno srce.

Mateo se nalaktio na sto i spojio dlanove. – Moji roditelji su poginuli u saobraćajnoj nesreći kad mi je bilo sedam godina.

Izgovorio je to tako jednostavno da Fern nije znala kako da odgovori, te je sačekala, sigurna da se u njemu bore osećanja, uprkos tom samouverenom tonu.

– Proslavljali su godišnjicu braka u Rimu kad je jedan auto naleteo na njih. – Duboko je udahnuo. – Moja sestra i ja smo bili s dedom i bakom kod kuće u Firenci. Sve se promenilo u nekoliko sekundi.

– Tako mi je žao...

– Bilo je to odavno; veći deo svog života proveo sam bez njih, pa ipak se njihov uticaj i dalje preplić oko mene. Imam samo nekoliko pravih uspomena na njih, sve ostalo je sakupljeno s fotografija i na osnovu onog što su mi pričali baba i deda i sestra.

– Nisam znala da imaš sestru.

– Ona je deset godina starija od mene, zato sam se mnogo oslanjao na njeno sećanje na naše roditelje. Bila je skoro odrasla kad se nesreća dogodila, i dok sam ja došao ovamo da živim s dedom i bakom, ona je otišla u London na studije i dolazila je samo leti. Razlika u godinama između nas dvoje je prevelika, tako da nikad nismo bili bliski, a kad mi je bila potrebna otišla je. Ne krivim je. Produžiti dalje bio je za nju jedini način da se izbori. Naši roditelji bi bili ponosni na nju što je nastavila i uspela u životu.

– Gde je ona sad?

– U Parizu s porodicom, s mužem i mojim sestrićem i sestričnom. Studirala je modni dizajn u Londonu i neko vreme radila kao model. Privukla je pažnju jednog preduzimača na nekoj londonskoj reviji, i sve otad je s njim. On je mnogo stariji, tako da su se moji baba i deda brinuli da je s njim zato što joj nedostaje figura oca, ali njih dvoje su izdržali test vremena.

– Često ih viđaš?

– Češće nego nekad. Đana nije bila tu dok sam ja odrastao. Bilo joj je previše teško da bude u Italiji i seća se svega kad smo ostali bez roditelja. Osim galerija, naši roditelji su imali i nekretnine u Rimu i Firenci. Đana nije želela naš stan u Firenci, tako da sam ga ja nasledio, a ona je prodala onaj u Rimu. Nismo ostavljeni nezbrinuti, a naši baba i deda su, sa ovim mestom – pokazao je rukom unaokolo – takođe bili bogati.

– Da li je i vila na Kapriju bila njihova?

Mateo je odmahnuo glavom. – Ne, nju sam kupio pošto sam prodao stan u Firenci. Iznajmljivan je dok sam odrastao, ali nisam nameravao da ikad više živim tamo. Sama pomisao na taj stan i uspomene iz njega ispunjavala me je tugom. Nisam želeo da se prisećam tog vremena. Otišao sam s devojkom na letovanje na Kapri i spazio tu vilu. Bila je oronula, vrt zarastao. Celo mesto je zahtevalo renoviranje, ali bilo je nečeg u njemu. Dao sam ponudu pre nego što smo napustili ostrvo. Moja veza se okončala, a ja sam se nedugo potom preselio na Kapri. Želeo sam nešto što je moje, nešto što me neće stalno podsećati na prošlost.

– Sviđa li ti se ovo mesto?

– Ovo mesto je ipak ispunjeno radosnim uspomenama – moram se zadovoljiti činjenicom da sam imao divne roditelje. Ovde nije bilo tužno. Sviđalo mi se daleko više nego da živim u gradu. Da me ne shvatiš pogrešno, Firenca je divna, ali ovde sam pronašao mir i sreću pošto se ceo moj svet srušio.

27.

FERN

Mateo je još malo pričao o svom odrastanju s dedom i babom u Toskani. Ispričao je kako je zbog kombinacije bolnog gubitka u tako ranom dobu i života jedinca, budući da mu je sestra bila daleko, prebrzo odrastao, propustivši bezbrižnost detinjstva.

Završili su svoj toskanski paprikaš i pijuckali su lokalno crno vino punog bukea, dok je Fern pričala o svom umnogome drugačijem iskustvu odrastanja s roditeljima i bratom u Engleskoj. Iako je po godinama bila bratu bliža nego Mateo svojoj sestri, njih dvoje nikad nisu bili bliski. Životi su im se razlikovali, a nijedno pak od njih dvoje nije bilo srećno.

Fern je sedela naslonjena na svojoj stolici. Mateo je izgledao opušteno pored nje dok je zurio u senovite terene kolonije. Fern je znala da Stefano i Tereza žive na imanju, pa ipak se činilo da su ona i Mateo jedini ljudi kilometrima unaokolo. Vladao je mir kakav nikad ranije nije iskusila. Bilo je nečeg čarobnog u udaljenosti od ljudi i stresova grada, u okruženosti prirodom i bez veštačkog svetla. Čak i na odmoru, posebno kad su deca bila mala, nikad nije doživela ništa slično. Kad bi Pol i ona otišli nekud, uvek su morali blizu da budu civilizacija i neki pab koji ima *Skaj sports*. S obzirom na mogućnosti, znala je da bi oboje izabrali različite stvari, ne samo na odmoru već i u životu. Ako se izuzmu devojčice i šačica zajedničkih prijatelja, imali su vrlo malo zajedničkog.

– Nešto si ćutljiva – rekao je Mateo, glas mu je bio dubok i blag. Klasična muzika koja se čula odnekud iznutra utihnula je, što je naglasilo noćnu tišinu.

– Ne mogu da se naviknem na ovaj mir. Mislim da nikad nisam bila na sličnom mestu.

– Treba malo vremena da se čovek navikne ako poznaje samo gradski život. U Firenci smo živeli u velikom stanu u velikoj staroj zgradi. Bili smo okruženi istorijom i lepotom Firence, ali i bukom koju su pravili ljudi i saobraćaj. Igrao sam se na balkonu, ali želeo sam otvoren prostor kakav smo ovde imali, u kakvom sam uživao tokom odmora kod babe i dede. Nisam umeo da cenim činjenicu da se sa skoro svakog našeg prozora vidi katedrala.

– Opa, to je neverovatno. Ali mnogo je toga što deca ne znaju da cene. Jasno mi je da je trčkaranje po ovakvom mestu daleko privlačnije jednom sedmogodišnjaku, od ograničenosti balkona. – Fern je ispila i poslednji gutljaj vina i spustila čašu na sto. – Dok sam odrastala, nikad nigde nisam doživela ovakav osećaj slobode.

– Šta hoćeš da kažeš?

– Živeli smo u dupleks porodičnoj kući u gradu u kojem i danas živim, s malim vrtom koji gleda na okolne kuće. Baba i deda s jedne strane živeli su u istom gradu, baba i deda s druge u predgrađu Bristola. Jedina sloboda koju smo ikad imali bilo je igranje na ulici s drugom decom. Nisam znala za drugačije, ali kad sam dobila ćerke poželela sam za njih nešto više. Imamo kuću veću od one koju su imali moji roditelji; niko nam ne zaviruje u vrt, koji je takođe veći, ali nema mnogo razlike i sigurna sam da tu nisam srećnija nego što sam bila.

– Želiš nešto više od života?

Fern je slegnula ramenima. – Ko ne želi?

Mateo je izgledao zamišljeno, ali je klimnuo glavom.

– Pođi sa mnom. – Uhvatio ju je za ruku. Bio je to čvrst, topao i utešan stisak. Nije je povukla.

Iako je kolonija bila velika, osećala se bezbedno unutar drevnih kamenih zidina. Hodali su preko sunđeraste trave, ostavljajući iza sebe stari manastir okupan svetlom. Ispred njih, nebo je izgledalo beskrajno, s kovitima zvezda i pramenovima oblaka.

Fern je bila daleko od kuće, na mestu gde je osećala da je sve moguće. Želela je da sve bude moguće. Sreću koju je iskusila otkako je na Kapriju želela je da uhvati i ulije u svoj život kod kuće. Ali nije to bilo samo zbog ostrva... Bacila je pogled na Matea pored sebe; izgledao je tako zadovoljno dok su se šetali tim čarobnim mestom koje je nazivao domom. Biće tužno napustiti sve to sutra, oprostiti se od njega.

Stigli su do bazena koji je izvirivao iz jednog otvora u zidu i nadvijao se nad dolinom. Zaogrnut mrakom, pogled na toskansku prirodu bio je skriven, ako se izuzmu svetlucave zidine kuće koja se uzdizala na dalekom brežuljku, drveće koje ju je okruživalo ličilo je na tamne senke spram neba obasjanog mesečinom.

Mateo se zaustavio na drvenom podu oko bazena. – Ovo mi je najomiljenije mesto na celom svetu. Podseća me na roditelje – kao i na babu i dedu – zamišljam ih kako me posmatraju odozgo. – Pustio je njenu ruku i pokazao u noć. – Dugo nisam ni sa kim razgovarao o svojoj porodici. Bar ne s nekim ko ne zna šta se dogodilo.

Fern je progutala knedlu u grlu. Koliko li je njemu bilo teško da se otvori, ali osećala je da mu je laknulo kad se oslobodio tereta prošlosti ispunjene tugom. Uhvatila ga je za ruku. – Drago mi je što sad jesi.

Odvojio je pogled od zvezdanog neba i ponovo je pogledao. – Živeo sam neverovatno srećno ovde. Bilo je bola zato što sam izgubio roditelje; izgubio sam i sestru, ali imao sam sreće sa onim što sam zauzvrat dobio. Takođe sam shvatio da imam više sreće od većine, što sam kao dete i kao odrastao čovek mogao da živim ovako.

Pogledali su se. Mateo je posegnuo za njenim licem, dlan mu je bio mekan na njenom obrazu. Onda je njegova ruka pronašla njen struk i nežno je privukla. Vreme je usporilo, a njena čula su oživela. Osećala je toplinu njegovih ruku kroz majicu i prijatno je mirisao. Noćnu tišinu prekidalo je samo hukanje šumskih sova. Pogled mu je oklevao, te je i Fern zadržala svoj, upijajući u senci njegove oči, za koje je znala da su boje lešnika sa zelenim mrljama, snažnu vilicu, tamnu od iznikle brade, razbarušenu kosu kroz koju je poželela da provuče prste.

Prekinuo je taj zanos, nagnuvši se tek toliko da im se usne dodirnu. Shvatila je da mu uzvraća poljubac. Obujmio ju je rukama, a ona je svojima klizila niz njegova široka ramena. Produbili su poljubac. Fern je bila opijena. Ipak, izmešano sa žmarcima, preplavilo ju je zaprepašćenje i osećaj da je to što rade vrlo pogrešno. To što ona radi...

Izmakla se. – Ne mogu. Izvini.

Drugi put ga je odbila, pa ipak, ovoga puta je osetila ukus njegovih usana, njegove ruke na svojoj koži. Žudela je za njim i znala je koliko je blizu tome da ne može da se zaustavi. Zato što nije želela da se zaustavi. Želela je i dalje da ga ljubi; želela je da pređe rukama preko njegovih nagih grudi i želela je da on isto to uradi njoj. Želela je da je odvede u kuću, u svoju sobu, da je povuče na krevet, da oseti njegovu težinu na sebi, da se oseti voljenom...

– Ne, izvini ti. – Mateo je bio iznenađujuće glasan. Ruke su mu počivale na njenim grudima, tik iznad oblina njenih dojki, kao da je u iskušenju da je odgurne, ali ne može.

Podigla je ruke i obujmila mu lice. – Ne treba da ti bude žao. Nisam htela da te zavaravam.

Prislonio je čelo na njeno. – I nisi. Pozvao sam te ovamo dobro znajući da se ništa ne može dogoditi, i nisam ni hteo da se dogodi. Iskreno, samo sam želeo da ti pokažem ovo mesto. Ja... uživam u tvom društvu... *Volim* tvoje društvo.

Da je Fernino srce moglo da se rastopi, rastopilo bi se. Njegove reči bile su joj teže od poljupca. I ona se tako osećala. Dragoceno joj je bilo to vreme provedeno s njim, a pomisao da ga više neće videti pretila je da je preplavi.

– Iskreno, poslednjih nekoliko dana bilo je jednostavno čarobno – rekla je, glas ju je izdao. Morala je da odvrati pogled, inače bi zaplakala. Htela je da pretoči osećanja u reči, ali više nije bila sigurna. – Istina je da sam dugo nesrećna...

– S mužem? – polako je izgovorio Mateo.

– Da, ali ne samo zbog njega. Ima tu i mog udela. Moje nezadovoljstvo potiče od nesposobnosti da prihvatim ono što se, bojim se, zaista događa. Čini mi se da je ogromna odluka da odem posle dvadeset zajedničkih godina. Nisam sigurna šta me sprečava – strah, pretpostavljam, ili zabrinutost da se neću snaći. Mislim da se plašim da se istrgnem iz svog života i nastavim sama, iako se, ironično, stalno osećam usamljenom. – Poznati osećaj uznemirenosti preplavio ju je ispoljavajući se kao čvor u grlu. Pomisao na odlazak bila je jednako zastrašujuća kao pomisao na ostanak. – Dugo sam se pretvarala da je bolje održati porodicu na okupu, ali to me čini nesrećnom.

– Moraš naučiti ponovo da živiš. Zaslužuješ da budeš srećna; svi to zaslužujemo. – Zagledao se u daljinu okupanu mesečinom. – Ako on ne mari za tebe ili se ne ponaša ispravno, zašto bi ostajala? – Ponovo ju je pogledao.

– Zato što je to sve za šta znam.

Povetarac je dunuo preko bazena. Fern je zadrhtala.

– Večeras je sveže – rekao je Mateo. – Hajde da uđemo.

Trenutak je prošao.

Mateo je nije uhvatio za ruku, što je naglasilo njen osećaj usamljenosti dok su se vraćali ka razlivenoj svetlosti terase pod pergolom.

Raspremili su sto odnoseći iz nekoliko puta sudove u kuhinju sa zasvođenom tavanicom i popločanim podom. Nije im trebalo mnogo da ih poređaju u mašinu za sudove. U koloniji na Kapriju osoblje se brinulo o njima, uključujući i Matea, ali ovde je on spremao za sobom. Uostalom, to je bio njegov dom, iako je sâmo mesto bilo dostojno kralja. Stefano i Tereza su vodili imanje, ali nisu ga dvorili. Svidelo joj se to. Takođe joj se svidelo što nije pokušao da je pritiska u vezi s Polom. Kao što nije dovodio u pitanje ni njenu odluku da se zaustavi posle njihovog poljupca, niti pokušavao da je ubeđuje u nešto što je znala da ne bi trebalo da uradi. Ne zato što je Pol zaslužio njenu vernost, već zato što se zavetovala i zato što je poslednjih dvadeset godina trebalo nešto da znači. Ona je morala biti ta koja će ostati ponosna. Morala je da bude bolji čovek, jer je duboko u sebi znala da njen muž nije dobar.

Bio je to dug dan, koji je započeo u Anakapriju i u kojem je mislila da će se vratiti u vilu i videti se sa Stelom i devojkama. Poslednje što je mogla zamisliti bilo je da će završiti sama s Mateom u njegovom toskanskom domu.

Izašli su iz kuhinje pa se kroz ogromnu glavnu zgradu starog manastira zaputili ka njenoj sobi. Zaustavili su se ispred. Mnogo su razgovarali, ali i dalje je bilo nečega što je Fern želela da mu kaže, ali nije mogla.

Ruke su mu skliznule niz njene gole nadlaktice. Nagnuo se bliže i nežno je poljubio u oba obraza, možda zastajući otkucaj srca duže nego što bi to učinio neki prijatelj... Poželela je da ga zagrli i poljubi kako treba.

– Buona notte, Fern.

– *Buona notte.* – Odvojila je pogled od njegovog, povukla se u svoju sobu i zatvorila vrata.

Sve mračne misli koje su je mučile kod kuće zamenjene su brigom o tome da li postupa ispravno, čak i ako to znači da se oseća nesrećno. Ali u tom trenutku nije bila nesrećna, samo zbunjena. Obuzela su je mnoga osećanja, emocije koje je godinama potiskivala.

Upalila je lampu pored kreveta. Zavese su bile navučene preko velikih ovalnih prozora. Zagasite, zemljane boje imale su umirujuće dejstvo, od pločica boje krede i šafran-žutog prekrivača na krevetu do zidova od prirodnog kamena i tamnih drvenih greda. Sveće i jastučići su ukrašavali dva stepenika koja su vodila do kamina, središta sobe. Zamišljala je kako bi prijatno bilo usred zime s vatrom koja pucketa u ložištu. Uzdahnula je i ponovo zadrhtala. Temperatura je pala, a ona je žudela da se zavuče u privlačnu toplotu postelje. Umila se, na brzinu se presvukla i skliznula ispod teških pokrivača.

San joj je izmicao. Fern se ispružila, ponavljajući u mislima protekli dan. Soba je bila mračna, samo se srebrna mesečina prikradala kroz otvor između zavesa. Debeli kameni zidovi čuvali su svežinu sobe, te je bila zahvalna na toplim pokrivačima. Misli su joj odlutale ka drugim načinima da se zagreje. Mateo je bio odmah tu, niz hodnik, sâm u svojoj postelji. Nije mogla prestati da misli na njega, na ono što su sad mogli da rade... Ništa dobro joj nije moglo doneti to što muči sebe onim što bi moglo biti da su stvari bile drugačije.

28.

FERN

Fernini snovi bili su ispunjeni erotskim maštarijama o Mateu. Bila je to nemirna noć s kasnim buđenjem. Sunčev sjaj je uklizao kroz otvor između zavesa. Čestice prašine kovitlale su se na zlatastom svetlu. Udovi su joj bili upetljani u čaršave, a koža orošena znojem. Zbacila je pokrivače i otišla u kupatilo da se istušira. Izašla je okrepljena, mada umorna.

Boravak u Toskani s Mateom otvorio joj je oči pred mogućnošću drugačije budućnosti, budućnosti ispunjene nadom, slobodom i srećom. Mateo je pokrenuo nešto. Silina sopstvenih osećanja ju je uplašila. Bila je zaglavljena u rutini i zarobljena očekivanjima i pritiskom koje je sebi nametnula, pritiskom da bude savesna supruga, savršena majka, da sve drži na okupu, a zapravo se njihova „srećna" porodica raspadala. Pravila se da ne vidi šta se zaista događa, i oko nje i u njenom srcu.

Boravak u umetničkoj koloniji podsetio ju je na to što je nekad bila i pokazao joj šta je postala. Dao joj je vremena da razmisli o tome šta *želi* da bude. Stekla je nove prijatelje i razgovarala s ljudima koji je ne poznaju, koji se nisu plašili da joj postave teška pitanja. Bilo je to suočavanje sa stvarnošću koje joj je trebalo.

U stomaku joj se komešalo od zabrinutosti kad je obukla suknju srednje dužine i bluzu i pošla da potraži Matea. Nije se uznemirio kad je prekinula njihov poljubac. To joj se svidelo. Takođe je bila dirnuta što se otvorio pred njom.

Za doručkom je bio srdačan i otvoren kakav je bio i na Kapriju. Onda se, posvetivši se poslu, sastao sa osobljem koje je vodilo koloniju, a ona je istraživala. Dok je pogled koji se pružao na Kapriju bio dramatičan, a samo ostrvo glamurozno, toskanska kolonija je bila ugnežđena u mirnu prirodu. Vinogradi su ukrašavali krajolik, a čempresi i kamene zidine drevnih tvrđava uzdizali su se na talasastim brežuljcima. Bilo je to sigurno najlepše mesto koje je ikad posetila.

Baš tad, dok je zurila u umirujuće zelenilo, Fern je obećala sebi da se više neće osećati izgubljeno i jadno.

Ostali su na ručku, koji se sastojao od jednostavnog ali ukusnog hleba s koricom, paradajza sušenog na suncu, kobasica, čeri paradajza i nekoliko vrsta lokalnih sireva. Dvadeset četiri sata su proletela – nimalo iznenađujuće – i prebrzo su se ponovo našli na živopisnom toskanskom putu ka Sijeni i heliodromu.

Mateo je vodio miran život u luksuznoj vili na Kapriju i ogromnoj kući iz šesnaestog veka u Toskani, koja je nekad bila manastir. Iako su bili iskreni jedno prema drugom, mnogo toga je ostalo neizrečeno, naročito kad je reč o njihovim osećanjima. Mateo je stalno bio okružen gostima, prijateljima i osobljem, pa ipak ga je obavijala usamljenost, osećaj koji je Fern bio poznat. Ona je imala muža, dve ćerke, mnogo prijatelja i kolega na poslu, a ipak se uglavnom osećala potpuno prepuštena samoj sebi.

Oboje su bili potišteni i udubljeni u misli kad su stigli do Anakaprija. Fern se osećala emotivno isceđeno. Dočekali su ih Ana i Artur, koji su ih poveli u oranžeriju ne bi li razgovarali s Mateom o svojim slikama. Fern se izvinila i otišla u svoju sobu da dovrši pakovanje. Stela joj je poslala poruku da su se one već vratile na Kapri. Fern nije mogla više da okleva.

Idit nije bila u koloniji; Fern je prilično laknulo zato što je mislila da bi mogla da brizne u plač ako je Idit išta pita o Toskani.

Mateo je rezervisao taksi da je odveze na pjacetu. Susrela ga je dole u ulaznom holu. Srce joj je tuklo, a dlanovi joj se znojili dok je zurila u njega.

– Pozdravi Idit, ali doći ću da se kako treba oprostim s njom pre nego što krenem sa Kaprija.

– Dobro, drago mi je što ćemo te ponovo videti.

Pogled mu se zaustavio na njenom licu, uhvatio ju je za ruku. Ona je progutala knedlu koja joj je zastala u grlu. Sve što je želela bilo je da ga zagrli i nikad ga ne pusti da ode.

– Hvala ti na svemu. – Izvila se, poljubila ga u oba obraza i otišla.

Vila *Đardino* je bila u senci, ali odnekud iznutra dopirali su muzika i ćaskanje. Spustio se sumrak. Mesec je jarko sijao, bacajući srebrni sjaj preko prigušeno osvetljenog vrta. Fern je razmišljala da li da se povuče u svoju sobu. Nije želela ni sa kim da se suoči, nije želela da pretoči u reči poslednjih nekoliko dana niti da priča bilo šta o tome. Načas je zastala. Vrt ju je podsetio na onaj u Mateovoj koloniji, s vijugavom stazom, visokim drvećem i slatkastim mirisom cveća. Zagledala se u nebo posuto zvezdama. Nije bilo teško zamisliti da je ponovo tamo, ali sad je ovde i moraće pre ili kasnije da se vidi sa ostalima. Već je dobila poruku od Stele koja se pitala gde je ona.

Fern je uzdahnula, podigla ranac više na leđa pa se zaputila stazom koja je krivudala oko vile kroz vrt ispunjen krošnjama i cvećem. Sviđao joj se ograđen vrt u umetničkoj koloniji sa svojim skrivenim verandama i ogromnim saksijama sa cvećem i biljem, ali terasa u vili *Đardino* sa svojim svetlucavim bazenom i pogledom na Kapri čija su svetla treperila i dalje joj je oduzimala dah. Bila je oličenje glamura, no ona je čeznula za mirom Anakaprija i kolonijom unutar privatne oaze.

Stela, Amber i Kloi sedele su za stolom, okrenute ka panorami, ćaskajući i smejući se. Zapitala se da li su dani koje su one provele na jahti imali uticaj dubok kao...

– Fern! Vratila si se!

Stela je poremetila mir. Izmakle su stolice unazad dok je Fern prilazila.

– Očekivale smo da ćeš doći pre nas. – Stela ju je privukla u zagrljaj.

Fern je spustila svoj ranac na tlo pa im se pridružila za stolom. Kloi se srdačno osmehivala, a Fern je susrela Amberin pogled. I ona se osmehivala, ali bilo je u tom osmehu hladnoće koja je Fern pod-setila da se vratila u stvarnost.

– Došla si taman na vreme za večeru – rekla je Stela. – Ili si već jela?

– Jesam, ali mnogo ranije. Imam mesta za još.

Ručak na terasi u Toskani bio je pre samo nekoliko sati, ali ne-kako joj se činilo da je to bilo pre sto godina.

Violeta je iznela veliku činiju testenine ala putaneska i mnogo vina. Fern se opustila i slušala je razgovor između Stele, Kloi i Am-ber. Kloi je pokazala Fern njihove slike za Instagram dok su joj opi-sivale zanosnu lepotu Amalfitanske obale, večere na jahti i zabavu na kojoj su bile u Pozitanu. Fern je imala utisak da izostavljaju neke detalje i ne govore joj celu priču. Primetila je da je Amber pocrve-nela na pomen Dezija, a Luka je u velikoj meri bio prisutan kad god bi Stela pričala.

Kako je veče odmicalo, obavijala ih je pijana sreća. Fern je bilo drago što može da im prepusti da vode razgovor, a one su bile pre-srećne što mogu da joj pričaju o svom boravku na multimilionskoj jahti. To je prevazilazilo sve što je bilo koja od njih ikada doživela. Slično kao Fernin boravak u Anakapriju i Toskani... Obrazi su joj se zajapurili ne samo od vina.

Pošto su slistile testeninu i tri boce vina, Fern je otišla u sobu da se raspakuje. Uprkos umoru, činilo joj se da je prerano za krevet, naročito pošto su se ponovo sve četiri okupile. Vratila se na terasu uz bazen. Kloi i Amber su se došaptavale, njihova osmehnuta lica bila su preplanula pod toplim sjajem svetiljki na terasi.

Stela je prišla, provukla ruku ispod Fernine i odvukla je od de-vojaka.

– Zašto si tako ćutljiva? – upitala ju je.

– Nisam.

– Jesi, neuobičajeno.

Fern je udahnula duboko i drhtavo.

– Šta je bilo?

Fern je slegnula ramenima.

– Žališ li što si propustila krstarenje jahtom ispunjeno suncem, morem i...

– Mogu da zamislim čime su vaši dani bili ispunjeni. Ne.

– Da li se nešto dogodilo?

Da li se nešto dogodilo?, pomislila je Fern. Ništa i sve. Mateo ju je opsedao od trenutka kad bi se probudila, njegovo osmehnuto lice obasjalo joj je misli, njegove oči boje lešnika vragolasto su sijale. Sve je bilo naglašenije, od sasvim ovlašnog dodira njegove ruke, do njihovih dugih ćaskanja tokom večeri, kad bi joj misli odlutale dok se pitala kako bi bilo da ga poljubi. Kako je moguće da se toliko toga promeni za svega nekoliko dana?

– Šta se događa, Fern?

– Ništa. – Ton joj je bio oštriji nego što je želela, ali brinula se da bi Stela mogla da je prozre, da bi mogla da shvati da je prevarila Pola, ako ne fizički, onda emotivno... ako se izuzme poljubac koji je prekinula. Usplahirena, duboko je udahnula.

Nikad nije došla u iskušenje zbog nekoga. Nijednom za dvadeset jednu godinu. Što je više od polovine njenog života. Ipak, nešto se probudilo u njoj, nešto više od požude koju je osećala kao tinejdžerka slobodnog duha, kad je verovala da je zaljubljena u Pola. Da li je izbegavala da izlazi sa slobodnim prijateljicama, naročito sa Stelom, zato što se plašila da će doći u iskušenje da zastrani? Čak i kad bi izašla, ako bi neki momak plesao iza nje i stavio joj ruke oko pasa, žmarce uzbuđenja koje je osećala kad je bila mlada i slobodna zamenili bi zbunjenost i zabrinutost. Bila je udata i imala je decu, život joj je bio sasvim drugačiji nego nekad. A ovde s Mateom... Razgovarali su i ogolili duše. Jedan pogled i dodir značili su Fern mnogo više nego što je mislila da je moguće. Kako da prenese Steli ono što je osetila? Steli koja se ponašala kao tinejdžerka, koja je otišla na jahtu da se zabavi, a Fern je tačno znala šta za nju znači zabava.

– Dobro – rekla je Stela – ako budeš želela da razgovaraš, ovde sam. – Potapšala je Fern po ruci kao da će je prepustiti njenim mislima, ali nije to učinila. – Da li znaš da sam, uprkos svojim izjavama, iskreno osetila tu romantičnu želju da dođem ovamo i nađem ljubav. Znam da je to šašavo. Možda zato što očajnički želim da sretnem ljubav svog života pre nego što bilo ko sazna za novac. A još je nisam srela.

Fern ju je pogledala. – Šta je s momcima na jahti?

– O, zabavila sam se kao nikad s Lukom, ali to nije bilo ništa više od zabave. Baš kao što sam očekivala i baš ono zbog čega se tebi nije išlo. Oboje smo znali da će se sve vrteti oko toga, nekoliko dana zajedničkog uživanja. – Izvila je obrvu. – Sad sam ponovo ovde, a on je otplovio u suton da nastavi sa svojim životom.

– I tebi to zaista ne smeta? – Fern se namrštila.

– Ne, nimalo. Znaš, ako me je ovaj odmor ičemu naučio, to je da mi je dobro samoj. Ne želim nikad više da pristajem na kompromise u vezama i da završim s nekim samo da bih bila u vezi, da ne bih ostarila sama.

Fern je frknula. – Je li to na moj račun?

– Bože, ne. Nisam tako mislila.

Ali bilo je nečeg u njenom tonu što je navodilo na zaključak da je upravo tako mislila. Fern je pretpostavila da Stela samo nema petlju da joj kaže.

29.

STELA

– Stigao je paket za Fern – rekla je Violeta. – Ostavila sam ga u holu.

– Hvala, odneću ga u njenu sobu.

Stela je tumarala kroz vilu primećujući kako je još mirnije nego inače. Kloi je još bila u krevetu, a Amber je odvela Fern na doručak u Kapri. To samo po sebi nije slutilo na dobro. Stela je uzdahnula. Neko je morao reći istinu Fern; možda je bolje da to dođe od Amber.

Stigla je u hol i spazila veliki paket naslonjen na zid. Bio je divno upakovan u smeđi ukrasni papir sa zeleno-belim uzicama. Stela ga je odnela u Ferninu sobu. Za razliku od njene, Fernina soba je bila uredna, sa svim stvarima na svom mestu, bez odeće razbacane po krevetu. Sva šminka na toaletnom stočiću bila je uredno poređana, organizovana kao u Ferninoj kući. Spolja je Fern izgledala potpuno srećno. Sve je imalo svoje mesto; dom je bio mesto gde je imala kontrolu. Stela više nije znala koliko je puta čula Fern da kaže kako su Pol i devojke njen život, ali postajalo je sve očiglednije koliko je zaista nesrećna.

Stela se spremala da spusti paket kad joj je jedna koverta zapala za oko. Nije bila zalepljena. Oklevala je, rastrgnuta između želje da ispravno postupi i želje da sazna od koga je. Izvukla je kovertu ispod uzica i držala je u ruci. Fern neće imati pojma da ju je otvorila. Osvrnula se iza sebe na praznu sobu pa bez premišljanja izvukla razglednicu sa slikom tropskog vrta. Kad ju je okrenula, pročitala ju je, zatim je polako pročitala još dva puta.

Draga Fern,

Ostavila si ovde svoju sliku; mislio sam da bi volela da je imaš. Darovita si.

Mnogo mi nedostaju naša noćna ćaskanja.

Nedostaješ mi.

Tvoj Mateo x

Stela ju je pročitala četvrti i poslednji put pre nego što ju je ubacila u kovertu koju je zatakla za uzice. Prislonila je paket uz uznožje kreveta. Bilo je neizrecivo mnogo toga što joj Fern nije ispričala o svojih nekoliko dana u koloniji. A na osnovu same poruke, Stelu to nije začudilo. To je objašnjavalo njenu ćutljivost i rasejanost.

To je dobro za nju, pomislila je Stela. Bilo je vreme da Fern napokon malo živi.

Stela je čitala u dnevnoj sobi kad su se Fern i Amber vratile sat-dva kasnije. Bila je sigurna da Amber nije više bila u stanju da čuva tajnu, ali sudeći po opuštenom ćaskanju koje je dopiralo iz hola, činilo se da su vrlo srećne. Da li je kukavički želela da Amber saopšti vest o Polovom neverstvu? Mada to nimalo ne bi ublažilo udarac kad bi se saznala cela istina.

Amber je zastala na vratima dnevne sobe. – Gde je Kloi? – upitala je.

Stela je spustila knjigu. – Još je u krevetu koliko ja znam. Idi probudi je, inače će osim doručka propustiti i ručak.

Amber je nestala ka stepeništu, a Fern je ušla u dnevnu sobu.

– Sve u redu? – upitala je Stela.

Fern je sela na drugi kraj sofe. – Da, iznenađujuće. Imale smo veoma prijatan doručak i ćaskale smo o Amberinim studijama, kao i tome šta želi da radi kad diplomira. Moram priznati da je ovo prvi put da je bila prijateljski raspoložena prema meni otkako smo došle ovamo, ali upisaću to kao pobedu. Šta si ti radila?

– O, samo lenčarila.

– Dobra knjiga?

– Aha. Stigao ti je paket.

– O, stvarno? – Fern se namrštila.

Ako je jedini način da natera Fern da joj se poveri taj da je prvo naljuti, neka bude tako. Stela nije mogla da drži jezik za zubima. – Ko je Mateo?

Fern ju je oštro pogledala.

– Nisam znala za koga je paket pa sam pročitala poruku – slagala je Stela. – Izvini.

– On je vlasnik kolonije.

– Aha. – Stela ju je pomno posmatrala. Poznat joj je bio taj izgled, rumenilo usled nelagode zato što je tu bilo nečeg, zato što se taj Mateo, ko god da je on, zaista svideo Fern. – Šta se događa s njim?

– Ništa. – Prebrzo je odgovorila. Rumenilo njenih obraza se produbilo.

– Ta noćna ćaskanja bila su samo to, razgovori?

– Naravno! Ja sam udata.

– Znam da jesi. – Sad je Steli bilo nelagodno. Prisustvovala je tome i previše godina, Fern se vuče kroz život kao savesna supruga i savršena majka, održava kuću dok životari, radeći posao koji zapravo ne voli. Prijateljica puna duha kakvu je pamti, koja je imala običaj da odbaci svu opreznost, koja je previše pila, ljubakala se s neznancima, bila strastvena i zabavna, vragolasta i odvažna, ta Fern bi uradila mnogo više od ćaskanja.

– Zašto uopšte aludiraš da bih ja uradila tako nešto?

Njena nelagoda kao da se pretvarala u bes. Stela je bacila pogled ka holu, brinući se da bi Fernin povišen glas mogli čuti i drugde u vili.

– Zaista nisam htela da te uznemirim.

– To je bilo nepromišljeno od tebe. – Fern je skočila na noge pa odmaršila kroz dnevnu sobu i izašla kroz vrata na verandu.

Stela je na trenutak ćutke sedela, razmišljajući šta da uradi. Bile su to nemoguće okolnosti. Fern će na kraju biti povređena, jedina osoba koja to ne zaslužuje i jedina kojoj će se to verovatno desiti. Šta god da joj taj Mateo znači, očigledno je da je nešto pokrenuo. Stela je verovala da Fern nije izneverila muža, ali njen bes je doživela kao znak da je bar razmišljala o tome.

Odlučila je i pošla gore da nađe Amber. Kloina vrata su i dalje bila zatvorena. Nagnula se ka njima, ali ništa nije čula. Produžila je odmorištem i pokucala na Amberina vrata.

– Uđi!

Amber je sedela na svom krevetu poduprta jastucima. Njena soba je bila verovatno najlepša, s pogledom na bazen i jedinim privatnim balkonom okupanim suncem.

Amber je podigla pogled. – Ako tražiš Kloi, ona se tušira.

– Došla sam s tobom da razgovaram.

Amber se namrštila, ali je spustila telefon.

Stela je sela na ivicu kreveta.

– Zašto nisi razgovarala s njom jutros? Kad smo pričale na jahti, zaključile smo da bi bilo bolje da joj ti kažeš.

Amber je prekrstila ruke. – Samo što je tata...

– Jebeš tvog tatu i ono što te je naterao da mu obećaš. On je pogrešio.

– *Ti* treba da joj kažeš. – Amber je odmahnula glavom. – Ne mogu ja to. Ne mogu mami da slomim srce; dovoljno me mrzi i bez toga.

– Tvoja majka te ne mrzi.

– To ti misliš. Pružila sam joj sve razloge da me mrzi.

– Samo zato što te je otac doveo u užasan položaj.

Amber je ljutito obrisala oči. – Nije trebalo da pristanem da ništa ne kažem. Što više vreme prolazi, sve je teže reći istinu. Samo želim da mama otvori oči i progleda.

– Mislim da počinje... – Stela je zurila ka balkonu pitajući se kud je Fern otišla.

Amber je frknula. – Dobro, pošto tata i Rubi sutra dolaze, možda će se sve razjasniti. Vreme je.

Stela se munjevito okrenula ka Amber. – Kako to misliš tvoj otac dolazi?

Amber je izbegla njen pogled. – Poslala sam mu poruku dok smo bile na jahti, rekla sam mu da ću ja reći mami ako joj on ne bude priznao. Bila sam pijana i besna. – Slegnula je ramenima. – To je bilo pošto si mi se proseravala o zaštiti i o tome kako treba da budem blaža prema mami. Mislim da sam malo odlepila. Juče mi je rekao da je uspeo da rezerviše kartu.

Zidovi su se primicali. Stelu je obuzela panika. Ovako ili onako, istina će izbiti na videlo pre nego što napuste Kapri.

– Zna li tvoja majka da on dolazi?

Amber je slegnula ramenima. – Tražio je da joj ne kažem. Ne znam da li joj je Rubi rekla.

– O, zaboga, Amber. Znam da pokušavaš da uradiš ono što je najbolje za nju, ali to što će se tvoj otac pojaviti ovde, nimalo neće koristiti.

Stela je izjurila iz sobe. Nagnula se preko ograde na vrhu stepeništa. Plavo-bele podne pločice zamaglile su joj se kroz suze, šara je zatreperila od čega joj se zavrtelo u glavi. Spopala ju je mučnina, taj i te kako poznat osećaj kad se srce steže i emocije je preplavljuju.

Posegnula je za telefonom pretražujući imenik dok nije došla do Polovog imena. Zvonilo je i zvonilo, onda je poziv preusmeren na govornu poštu. Nije ostavila poruku. Pokušala je ponovo da ga pozove, na drugi broj, onaj za koji Fern ne zna. Bio je isključen. Opsovala je i prekinula poziv.

Ograda je bila čvrsta i glatka pod njenim prstima. Zglavci su joj pobeleli, disanje podivljalo. Pokušala je duboko da udahne ne bi li usporila udare srca, razmišljajući o onom što se dogodilo. Jednom je pogrešila, i to će se odraziti na život svih njih. Zaista je postojala samo jedna mogućnost. Odavno je to trebalo da uradi. Preskakala je po dva stepenika pa izjurila napolje.

Vazduh je bio miran i vlažan. Bazen je blistao na podnevnom suncu, a zelenilo u vrtu pravilo je dobrodošlu hladovinu. Stela je pronašla Fern u najdaljem delu vrta, kako stoji ispred kamenog zida koji se pružao duž imanja, odvajajući ga od pogleda na ostrvo iz ptičje perspektive. Crvene i bele penjačice rasle su iz pukotina u kamenu.

Stela se pridružila Fern pokušavši da umiri disanje. – Sviđa li ti se taj Mateo? – tiho ju je upitala.

Nisu pogledale jedna drugu, usredsredile su se na pogled na Kapri.

– Dobro smo se slagali. Dobar je momak. – Glas joj je bio oštar.

– A da li ti se stvarno svideo?

Fern se okrenula ka njoj. – Šta i da jeste? U čemu bi bila razlika? Nikad ne bih prevarila Pola.

Hladnoća je zapljusnula Stelu na istinu u Ferninim rečima; njena odana prijateljica, verna žena i majka. Sve ono što Stela nije bila. Fern je bila u pravu što je bila ponosna i ljuta na nju, jer je nagovestila kako bi ona mogla da ima nešto s muškarcem kojeg je upoznala na odmoru. Ali Stela je naslutila borbu u njoj. Mogla je da nasluti misli koje su joj se komešale u glavi. Ono što je ispravno učiniti ne ispostavi se uvek kao ispravno. Što je dobar savet i za nju samu. Dugo čuvane tajne morale su da izbiju na videlo, ali najviše se plašila njihovog uticaja na druge. Uticaja na njenu prijateljicu.

– Ne sumnjam u tebe, Fern, ali znam da nisi srećna s Polom. A imaš i razloga za to.

– Šta to uopšte znači?

– On te nije vredan.

Fern se okrenula, usne su joj bile stisnute, oči su joj ljutito sevale. – Moj brak nije vredan toga? Stvarno mi to govoriš?

– Pa... žao mi je... ali da.

– Zašto? Zašto to misliš?

– Mislim da znaš zašto, duboko u sebi. Znaš kakav je Pol... Znaš da ti nije veran. – Srce joj je preskočilo kad je prevalila te reči.

Fern se okrenula od nje, povila je ramena naslanjajući se na zid. – Otkud ti znaš? – Glas ju je izdao i Steli je izgledala sitnije i ranjivije nego ikad.

– Zato što znam. – Oprezno joj je spustila ruku na rame.

Fern ju je otresla.

– I Amber zna. Mnogo mi je žao, Fern. Uhvatila je Pola s drugom ženom. Htela je da ti kaže, ali on ju je naterao da obeća da...

– Šta je uradio? – Fernin glas bio je tako leden da je Stela uzdrhtala. Kao da je sunčeva toplota nestala, ptičji poj zamukao, boja iščezla iz cveća, drveća, mora i neba. Ostale su samo ona i Fern, osećanja i laži čvrsto povezani oko njih.

Stela je nekako uspela da progovori. – Treba još nešto da ti kažem.

30.

FERN

Fern nije imala pojma kuda je pošla, samo je morala da se skloni. Osećaj spokojstva i sreće koji je otkrila tokom svog boravka u koloniji u Anakapriju a zatim u Toskani razišao se kao dim na vetru sa Stelinim rečima. Izjurila je iz vile, stopala su joj dobovala po uskim vijugavim ulicama. Suze su joj izbrazdale lice i zamaglile vid, izmešavši zelenilo drveća sa sivilom kamenih zidova.

Kako se sve srušilo tako iznenada? Bar je imala utisak da je tako, iako je znala da sve vodi ka tome. Ali Stelino priznanje... Jecaj joj je zastao u grlu. Otišla je iz vile bez ičega: bez telefona, bez novca, ne znajući kuda je krenula. *Dođavola s tim,* pomislila je. Neće se vratiti. Ne može da se suoči sa Amber i svakako ne želi da vidi Stelu.

Stigla je do grada Kaprija gde su ljudi preplavili ulice, okruživši je. Želela je da pobegne nekud gde je mirno, daleko od svih. Prisilila je sebe da produži. Glamur u izlozima prodavnica oko nje, pogled na cveće koje je visilo s balkona i lepi parovi koji su sedeli ispred kafea pijuckajući espreso zapljusnuo ju je besom povrh onog koji je već ključao u njoj. Bilo joj je drago što joj naočare za sunce skrivaju naduvene oči.

Nije imala novca da uzme uspinjaču ili jedan od raznobojnih taksija sa otvorenim krovom, te je pošla putem o kojem joj je Mateo pričao, poznatim samo meštanima, putem što je vodio između divnih vrtova i vila sve do Marine Grande, da bi odande pronašla strmu stazu koja vodi do Anakaprija. Postojalo je samo jedno mesto gde je želela da ode. Otprilike je znala kako tamo da stigne peške, iako će to biti naporno pešačenje.

Podnožje Feničanskih stepenica bilo je skromno, samo uski stepenici pored kamenog zida uz samu ivicu puta. Fern je krenula da se penje, ali odmah je morala da se pribije uza zid kako bi propustila par koji je silazio. Produžila je pored vila i maslinjaka, koračajući brzo s obzirom na uspon. Laknulo joj je što put vodi ispod svoda od gustih krošnji na obronku brda. Hladovina joj je prijala, iako joj zbog sparine nije pomogla da se rashladi. Kroz grane su mogli da se vide samo isečci plavog neba, dok je more bilo skriveno paravanom od drveća. Nije želela da se zaustavi. Znala je da će je, ako se zaustavi, snaga izdati i da će joj biti teško da produži nogu pred nogu, dok joj bedra negoduju zbog napora. Usta su joj bila suva i zavidela je ljudima koji su prolazili pored nje približavajući se marini sa svežijim vazduhom, ali ni slučajno nije htela da se vrati.

Kad je između drveća ponovo izbila na sunce, znoj joj se slivao niz slepoočnice, listovi su je boleli, a sandale su je žuljale. Prešla je stotine koraka, bes i nemoć uvećavali su se s naporom. Zastala je da dođe do daha, jedva primećujući pogled koji je pucao na marinu. Vazduh je bio sve vlažniji, sa olovnosivim oblacima koji su se navlačili iznad suprotnog obronka.

Fern je nastavila da se penje. Uzan prolaz iza drevne kapije koja je nekad ostrvo delila nadvoje vrveo je od ljudi koji su pravili selfije, upijajući pogled i zastajući da proćaskaju. Očešala bi ih u prolazu, ne mareći da li se izvinila ili nije. Bila je pregrejana, uznemirena i očajnički je želela da bude negde gde je sveže i mirno, daleko od vreve mnoštva sveta. Najviše je želela da pobegne od svojih misli. Pešačenje joj je pomoglo da malo odagna gnev, ali joj je ostavljalo i mnogo vremena da razmisli i ponovo proživi ne samo svoj razgovor sa Stelom već i razgovore s Polom proteklih nekoliko godina. I one sa Amber. Slomilo joj je srce saznanje da je ona bila deo njegovih laži. Fern je nadlanicom otrla sveže suze.

Poslednja deonica puta bila je naporno pešačenje uz neverovatno strmu i vijugavu stazu pre nego što je stigla do raskršća s putem na padini litice i zadihana se zaputila pored vile *San Mikele* – mesta koje nije stigla da istraži sa Idit.

Suze su ponovo potekle kad je stigla do kapije umetničke kolonije. Otvorila ju je odgurnuvši je i osetila kako je obavija umirujuća tišina vrta. Oblaci su zaklonili sunce, a ta iznenadna tmurnost slagala se s njenim raspoloženjem. Čak i tad, dok je uskomešanih misli prolazila stazom između limunovih stabala i blistavozelenog žbunja, to mesto je bilo nešto što je moglo da odagna stvarni život. Mesto na koje bi pobegla. Zar nije upravo to uradila?

Prigušeni glasovi pronosili su se vrtom, ko god da je govorio bio je zaklonjen žbunjem. Uhvatila je nekoliko reči na nemačkom. Zapitala se da li je Idit tu ili negde u Anakapriju sa svojim skicen-blokom.

Fern se zaputila ka vili i uz široko stepenište ka velikom ulazu. Zastala je ispred vrata. Nije mogla tek tako da uđe; više nije gost. Udarila je velikim zvekirom i sačekala.

Očekivala je domaćicu, Anu, ali kad su se vrata širom otvorila srce joj je preskočilo pred Mateovim obrisima u senci.

– Fern?

Suze su joj ponovo grunule kad ga je ugledala i čula njegov poznat utešni glas.

– Otkud ti ovde?

– Izvini, nisam znala kuda da odem.

Prišao je bliže i zagrlio je. Jecala je privijena uz njega, kvaseći mu lanenu košulju. Koliko puta je u proteklih nekoliko dana čeznula da je privije u zagrljaj? A jedan jedini put kad je on to učinio, jedan jedini put kad se prepustila osećanjima i nakratko se poljubila s njim, zaustavila ga je. Ali nije želela da bude ovako – bolno i uznemireno strašnom istinom koja je konačno izbila na videlo.

– Hej – rekao je, nežno joj otrevši suze palčevima. – Šta se dogodilo?

Uzdahnula je i pomislila: *Kako uopšte da počnem?*

Mateo ju je uhvatio za ruku i poveo je kroz kuću. Bila je sredina popodneva i bilo je mirno. Fern je pomislila da su gosti još napolju, da istražuju ili da su se negde zavukli i slikaju. Stigli su do prostrane oranžerije, a on je zatvorio vrata za njima.

Iako su s tri strane bili okruženi staklom s pogledom na vrt, ta obično svetla i sunčana odaja bila je tmurna kao i sivilo napolju. Olujni oblaci koji su se navlačili dok je Fern pešačila preko ostrva sad su prekrivali nebo.

Mateo je upalio lampe na stolovima sa obe strane sofe, seo i potapšao mesto pored sebe.

– Da čujem, Fern. Šta se dogodilo?

– Rekla sam ti da sumnjam da me muž vara... – Sela je, duboko udahnula i pogledala ga u oči. – Pa, Stela mi je upravo to potvrdila.

Mateo je zaškiljio. – Otkud ona zna?

– Zato što je ona samo jedna od onih s kojima mi je bio neveran.

Kad je to izgovorila naglas Mateu, zazvučalo joj je još stvarnije. Još stvarniji joj je bio prizor Stele koja, samo nekoliko sati ranije, stoji na terasi vile priznajući nešto što je Fern do srži uzdrmalo. Kako je mogla da ne zna? Kako je mogla da bude tako slepa za osećanja koja je Stela sve te godine gajila prema Polu? Osećanja koja je njena najbolja prijateljica gajila prema njenom mužu. Život je krajnje okrutan. Jedina osoba kojoj se uvek obraćala izdala ju je.

„Spavala sam s Polom." Steline reči obavile su joj se oko srca uvrćući se i stežući ga sve dok joj nisu skoro oduzele dah. Vreme kao da je usporilo, a ona je primećivala svaki detalj: suze koje su sijale u Stelinim uplašenim očima; graške znoja na njenoj gornjoj usni; način na koji je stegla kameni zid tako da su joj napeti zglavci pobeleli. Ali kad je počela da govori, kao da se podigla brana, cela ta gnusna stvar je pokuljala, od Steline i Polove pijane ludorije pre nego što su se Fern i Pol uopšte upoznali do druge pijane odluke skoro dve decenije kasnije, kad je usamljenost gurnula Stelu u Polov zagrljaj.

Mateo ju je gledao, čekajući da ona nastavi da priča. Shvatila je da se udubila u misli, ponavljajući svoj razgovor sa Stelom. Smirila se; došla je ovamo s razlogom. Mateo je sedeo s njom, spreman da sluša, lice mu je bilo prožeto brigom.

– Pre otprilike godinu dana, moja najbolja prijateljica je spavala s mojim mužem. – Izgovorila je to ravnodušno, kao da govori o nekom drugom. – Uverila me je da se to dogodilo samo jednom otkako smo nas dvoje u braku, ali nije ona jedina s kojom se petljao. Ima drugi, tajni telefon, čiji broj daje ženama s kojima spava, uključujući i Stelu. To je skraćena verzija.

Mateo je stisnuo vilicu dok je odmahivao glavom. – *Che bastardo.*[7]

---

[7] It.: kakva baraba. (Prim. prev.)

– Potpuno se slažem s tobom. – Otrla je suzu sa obraza. – Bila sam tako glupa.

– Ne možeš tako da razmišljaš, Fern. – Prišao je bliže, zabrinutost mu je namrštila čelo. – Nema ničeg lošeg u tome što si se trudila da ti brak uspe.

– Glupa sam što sam zanemarivala sve znake i što nisam slušala uporan glas u sebi. Godinama sam tako živela, pravili su me budalom.

Krupne kapi kiše koje su tukle o staklo naterale su ih oboje da poskoče. Preteći tamni oblaci pretvorili su vedro popodne u preuranjen sumrak. Osećala se bezbednom učaurena između staklenih zidova oranžerije dok je kiša pljuštala, zapljuskujući lišće i dobujući po stazi.

Okrenula se ka Mateu. – Toliko dugo sam se osećala krivom što nisam bila srećna sa svojima. Što nisam bila zadovoljna lepim domom, mužem, zdravom i srećnom decom.

– Ne bi trebalo da osećaš da moraš biti zadovoljna bilo čime od toga. Svakako ne mužem preljubnikom. A sad kad su ti deca odrasla, treba da misliš na još nešto osim na njih, i da se usredsrediš na sebe. Nećeš im učiniti uslugu budeš li nesrećna. Ako im je stalo do tebe i ako te vole, onda neće želeti takvu da te gledaju. – Posegnuo je za njenom rukom i stegao je. – Mada razumem tu krivicu. Ponekad se osećam krivim što razmišljam o tome kakav bi mi život bio da nije bilo nesreće. Pomisao da sam mogao da odrastam daleko od toskanske kolonije ispunjava me tugom, ali onda shvatim šta je to značilo i osetim strašnu krivicu, jer kad bih mogao da vratim vreme i promenim sudbinu svojih roditelja, uradio bih to bez razmišljanja.

Zaćutali su, isprepletenih prstiju, kiša je nekako utešno dobovala.

– Ljuta sam zbog svih tih laži – rekla je Fern na kraju. – Nije me briga za Pola. Očigledno odavno ne mari za mene. Ovo je podstrek koji mi je bio potreban da promenim svoj život nabolje. Da odem. Moja karta za izlazak iz zatvora.

– Ako zaista tako osećaš, onda upravo to treba da uradiš.

Zadržala je njegov pogled upijajući ga, želeći da su se upoznali pod drugačijim okolnostima. Dovoljno je bilo da ga pogleda pa da oseti sukob između onoga što oseća i onoga što je ispravno. Udahnula je citrusni miris oranžerije, koji je bio utešan kao i Mateovo prisustvo, tiho i pouzdano.

Preplavio ju je umor. Komešalo se tako mnogo osećanja. Nije se borila samo s besom, tugom i bolom; bilo je tu i uzbuđenja, mogućnosti, nade. Mešavina osećanja koja joj nije dozvoljavala da razmišlja trezveno.

– Mogu li, molim te, da prenoćim ovde? – Ruka joj se ukočila u njegovoj. – Ne mogu da se vratim i sve da ih vidim.

– Naravno, ona soba je i dalje tvoja.

Pogledi su im se susreli. Znala je o čemu on razmišlja, jer je i sama o tome razmišljala, da bi strast koja buja ispod površine mogla da se ostvari. Obožavala ga je što je nije terao na nešto zbog čega bi mogla zažaliti; obožavala ga je što ju je razumeo i podržavao, što joj je ponudio prijateljstvo ne očekujući ništa više.

Pošto je otvorila srce Mateu, Fern se povukla u svoju sobu i zaspala. Bio je mrak kad se probudila. Kiša je bila prestala i bilo je svežije, vazduh je dopirao kroz otvoren prozor doneseći sa sobom miris rastinja i vlažne zemlje. Fern je zažalila što nije ništa ponela kad je otišla iz vile, čak ni džemper. Pitala se šta li Amber misli, a onda se osetila grozno što nije razgovarala s njom pre nego što je izletela.

Upalila je lampu pored kreveta i prisilila se da ustane. Petunije u žardinjeri na prozoru njihale su se na svežem povetarcu. Uzdrhtala je i zatvorila prozor. Da li je bila nepromišljena što je pobegla umesto da se suoči s događajima? Da li će se zabrinuti za nju? Duboko je udahnula; mora bar jednom da misli na sebe.

Od kucanja na vratima je poskočila. Prešla je preko sobe i otvorila vrata. Očekivala je Matea, ali je zatekla Idit s poslužavnikom.

– Razgovarala sam s Mateom. – Zaverenički je pogledala u Fern. – Mislili smo da ćeš možda ogladneti. Rekla sam da ću ti ja doneti hranu.

Fern je bilo teško da zadrži suze ganuta njihovom dobrotom. – Hvala vam – rekla je, izmakavši se da je propusti.

201

Idit je spustila poslužavnik na sto pored fotelje i pružila Fern činiju. – Rižoto s račićima začinjen limunom iz vrta. Danas smo to imali za večeru. Mateo nije hteo da te uznemirava.

Fern je izgubila pojam o vremenu. Zahvalno je obujmila činiju rukama i sela na fotelju, dok se Idit spustila na ivicu kreveta.

– Znači Mateo vam je preneo sve što se dogodilo? – Fern je uzela kašiku rižota.

– Jeste. Nadam se da ti ne smeta?

Fern je odmahnula glavom i probala mirisni, citrusni pirinač. Laknulo joj je što nije morala ponovo da priča celu priču. Jednom je bilo dovoljno. Šta li je, dođavola, Mateo mislio o njoj? Teško da je bilo pošteno što ga je opteretila svojim bolom i tugom. Teško je bilo poverovati da se njih dvoje poznaju manje od nedelju dana, pa ipak, povukla se ovde našavši utehu u dvoje neznanaca. *Ne, ne neznanaca,* pomislila je. *Dvoje novih prijatelja.*

Podigla je glavu s rižota i pogledala u Idit. – Šta biste vi uradili na mom mestu? Da ste upravo otkrili da vam je muž lažljiva, neverna baraba?

Idit je prekrstila ruke u krilu i uzdahnula. – Da, pitanje je. Šta bih ja uradila...? Nisam sigurna da sam ja najbolja osoba koju treba to da pitaš, s obzirom na to da se zbog mnogo čega kajem i da sam napravila mnogo grešaka kad je reč o ljubavi. Zato mogu samo da te savetujem sa svoje nekvalifikovane tačke gledišta. Ali jedno znam: kad se, ovoga puta, budem vratila kući, moraću da budem iskrena prema sebi. U vezi sam sa udatom ženom koja mi je jasno stavila do znanja da neće ostaviti muža i ujedno se stidi onoga što jesmo. To nikad ne bi moglo postati javno; nikad mi nećemo biti istinski srećne.

Fern je spustila činiju i sela kraj nje. – O, Idit, tako mi je žao.

– Ne treba da ti bude žao, draga Fern. – Potapšala ju je po ruci. – Ako ništa drugo, još jedan dolazak ovamo naveo me je da shvatim da sam srećna i sama. Da me ne shvatiš pogrešno. Volim društvo. Uživala sam u vremenu koje sam provela s tobom, Mateom i drugim gostima, ali ne mogu više da živim u laži. A mislim da je isto i kod tebe. Nisi bila srećna sa svojim mužem i pre nego što si otkrila

istinu. Sad znaš, izvan svake sumnje, kakav je on zaista. Zaslužuješ mnogo više. Zaslužuješ da budeš srećna, i ako to znači nastaviti sama, koliko god bilo teško i zastrašujuće, zar ne bi to bilo najbolje na duge staze.

Fern je klimnula glavom, ne mogavši da progovori iz straha da ne brizne u plač.

– Jesi li razgovarala sa svojim mužem?

Fern je odmahnula glavom. – Još ne mogu. U ovom trenutku osećam da bih bila zadovoljna da nikad više ne progovorim s njim i nikad ga više ne vidim. Tako sam besna. Besna sam na oboje, ali Pol... – Stegla je deo čaršava načas zamišljajući da steže Polov vrat.

– Divim se tvojoj uzdržanosti.

Fern se namrštila. – Šta hoćete da kažete?

– Što ne urlaš na svog muža preko telefona. Ja nisam sigurna da bih uspela da držim jezik za zubima. Ali divim se i tvojoj uzdržanosti prema Mateu.

Susrela je Iditin pogled.

– Vaša uzajamna privlačnost nabijena je elektricitetom. Treba da budeš slepa da to ne vidiš. I koliko god Mateo želeo da među vama bude nečeg više, tvoje ponašanje je časno...

– To zaista nije...

Idit je podigla ruku. – Tvoje ponašanje i uzdržanost su za divljenje – odlučno je rekla. – Navode me na pomisao da će te Mateo zbog toga samo još više zavoleti.

31.

STELA

Sat-dva pošto je Fern izletela iz kuće, Amber je našla Stelu kako jeca u svojoj sobi i tešila ju je pre nego što je cela istina izbila na videlo, a Amberina briga se preobrazila u bes. Stela nije mogla da se suoči s ponovnim pričanjem te mučne priče, ali znala je da mora, zato je pozvala Kloi i obe ih posadila da sednu u dnevnu sobu. Osećala se kao da govori o nekom drugom dok je bezizrazno razotkrivala svoju zbrkanu prošlost, priznajući vezu s Polom za jednu noć kao i da zna da on nije bio neveran samo s jednom ženom, kao što je Amber mislila.

Kloi je ćutala, posivela u licu. Kad je Stela završila priču, ni reč nije rekla, samo je odmahnula glavom i istrčala iz sobe. Amberin raniji bes je iščileo te je ostala zbunjena i potištena. Ćutke su sedele, dok je napolju besnela oluja. Prozori su se tresli na vetru, a kapi kiše dobovale po tlu. Stela je uzdrhtala i navukla čvršće rubove džempera.

– Imaš puno pravo da budeš besna na mene – Stela je na kraju rekla. – Bog zna da je Fern besna.

Amber je frknula, ali ništa nije rekla. Bila je namrštena, ruku prekrštenih na grudima, stisnutih usana. Steli je izgledala kao da još pokušava da shvati šta se dogodilo. Znala je da je to previše za nju.

– Jasno ti je da si uništila vaše prijateljstvo – hladno je rekla Amber.

Stela se trudila da je ne izda glas. – Svesna sam šta sam uradila. Ali nisam mogla da joj ne kažem. Zaslužuje da zna istinu. I sama to znaš.

Amber je frknula. Lice joj je odavalo bol, kao da pokušava da zadrži suze. – Kad sam ga uhvatila... nisam mislila da je to prvi put. Pretpostavila sam da je bilo još žena. Ali nisam mislila da si ti jedna od njih. Poneo se prema mami kao govnar. Kao i ti.

– Znam. *Znam.* Nema opravdanja. Uverila sam sebe da to zapravo i nije varanje zato što sam već spavala s njim i pre nego što je bio s tvojom mamom, ali to je nekako samo pogoršalo stvar, kao da sam sve ove godine krila tu veliku mračnu tajnu.

– I jesi.

Stela je ispružila ruke, pokušavši da umiri Amber čije je lice sad odavalo buru osećanja. – Ne mogu da promenim ono što se dogodilo, ali ako postoji nešto što mogu da uradim da pomognem Fern da prođe kroz ovo, uradiću to.

Amber je iznenada ustala zakačivši u žurbi svećnjak na stočiću. – Zar ne misliš da si dovoljno uradila?

– To ne znači da mi nije stalo, ili da ne želim da pokušam da popravim stvar.

– Neću više da razgovaram o tome. Reč je o mojim roditeljima. O mom ocu s kojim si... – Duboko je udahnula i ugrizla se za usnu. – Idem u svoju sobu.

– Treba da telefoniraš ocu i ubediš ga da ne dolazi sutra ovamo.

– Ne. Ne moram ja ništa da uradim. To je tvoj problem.

Stela je gledala Amber kako odlazi. Trenutak kasnije, vrata na spratu su se zalupila. Stela se sručila na ivicu najbliže sofe. Kolosalno je zabrljala. Razbesnela je svoju i Ferninu ćerku. I jadnu Fern. Nije mogla da je krivi što je otrčala, verovatno u naručje Italijana koji joj se tako očigledno sviđa. Stela je prekorela sebe dobro znajući da je to poslednje na šta bi Fern pomislila, pa čak i da jeste, Steli je bilo jasno da nije bila u položaju da je osuđuje. Otišla je iz vile zato što je htela da pobegne od *nje*. *Ona* je bila uzrok njenog bola. Zapravo, ne samo ona nego i Pol. On se zavetovao i nebrojeno puta prekršio zavete. On ne zaslužuje da prođe nekažnjeno.

Uzela je svoj mobilni sa stočića i ponovo pozvala Pola. I dalje nije bilo odgovora. Pozvala je tajni broj. Preusmerio ju je pravo na govornu poštu. Bacila je telefon na sofu.

Možda bi trebalo da uzme taksi i ode u koloniju, još jednom se izvini i pokuša da razgovara s Fern. Znala je da je to glupa zamisao. Fern je s razlogom otišla i trebalo joj je vremena da sve to obradi. Najmanje što je mogla bilo je da joj to dopusti.

Budući da je Fern otišla, Pol se nije javljao, a devojke su otišle u svoje sobe, nije bilo više ništa što bi Stela mogla da učini. Na trenutak je pomislila da telefonira Luki. Uzdahnula je. Pozdravili su se u marini na Kapriju uz poljubac. Razmenili su brojeve i dodali jedno drugo kao prijatelje na Fejsbuku. Ostaće na vezi, a on će joj pomoći da nađe kuću na ostrvu, ali nije bila sigurna da tu ima ičeg više osim toga. Poslednje što je želela bilo je da ga pozove sa svojom tužnom pričom o tome kakva je neizreciva kučka bila. Umesto toga će otići rano u krevet, u bednoj večeri pred sobom koju će provesti sama.

Stela se probudila sa slabim suncem koje se pomaljalo kroz prozor. Nebo je bilo bledoplavo i prošarano visokim belim oblacima. U glavi joj je bilo kao da je boksovala deset rundi s Tajsonom Fjurijem, ali to nije bio mamurluk.

Dan je možda vedar, pomislila je dok se tuširala i oblačila ošamućena, *ali sprema se oluja.*

Doručak je bio sumoran, ni Amber ni Kloi nisu želele da razgovaraju. Ako je Violeta i naslutila da nešto nije kako treba, nije pitala.

– Dosta je bilo – na kraju je Stela rekla, kad su popile svoj late i pojele svež hleb sa džemom od jagoda. – Ljute ste na mene, jasno mi je, ali to nikome ne koristi. – Izmakla je stolicu pa se ushodala po terasi pokušavajući da uobliči misli. Pogledala je u smrknutu Amber. – Telefonirala sam tvom tati sinoć, ali nije odgovarao. On i tvoja sestra stižu po podne. – Okrenula se ka Kloi, koja je još od prošle večeri bila namrgođena. – Stižu i Džejkob i Rod. A Fern nije tu, uznemirena je i ne zna ni da će Pol biti ovde. Da ne pominjem da bi sutra trebalo da proslavimo naše rođendane. Dakle, zabava. – Prekrstila je ruke i zagledala se u njih. – Možete da budete ljute na mene koliko god hoćete, ali moramo se uveriti da je Fern dobro. Slažete li se sa mnom ili ne?

Obe su klimnule glavom. Steli je laknulo što su naoko razumele težinu okolnosti i nisu stavljale sarkastične primedbe, koje je, znala je, zaslužila.

– Onda – rekla je. – Fern nam je prioritet.

– Ne znamo ni da li je dobro – rekla je Amber klimnuvši glavom. – Ostavila je svoj telefon ovde.

– Mislim da je vreme da je nađemo. A kad kažem mi, mislim na tebe. Ja znam gde je kolonija; hajde da ti pozovemo taksi.

32.

FERN

Bilo je olakšanje vratiti se u koloniju i ponovo provoditi vreme s Mateom, naročito posle događaja od poslednja dvadeset četiri sata, ali Fern je bila užasnuta pri pomisli da se ponovo oprosti. Užasavala se i pri pomisli da za vikend ide kući, nazad Polu i njihovom pogubnom životu.

Idit je bila uteha. Njeno neočekivano prijateljstvo bilo joj je preko potrebno i Fern se nadala da će se ono nastaviti i kad se vrate u Britaniju. Nije bila raspoložena za druženje sa ostalim gostima; nije želela da otkrije svoj bol tako što će bilo kome drugom ispričati svoju priču. Takođe je znala da ne može večno da se skriva. Rubi će stići za nekoliko sati, a bar nju je žudela da vidi. Rubi joj je prethodnog jutra poslala poruku ispunjenu uzbuđenjem zbog svoje leteće posete Kapriju. Fern je morala da se vrati i suoči se s događajima. Uostalom, i dalje je nosila odeću od prethodnog dana i osećala se glupo što je pobegla.

Bilo je vreme da se oprosti s Mateom i Idit, i možda će ovoga puta, s još tri noći na ostrvu, to biti poslednji put. Mada nije želela da bude. Preplavilo ju je mnoštvo osećanja kad je zatvorila vrata sobe za sobom i pošla dugačkim popločanim odmorištem ka stepeništu.

Misli su joj odlutale ka Toskani. Bila su to dvadeset četiri sata provedena u mehuru. Bilo je glupo i pomisliti da može da sačuva takvu vrstu zadovoljstva. Ne ide to tako u životu. Možda je tako mislila dok je bila mlada i naivna tinejdžerka uverena da je nepobediva i da je svet njen, ali više to ne misli.

Mateo je išao ka stepeništu. – Upravo sam pošao da te nađem. Imaš posetioca. – Pokazao je iza sebe i izmakao se.

Fern je sišla niz nekoliko preostalih stepenika, pogled joj se spustio na poznatu priliku koja je s nelagodom stajala u velikom holu.

– Amber?

– Zdravo, mama. Pomislila sam da bi trebalo da te potražim. Da se uverim da si dobro.

Oči su joj bile crvene i otečene, njen obično savršen ten i savršeno našminkano lice bledi i prirodni. Njen zabrinut izgled istopio je Fern srce. Nije samo ona prošla kroz muke.

Mateo je nežno spustio ruku Fern na rame. – Idite u moju radnu sobu da popričate; tamo vas niko neće uznemiravati.

Fern je povela Amber u radnu sobu odmah iza hola. Pol i Stela su pogrešili, ipak, Fern je bilo sramota što je Amber morala da je traži i što ju je našla tu s Mateom. Iako nije bila „s njim" u tom smislu, brinula se kako to izgleda. Takođe je bila zabrinuta što je Amber prošla kroza sve to zato što je njen otac bio preljubnik i uvukao je u svoje laži kako bi sebe zaštitio.

Fern je zatvorila vrata pa su sele u fotelje kraj police s knjigama u uglu. Bila je bolno svesna koliko je poremetila Mateov život i ovu mirnu koloniju time što je istresla svoj jad na njega kao da ga poznaje godinama, a ne samo nekoliko dana.

– Izvini, mama. – Amber je prekinula tišinu.

– Za šta se izvinjavaš?

– Što sam se ponela kao govno prema tebi. Nisam znala za Stelu i, ovaj... – zastala je i zgrčila vilicu.

– Ali znala si da me vara?

Amber je klimnula glavom. – Da.

– Ja treba da se izvinim. Trebalo je sve to da uvidim; način na koji si se ponašala. Pretpostavljam da je netrpeljivost koju si gajila prema meni možda razočaranje jer nisam videla kroza šta prolaziš. Ili sam izabrala da ne vidim. Mislim da sam znala, ali nisam mogla da prihvatim očigledno. Nisam htela da se osećam kao da sam protraćila svoj život s nekim kome nimalo nije stalo do mene.

Amber je posegnula preko malog rastojanja i stegla je za koleno. – Mama, nisi protraćila život. Ja nisam traćenje, zar ne? Kao ni Rubi.

– Ako se izuzme to što sam podigla vas dve, na šta sam beskrajno ponosna i ne bih to promenila ni za šta na svetu, nisam uradila ništa sa svojim životom. I sama si to rekla.

– Nisam bila pri sebi.

– Ali to je istina. Nemam karijeru, nemam pravu strast. Lutam otkako ste ti i Rubi otišle od kuće. Bila sam vrlo nesrećna, ali ne i dovoljno hrabra da bilo šta preduzmem. A tu je i vaš otac...

– Koji se prema tebi poneo kao da si krpa. Ali sad znaš i možeš nešto da preduzmeš. Mnogo mi je žao što sam čuvala tu tajnu. Odavno je trebalo nešto da kažem. Bila sam potpuno rastrzana pitajući se šta je ispravno.

– Otac te je doveo u nemoguć položaj. *Nije* trebalo to da uradi. On je jedini koga treba kriviti... dobro, ne baš jedini. – Fernine oči su se zamaglile od suza. Shvatila je da ju je više povredila Stelina nego Polova izdaja.

– Hej, mama, nemoj da plačeš. – Amber se spustila na ivicu Fernine fotelje i obavila ruke oko nje. – U redu je. On jeste moj otac, ali mrsko mi je to što je uradio tebi i našoj porodici. I žao mi je što sam bila tako grozna prema tebi.

– Pa, ako je išta dobro proisteklo iz svega ovoga, onda je to činjenica da nas je zbližilo. Zahvalna sam na tome. – Fern ju je privila uza se jecajući na njenom ramenu, uživajući u utešnom zagrljaju svoje ćerke posle napetosti među njima poslednjih godinu-dve. Fern pre svega nikad neće oprostiti Polu što je prisilio njihovu ćerku da postane deo njegovih laži, i stavio toliki nezdrav teret na nju.

Pustila ju je pa uzela maramicu iz kutije na radnom stolu da obriše suze.

Amber se slabašno osmehnula. – Videla sam samo delić, ali ovo mesto je raskošno.

– Jeste. Nedostajaće mi. – Susrela je Amberin pogled i videla toplinu i razumevanje koji su tako dugo bili odsutni. Shvatila je da joj srce treperi. Odlazak će jednu tugu zameniti drugom. Osećanja su joj bila zbrkana; u mnogo čemu je bila sigurna šta joj valja činiti, ipak, bilo je i mnogo neizvesnosti u pogledu budućnosti i njene sreće. Izboriti se s propašću braka s Polom biće relativno lako u poređenju sa onim što dolazi posle toga.

Amber je ustala, uhvatila Fern za ruku i podigla je na noge. – Hoćeš li se vratiti sa mnom u vilu?

– Da, ne mogu zauvek da se krijem. Sutra bi trebalo da proslavimo rođendane. – Gorko se osmehnula. – Ponekad se moraš suočiti s kaznom.

– Kad smo kod toga. Malo sam zabrljala s tatom pre neko veče na jahti. Bila sam pijana i besna i poslala sam mu poruku da ću ti reći istinu, a onda sam se skroz uplašila. Rekao je da je uspeo da rezerviše kartu i da dolazi ovamo s Rubi. Žao mi je.

Fern je prožela hladnoća, a želja da se vrati u vilu još više je splasnula. – On, dakle, ne zna da ja sve znam? I za njega i Stelu?

– Ne, ne zna za to; uspaničio se misleći da ću ti *ja* reći šta znam. Zamolio me je da ti ne kažem. Stela je pokušala da ga spreči da dođe.

– Kladim se da jeste. – Fern je pogledala na sat i duboko udahnula. – Dobro, onda bolje da se vratimo.

Pomisao da će se naći licem u lice s najboljom prijateljicom i sa svojim mužem, dvoje ljudi kojima je najviše verovala i koji su je najteže izneverili, bila je neizbežna. Nije bilo svrhe dalje odlagati.

Fern se oprostila s Mateom i Idit, ali im je obećala, njima i sebi, da će ponovo doći da se kako treba pozdravi pre nego što zauvek ode sa ostrva. Zbrkana osećanja koja su ključala u njoj vratila su se dok su se vozile taksijem.

Okružena bujnim vrtom, vila je, ako ništa drugo, umirujuće delovala na Fern. Taj mir ju je podsećao na onaj u koloniji, zatim i na Toskanu, no preplavio ju je talas tuge.

Amber je pošla ispred i otvorila velika drvena prednja vrata. Fern je duboko udahnula i zakoračila unutra.

– Vratile smo se! – doviknula je Amber, glas joj je odjekivao kroz hol.

Fern je planirala da se odmah zavuče u svoju sobu da bi se istuširala, ali možda je Amberina objava njihovog dolaska bila neizbežan ishod. Iako pojma nije imala kako će se Stela i ona izvući iz ovoga.

Koraci su odjeknuli preko popločanog poda i Stela se pojavila u dnevnoj sobi otečenih očiju i namrštena. Fernina prva reakcija bila je da je zagrli, ali se zaustavila. Sve je to Stelino maslo. *Ne*, ne samo njeno, nego i Polovo, ali Stela je bila ta koja je stajala pred njom.

– Hej – tiho je rekla Stela.

Kloi se pojavila iza majke prošavši pored nje i obavila ruke oko Fern. – Drago mi je što si se vratila. – Pustila ju je, slabašno se osmehnula i rukom pozvala Amber dok je prilazila stepeništu.

Nije bilo neobično što se Kloi uzrujala; sve tri su odrasle zajedno. Fern je Kloi bila kao tetka, kao i Stela Amber i Rubi. Samo je mogla da zamisli koliko se rastrzanom oseća što joj je majka spavala s Ferninim mužem. Kloi je poznavala i Pola; mnogo vremena su provodili zajedno tokom godina: na rođendanskim žurkama, izletima, roštiljanju u bašti jednih ili drugih, odmorima, kad bi došla da prespava... spisak je bio beskrajan, zbog čega je sve to bilo još bolnije i teže razumeti.

Amber je poljubila Fern u obraz pa pošla za Kloi uza stepenice.

Fern i Stela su se gledale preko hola. Isprva se ništa nije događalo.

– Čujem da će Pol uskoro doći.

Stelini preplanuli obrazi su porumeneli. Odmahnula je glavom. – Zvala sam ga ali nije se javljao.

– Baš čudno.

– Da li se tebi javio? – glas joj je bio ispunjen strahom.

– Pojma nemam, ali sumnjam u to. Razgovarala sam se njim samo jednom otkako smo ovde, a i to je bilo zato što mu je nešto trebalo. Ali možda je tako najbolje. Kad on dođe ovamo, *sve* će izbiti na videlo. Ne može više da krije istinu.

Stela je oprezno zakoračila. – Tako mi je žao, Fern. Kad bih mogla da vratim vreme i drugačije postupim, uradila bih to. – Stisla je vilicu kao da pokušava da obuzda osećanja. – Jesi li dobro?

– Dobro sam. – Fern je prekrstila ruke. Znala je da pokušava da ubedi sebe da je to istina.

– Drago mi je što si našla utehu kod Matea.

Bes je zapljusnuo Fern. – Da se nisi usudila.

– Šta? – Stela je podigla ruke.

– Da aludiraš na način na koji me je utešio. – Fern je odmahnula glavom. – To je tako daleko od istine i razloga zbog kojeg sam otišla tamo. Morala sam da pobegnem od *tebe*. I da, bilo je utešno razgovarati s Mateom *i* sa Idit, s ljudima koji nisu umešani u ovu... ovu... brljotinu. Zato što je to upravo to. Grozna brljotina, Stela. Kako si mogla?

Stela je krotko pogledala u nju. – Izvini, nisam htela da kažem da se dogodilo nešto između tebe i Matea, samo sam se nadala da jeste.

– Da li bi to tebe učinilo manje krivom, da sam ja spavala s njim? I vrlo dobro znaš zašto nisam. – Sevala je pogledom na nju. – Ja nisam kao ti.

– Ne, nisi. Znaš li koliko sam ti zavidela, otkad smo se upoznale? Zavidela sam ti na tvojoj popularnosti, na tvojoj lepoti za koju nisi morala da se trudiš, na tvojim usnama nalik ružinom pupoljku i besprekornoj koži. I zavidela sam ti što si zarobila Polovo srce.

– Hoćeš da kažeš zaskočila ga, zar ne? Zar nisi to pomislila kad sam zatrudnela s Polom?

– Ne, zaboga, Fern, ne. Znala sam da je to bilo slučajno. Htela si da ideš na fakultet i pobegneš od roditelja, od svega. Znala sam da nisi stvarno zaljubljena u Pola.

– Ali ti si bila?

Stela je odmahnula glavom. – Ne znam. Možda jesam, možda nisam. Zavidela sam ti, to je istina. I dalje ti zavidim. Ti si najprijatnija osoba koju poznajem. Pol i ja smo imali pijanu vezu za jednu noć, onda je on ušao u ozbiljnu vezu s tobom. Kao da sam očekivala da ćete na kraju raskinuti, a onda, ko zna... Tad si ti ostala u drugom stanju... Ne znam, to je sve promenilo.

– Uglavnom je za mene sve promenilo. Bila sam zarobljena s roditeljima dok si ti pobegla na fakultet, upoznala nove ljude i uspela da diplomiraš pre nego što se tvoja „nezgoda" dogodila. Ali dotad si bila u daleko boljem položaju nego ja.

– Nisi morala da se udaš za Pola – bezizrazno je rekla.

– O, stvarno? Misliš? Kakve sam mogućnosti imala osim da ostanem kod kuće s roditeljima, koji su se mnogo razočarali u mene? Pol je ispravno postupio, iako sam prilično sigurna da je razmišljao da se izvuče. Trpeli smo pritisak i mojih i njegovih roditelja. Bili smo glupi i dekintirani. Šta misliš da smo mogli da uradimo? I meni se Pol sviđao. U to vreme, verovatno sam čak verovala da je to prava ljubav. Usredsredila sam se na nas kao porodicu i izvukla najbolje iz loših okolnosti. Nikad ne bih izabrala da imam decu tako mlada. Bio je to težak, krvav rad i zahvalna sam Polu što je istupio i preuzeo deo odgovornosti. Možda sam se i zato pravila da ne vidim neke stvari, zato što je mogao da ode ali nije. Kako god da se ponašao posle toga, ostao je uz mene.

– Ništa mu ne duguješ, više ne.

Fern je znala da je to istina, ali to nije bilo tako jednostavno kao što bi bilo početi od početka. Zadrhtala je u svežini hola. Devojke su bile gore, te je u vili bilo tiho. Zapitala se gde je Violeta, nadajući se da ne prisluškuje taj razgovor. Verovatno je u kuhinji spremala hranu za sve koji stižu. Ponovo ju je obuzela zabrinutost. Stela ju je gledala, čekajući da ona nešto kaže.

– Zna li Rod za tebe i Pola? – naposletku je upitala.

– Ne znam.

– Jesi li spavala s Polom dok si bila s Rodom ili s Garijem?

– Ni sa jednim od njih dvojice. Bila sam sama, i to se desilo samo jednom. Kunem se.

– Ako se izuzme ono jednom pre nego što smo Pol i ja ušli u vezu. Znači dvaput. – Fern je duboko udahnula i smirila se. Začudo, osećala se prilično smireno. Bes, bol i nemoć strujali su ispod površine, ali morala je sve to da obuzda, makar zbog Džejkoba. I Rubi. Nije imala pojma da li Rubi zna bilo šta od toga, da li joj je Amber rekla, i da li se pitala zašto je njen otac odlučio da im se pridruži na Kapriju tih poslednjih nekoliko dana.

Pred skorašnji dolazak njihovih porodica, prostrana, elegantna vila odjednom se činila klaustrofobičnom. Uskoro će im se pridružiti još četvoro njih i biće još napetije. Fern je odlučila da bude bolja od njih i da se smireno suoči s događajima. Biće dovoljno vremena za razgovor s Polom daleko od svih ostalih, zato neće praviti scenu.

Hladno je pogledala u Stelu. – Ima li dovoljno mesta za sve? Zato što on neće spavati sa mnom. – Zastala je, ali nije mogla da se uzdrži a da joj na kraju ne prebaci. – Mada je, naravno, tu i tvoj krevet, zar ne.

Udaljila se da se spremi za dolazak Roda, Džejkoba, Rubi i svog prokletog muža.

33.

STELA

Kako je, doђavola, Fern zadržala hladnokrvnost i dočekala sve kao da se ništa nije desilo, Stela nije imala pojma. Pognula je glavu kad je Pol ušao u hol sa širokim osmehom, usredsredivši se na Fern i rekavši: – Iznenaђenje!

Bilo je mnogo aktivnosti i malo vremena za razmišljanje dok su ih dočekivale s dobrodošlicom. Džejkob je, neuobičajeno, zagrlio Stelu.

– Nedostajala sam ti, a? – rekla je, razbarušivši mu kosu. Trebalo mu je šišanje. Takoђe je pomislila kako je porastao otkako ga je poslednji put videla, i u trinaestoj je bio visok skoro kao ona.

– Hej – rekao je Rod, poljubivši je u obraz. – Lepo mesto. – Izvio je obrvu.

Povela ih je dalje kroz vilu, dok je pokušavala da drži na oku Ferninu porodicu. Samo se Pol čuo – *iskupljuje se,* pomislila je, *verujući da je u govnima.* Ništa on još ne zna.

– Samo sam mislio, ovaj, kako bi bilo lepo da jednom budemo svi zajedno – rekao je u odgovor na pitanje otkud on tu. Zagrlio je Amber i Rubi.

Amberino lice je bilo rečito. Izgledala je kao da joj je ozbiljno nelagodno u poreђenju s Rubi, koja je u čudu gledala okruženje.

– Uspeo si da odvojiš vreme od posla, zar ne? – Fernin glas je bio odsečan i ispunjen nevericom.

– To je prednost kad si šef. – Njegov dubok glas ispunio je hol.

Stela ih je kroz vilu izvela na suncem okupanu terasu kraj bazena, uz olakšanje što ih prati Džejkobovo uzbuђeno čavrljanje.

Violeta je već bila postavila sto za kasni ručak, koji je bio savršeno odvraćanje pažnje od tinjajuće napetosti. Pošto su se divili pogledu i istražili bazensku terasu, svi su seli i zamezili svež hleb, masline, sireve, kobasice i salate.

Stela nije imala apetita, iako joj je stomak krčao. Čeprkala je po svom tanjiru neobično pregrejana i obuzeta nelagodom uprkos prijatnoj toploti i laganom povetarcu. Primetila je da je i Fern jedva nešto pojela. Džejkob je to nadoknadio slažući hleb, kobasicu i sir na svoj tanjir. Primetila je da nije uzeo salatu.

Rod, Rubi i Pol su zadovoljno razgovarali o svom putovanju. Budući, srećom, ne naročito pažljivi, Rod i Pol nisu pitali kako su se one provele na Kapriju. Stela je bar jednom bila zahvalna na tome što su muškarci u njenom životu, izuzev Džejkoba, budale.

Rubi je bila vesela, pričljiva i opčinjena vilom i okolnim terenom, te je zadovoljno vodila razgovor. Steli je bilo drago što je Rubi uspela da dođe na Kapri, makar i u kratku posetu. Naporno je radila i bila je sva brižna, ne samo zbog karijere medicinske sestre koju je izabrala već i po prirodi. Stela je takođe bila zahvalna što Fern ima ćerke na koje će se osloniti u narednim danima, nedeljama i mesecima.

Stegla je ivice stolice i pokušala da se smiri. Strašno je bilo pomisliti da se život njene prijateljice raspada naočigled, a znala je da se Fern tako oseća, iako se držala hrabro.

Ključnula je malo hleba i slanu crnu maslinu. Pojeli su skoro sve, te je Violeta, pošto ju je Amber upoznala sa ostalima, počela da rasprema.

Stela je primetila da Amber šapuće nešto Rubi i Kloi. Nedugo zatim, njih tri su nestale u vili. Fern je uhvatila Stelin pogled, hladno je pogledala i jedva primetno joj klimnula glavom pre nego što je uzela jednu praznu činiju i pošla za Violetom.

Džejkob i njegov otac su razgovarali ni manje ni više nego o fudbalu, ali pretpostavila je da ga čak ni na Kapriju neće izbeći jer je njen sin bio lud za fudbalom. Sad joj se pružila prilika.

Izmakla je svoju stolicu, ustala i pogledala preko stola u Pola koji je pijuckao pivo. – Možemo li da popričamo?

Možda osetivši da je njen ton više naređenje nego pitanje, namrštio se i spustio pivo pa pošao za njom. Stigla je do ivice terase, do mesta gde je bazen zavijao i odakle je pucao pogled na Marinu Grande i svetlucavo more. Stela je zastala i okrenula se ka Polu.

– Fern zna – prošaputala je. – Za nas.

Pogledao ju je kao da je sišla s uma, namrštio se, pa se nasmejao. – Zavitlavaš me, jelda? Ništa nije rekla. Ponašala se savršeno normalno.

Uhvatila ga je za nadlakticu pa ga povela s terase, dalje od mogućnosti da je čuju njen sin i bivši muž. Ušli su u bazensku kućicu, a ona ga je pustila.

– Pravi si seronja, jel' znaš?

Sevnuo je pogledom pa prekrstio ruke.

– Misliš da se Fern ponaša uobičajeno zato što više ne primećuješ svoju ženu. Odavno je ne primećuješ. Ne samo da ne obraćaš pažnju na nju već ne vidiš ni šta ti se događa ispred nosa i koliko je ona nesrećna. Naravno da na površini sve izgleda kako treba, jer dok ti krešeš naokolo koga god da krešeš, Fern je kod kuće i drži vas na okupu kao što je uvek radila.

Protrljao je čelo dlanom. – *Ako* zna, zašto je tako smirena?

– O, Fern ključa; samo se uzdržava dok ne ostanete sami.

– Kako je, jebote, saznala, Stela?

– Ja sam joj rekla.

– Šta si? – Udario je pesnicom o drveni zid bazenske kućice. Trgla se ali je izdržala njegov pogled. Bio je tako blizu da je osetila poznat drvenasti miris njegovog losiona posle brijanja, videla je pljuvačku na njegovoj usni i smeđe mrlje u njegovim plavim očima. Stela se zapitala šta je uopšte videla na njemu.

– Morala je da sazna istinu – mirno je rekla. – Zaslužuje da zna.

– Amber joj ništa nije rekla?

– Amber je nameravala da joj kaže i pokušala je, ali bilo joj je previše teško da joj slomi srce i pogazi obećanje koje ti je dala. – Stela je izdržala njegov pogled. – Nisi smeo da je nateraš da laže za tebe. Prošla je kroz pakao štiteći tvoju zadnjicu. Bila je ljuta i razočarana u Fern što ne vidi ono što je ona smatrala očiglednim.

Stvarno si mislio da dođeš ovamo i postaraš se da Amber drži jezik za zubima? Kako si, dođavola, mislio to da izvedeš? Da manipulišeš njome kao što si manipulisao Fern? Da je emocionalno uceniš?

– Da se nisi usudila da razgovaraš tako sa mnom. – Glas mu je bio preteći, ruka mu je i dalje počivala na zidu, dah mu je bio vreo na njenom licu.

– Mogu i hoću – rekla je sa odlučnošću za koju se nadala da neće odati koliko se tresla iznutra.

– Mrzeće te zbog onog što si uradila.

Njegove reči su bile kao pesnica u stomak, ali znala je da su istinite. – Možda, ali bilo je ispravno priznati i reći joj. Sad je na njoj da odluči šta će s tom informacijom. Zna istinu.

– Mislio sam da je ono što smo imali nešto dobro. Zašto sve pokvariti?

Stela je proučavala lice čoveka kojeg je poznavala kao sopstveni odraz. Predugo su njena osećanja prema Polu bila tako zbrkana, čudna mešavina požude, mržnje, možda ljubavi, ponekad gađenja zbog onog što su uradili Fern iza leđa. Dobila bi poruku od njega i možda bi joj srce uzdrhtalo, no da li je uzdrhtalo od uzbuđenja ili straha, nije više bila sigurna. Pre neko veče na jahti, kad joj je poslao neuvijenu poruku i fotografiju prepustila se svojim najmračnijim osećanjima prema njemu, požudi koja je ostala od tinejdžerskog doba. Dok ga je sad gledala, znala je kako se oseća pri pomisli na to, kako je mrzela sebe što je iznеverila poverenje svoje prijateljice, kako više nikad nije želela da bude ni blizu njega na taj način. Zaista je bilo gotovo.

Stela se provukla ispod njegove ruke. Osećala je kako bes ključa u njemu. Bilo joj je drago što su Džejkob i njegov otac tu blizu. Njen brak jeste propao, ali Rod je bio dobar otac, a ona je znala da će joj se naći ako joj ikad zatreba.

– Kad se budemo vratili kući – rekla je pošto se pomerila dovoljno daleko ka vratima bazenske kućice – ne želim da mi se više javljaš. Jasno ti je.

– Vratićeš se ti po još. Znam te dobro.

– Ne, ne znaš me i neću se vratiti. Moraš da se usredsrediš na svoju ženu i prestaneš da joj uskraćuješ poštovanje. – Načas je zastala, gledajući u njegovu zgrčenu vilicu, četvrtasta ramena i glatke ruke. Ostavio ju je hladnom. – Srećno ti bilo kad te Fern dohvati.

Bes je kuljao kroz nju kad je pobegla. Zamakla je iza bazenske kuće, ne želeći da je vide Džejkob i Rod. Trebao joj je trenutak samoće.

Pol je bio sve ono pogrešno u muškarcima s kojima je završavala: sebičan, razmetljiv, i dalje se ponašao kao da je u dvadesetima umesto kao četrdesetogodišnjak s decom, ženom i odgovornostima. Nisu svi muškarci takvi niti se svi ponašaju kao Pol; imala je mnogo prijateljica koje su se udale za pristojne momke. Možda su nju privlačili muškarci za koje je znala da će joj, ovako ili onako, na kraju slomiti srce ako ih pusti previše blizu. S Polom je bila deo problema, jer se upustila s njim znajući da je oženjen jedinom osobom do koje je njoj stvarno stalo, jedinom osobom u njenom životu koja joj je bila kao član porodice. Bila je bliskija s Fern nego s rođenim roditeljima, i iznverila ju je na najgori mogući način.

Dok je tihom stazom obilazila vilu kako bi otišla u svoju sobu, zavetovala se sebi da će se nekako iskupiti Fern. Nije mogla da promeni ono što je uradila, ali Fern je morala da izađe iz te zbrke jača i srećnija. Stela je znala da će Fern biti bolje bez Pola, samo je trebalo da i ona poveruje u to.

34.

FERN

Za ručkom se Fern osećala kao da je doživela vantelesno iskustvo; fizički je bila tu, sedela je s prijateljima i porodicom, a ipak je to bilo tako zamagljeno kao da je gledala u sebe odozgo. Jedva da je mogla da jede, a kamoli da govori, toliko je bila zabrinuta da će sva njena povređenost i bes izbiti na površinu. Nije želela to, ne pred svima. Želela je da uhvati Pola nasamo.

Kad se ručak završio, kao što su planirale, Amber i Kloi su odvele Rubi, a Fern je takođe otišla kako bi pružila Steli priliku da razgovara s Polom. Bila je to Stelina zamisao da ona prva razgovara s njim – praktično je preklinjala Fern da joj dopusti. Zašto joj nije smetalo da joj pruži tu priliku, Fern nije imala pojma. Da li zato što je bila zahvalna Steli što će se prva suočiti s njim, ili joj je samo laknulo što će još malo odložiti neizbežno?

Fern je otišla u svoju sobu i čekala, sigurna da će je Pol potražiti. Posle dvadeset minuta nervoznog šetkanja, srce joj je poskočilo od koraka u hodniku. Rubi je uletela kroz vrata, a Amber joj je bila za petama.

– Mama, jesi li dobro?

Fern je pritisla ruku na grudu. – Mislila sam da je tvoj otac. Dobro sam. Zapravo, nisam dobro, ali biću.

Rubi joj se obisnula oko vrata i čvrsto je zagrlila. – Amber i Kloi su mi upravo sve ispričale. – Glas joj je bio prigušen u prevoju Ferninog vrata.

– Ti stvarno nisi znala?

Rubi se izmakla i obrisala oči rukavom bluze. – Ne, ništa. – Pogledala je u Amber. – I dalje ne mogu da verujem da si sve vreme krila tu tajnu.

– Mislim da nas je Amber obe štitila. – Fern se slabašno osmehnula i pružila joj ruku. Amber ju je uhvatila i stegla.

– Šta ćeš da uradiš, mama? – upitala je Rubi.

– Ne znam – iskreno je rekla. – Ali prvo moram da razgovaram s njim. Da mu pružim priliku da objasni. Kako se ti držiš?

– Nisam ja ta koja je prevarena.

– Nisi, ali došla si ovamo da se odmoriš i uživaš. Ovo nije baš ono što si očekivala. Ni za koga od nas.

Pogledala je u Amber. Lice joj je bilo umorno, obrve namrštene od brige. Fern ih je obe povukla ka sebi pomislivši kako ih posle dugo vremena drži tako. Verovatno otkad su bile deca. Duboko je udahnula i pogledala nekud između njih.

– Dobro, ne treba biti snužden. Ostala su nam još tri dana, pokušajmo da uživamo, molim vas. Rubi, napolju je bazen koji te doziva, i treba da zamoliš Violetu da ti napravi limončelo mohito. Hajde, Amber, pokaži Rubi okolinu.

Nijedna od njih nije izgledala ubeđena njenim vedrim uveravanjem, ali su je poljubile i otišle, lica su im odisala brigom i sažaljenjem.

Fern je još sat vremena ostala u svojoj sobi, dovoljno dugo da shvati da je Pol odlučio da je izbegava. Osećala se neobično smireno kad je pošla da ga potraži. Violeta je spremila sobu kraj bazenske kućice, i tu ga je Fern zatekla. *Dakle, povukao se, umesto da se suoči sa mnom*, pomislila je.

Ćutke je stajala u dovratku, lice joj je bilo u senci, dok ju je ranovečernje sunce grejalo s leđa. Pol se raspakivao, odlažući dva šortsa i nekoliko majica koje je poneo sa sobom.

Susreo je njen pogled i zastao. Spustio je svoju odeću na krevet i prišao joj.

– Upravo sam hteo da te potražim.

Sereš, pomislila je, ali umesto toga je rekla: – Onda, je li to istina?

Pogledao ju je i slegnuo ramenima.

– O Steli? – Zakoračila je na sunce i u sobu. – O ženi s kojom te je Amber zatekla?

– Jeste – iskreno je rekao.

Iako je to bila istina koje se užasavala, osećala se obamrlom. – Da li ih je bilo još?

Stisnuo je vilicu. – Da.

Fern je odmahnula glavom. – To je sve što možeš da kažeš? Nema izvinjenja? Nema objašnjenja? Nema kajanja?

– Hej. – Prišao joj je bliže, ispruživši ruke kao da je smiruje. – Bio sam glup, ali mogu da prestanem.

– Ne zavaravaj se, Pole. Koliko dugo si mi bio neveran? Od početka?

Zurio je u nju stisnutih usana.

– Ako ne možeš ni da razgovaraš sa mnom o tome, kako, dođavola, misliš da nastavimo? – Netremice ga je gledala. – Znaš šta, ne želim da razgovaram o tome. Samo hoću da mi kažeš istinu.

Možda je bila previše smirena, previše uzdržana, previše učaurena u nekadašnju sebe. Tinejdžerka Fern bi ga napala. Negde je tokom godina izgubila zamah, svoju strast, visprenost, dok je Pol ostao drzak kakav je bio i kad su se upoznali. Bio je kukavica, krio se iza zida ćutanja. Istina je izbila na videlo, ali on nije pokazao nimalo kajanja. Fern ga je prepustila njegovom natmurenom ćutanju.

Ostatak dana prošao je kao u magli. Džejkob i devojke su bili zadovoljni što mogu da plivaju u bazenu. Pol i Rod su otišli u Kapri; Fern je bila sigurna da će Pol ispričati svoju verziju događaja, verovatno dok budu sedeli u nekom baru, pijući dokasno i držeći se podalje od nje. Rod verovatno već zna. Verovatno svi Polovi prijatelji znaju. Pretpostavila je da je godinama bila predmet podsmeha. Ali više neće biti. Više *ne*.

Osvanuo je dan Stelinog četrdesetog rođendana, i Fern ogorčeno pomisli kako je taj dan trebalo da bude zabava i proslava za obe. Amber i Rubi su se prethodne večeri okupile oko Fern, dok je Stela provela veče s Kloi i Džejkobom. Fern nije imala pojma kad su se Pol i Rod vratili u vilu i nije marila.

Fern nije bila raspoložena za proslavu i podozrevala je da je isto sa Stelom, ali organizovale su ispijanje koktela pored bazena i lagani ručak pre večernje proslave, kad je firma za ketering trebalo da donese večeru od pet jela. Narukvica koju je kupila Steli i koja je simbolizovala njihovo prijateljstvo, ostala je u sobi, neraspakovana.

Trebalo je to da bude savršen završetak dve savršene nedelje. Fern je očajnički želela da razbije jednoličnost svakodnevnog života, ali za relativno kratko vreme koliko je odsustvovala od kuće njen život je iskidan na komadiće. Otkrivene su tajne, podeljen bol, sklopljena su nova prijateljstva. I Fern je imala svoje tajne. Osećanja prema Mateu koja je pokušala da odagna, borila su se da se oslobode. Bila je napeta kao struna, spremna da se rasprsne i verovala je da nije jedina koja se tako oseća. Napetost je lagano vrila ceo dan i nastavila da vri i uveče.

Dok su konobari iznosili jela, hrana je poslužila kao dobrodošlo odvraćanje pažnje. Sve je bilo veoma ukusno, ali Fern jedva da je išta okusila; jela je zato što su svi ostali jeli, ali glava joj je bila negde drugde, borila se s rafalom misli i osećanja koji su je neprekidno zasipali. Čak se i kremasti tiramisu činio bezukusnim.

I razgovor za stolom je svaki čas zastajkivao i uglavnom se vrteo oko Rubi, Amber, Kloi i Džejkoba i njihovog uspeha u školi, to jest na fakultetu. Bezbedne teme koje su razgovor usmeravale na nešto pozitivno.

Fern je laknulo kad su sklonjeni ostaci poslednjeg jela i šampanjac iznet na sto. Veče će se uskoro završiti. Tad se Violeta pojavila na terasi, noseći tortu na kojoj je gorelo četrdeset svećica.

Svi su ustali i bolno, neodlučno *Danas nam je divan dan* ispunilo je vazduh. Stelini obrazi su bili crveni, Fern je pretpostavila da je to od nelagode što prolaze kroz to kako bi sačuvali privid. Obično bi bila oduševljena što je u centru pažnje.

Violeta je spustila čokoladnu tortu pred Stelu, koja je, uz Džejkobovu pomoć, pogasila svećice. Dim je pravio piruete u noći. Svetiljke pored bazena zatreperile su pred iznenadnim povetarcem. Fern je zadrhtala.

– Za mamu – rekla je Kloi, podigavši svoju čašu. – I za Fern.

– Za Stelu i Fern – svi su ponovili.

Te reči su imale gorak ukus za Fern.

Ponovo su posedali, ali Stela je ostala da stoji, držeći svoju čašu. Za stolom je zavladao muk.

– Neću da držim govor, samo sam htela da kažem, svojim prijateljima i porodici, hvala vam. Hvala vam na svemu. – Osećanja kojima su bile prožete njene reči bila su očigledna, bar za Fern. Stela je odlučno pogledala one za stolom, usredsredivši se na Kloi i Džejkoba, zadržavši se na Fern. – Za prijatelje.

Fern je odvratila pogled. Knedla joj je zastala u grlu kad je spustila čašu sa šampanjcem. Izmakla je svoju stolicu, spustila salvetu na sto i preko terase stigla do vrata vile. Osećala je sve poglede na sebi, naročito Polov i Stelin.

Zaključavši se u donje kupatilo, naslonila se na umivaonik, teško dišući, sav nemir i bes koje se borila da zadrži izbili su na površinu. Fern je htela da besni na Pola, ali osetila bi se nekako dalekom kad god ga pogleda. Trebalo je juče da mu kaže gde da se nosi, da zahteva da odsedne negde drugde kako ne bi morala da gleda njegovo samozadovoljno lice na kojem nije bilo kajanja. Ipak, bila je svesna kako bi to uticalo na devojke. Ono što ju je najviše uznemirilo bilo je kako su njegove laži delovale na njih, naročito na Amber, što ih je uznemirio koliko i nju. Možda i više. Nije više bilo ljubavi između njih, ali on je otac devojkama i bilo im je teško da se izbore s razočaranjem jer one ga *jesu* volele. Mrzela ga je zbog toga.

Da li je ikad bilo ljubavi? Isprva je to bila samo strast. Ali strast se pretvorila u obavezu. Trudnoća ju je naterala da brzo odraste. Čitava njena budućnost promenila se s te dve crvene linije. Želela je da ostane s njim zato što se glupo plašila da će ostati sama, trudna tinejdžerka koja živi s roditeljima, upropašćenog života. Ali da se sudbina nije umešala, da li bi njihova veza potrajala? Teško joj je bilo da smisli šta bi ih držalo na okupu. Ljubav ne bi. Njihova tinejdžerska strast ubrzo je nestala, mnogo pre nego što su bili do guše u prljavim pelenama. Ona je trpela zato što nije želela da pravi probleme, zato što su živeli udobno, zato što su zabrljali i zato što je to sad bio njen život.

Fern je otrla suze i izašla iz kupatila. Ponovo je pošla napolje, ali je polako skliznula u senku daleko od bazena. Trebao joj je svež vazduh da bi sabrala misli pre nego što se pridruži ostalima.

Mnogo puta tokom godina zapitala se zašto je Pol s njom. Ferninu opuštenu stranu, onu koja je uživala u zabavi, zamenili su stres i odgovornost ranog majčinstva. Njegova odgovornost bila je drugačija. Naporno je radio da bi ih obezbedio, ali kad razmisli o tome, njegov život se nije zaista promenio. Da, postao je otac u devetnaestoj, ali njegovo šegrtovanje u građevinarstvu se nastavilo, dok je njen san o grafičkom dizajnu na fakultetu bio kratkog daha. Dok je ona hranila bliznakinje na bočicu i radila milion drugih stvari koje je trebalo raditi svakodnevno, on je sklapao prijateljstva na poslu i uveče se družio u pabu.

Fern se zagledala preko bazenske terase u lica svojih prijatelja i porodice obasjana užarenim svetiljkama i sjajem sveća. To je trebalo da bude radosna prilika, slavlje za nju i Stelu. Njenu najbolju prijateljicu. Trebalo bi da čuje smeh i ćaskanje kako se prenose preko bazena, ali umesto toga veče je bilo sumorno, a preko terase se širila nelagoda.

Pol joj je bio okrenut leđima, s pivom u ruci. Njegov društveni život se nastavio, dok je njen stagnirao. U to vreme, kad je rodila bliznakinje, seks ili bilo kakva vrsta intimnosti bili su joj poslednje na pameti. Da li je zaista verovala da on nije ništa radio u izlascima sa svojim prijateljima? Da nije privlačio slobodne i same devojke koje nisu imale zamagljen pogled, masnu kosu i bile prekrivene dečjom povraćkom? Da li je bila toliko naivna da misli da joj je sve vreme ostao veran? Ili je to bilo jednostavno poricanje? Zanemarivanje tih briga zaštitilo joj je zdrav razum.

Bilo je trenutaka sreće u njihovom braku, i ne može se reći da joj je život bio bez ljubavi, no ipak, često se činilo da rade ono što se od njih očekuje. Nedavno su joj osećanja bila pomešana u pogledu intimnosti s njim; deo nje čeznuo je da je on želi, a opet, iako je dobro izgledao ostavljao ju je hladnom. Često je žudela za seksom, ali ne s njim. Ovo putovanje joj je otvorilo oči, kombinacija Amberinih grubih reči tokom prve nedelje i fizičke i emocionalne reakcije koju je imala na Matea. Nije mogla da obuzda svoja osećanja prema njemu niti da kontroliše njegovo dejstvo na nju, ali je, kako je Idit istakla, pokazala uzdržanost. Nije imala razloga da oseća krivicu. Ali nešto se promenilo; nešto što je svim snagama želela da zadrži.

Fern je napustila senku bazenske kućice i prešla preko terase i pored umirujućeg plavetnila bazena, a misli su joj se komešale i oblikovale, slažući se kao slagalica. Znala je šta joj valja činiti. Od Polovog neočekivanog dolaska, čvor ljutnje i uznemirenosti u njoj sve više se zatezao. Budućnost bez njega bila je zastrašujuća i nepoznata, ali tokom proteklog dana, kad god bi pomislila na to da pođe svojim putem, osetila bi kao da taj čvor popušta – neznatno, ali dovoljno da ona shvati da bi joj moglo biti bolje samoj.

Još jednom je pogledala svetlucavi obronak, duboko udahnula vazduh ispunjen mirisom narandžinog sveta pa se vratila preko terase. Ako je iko obratio pažnju na nju, ona to nije primetila. Bila je usredsređena na Pola i samo na njega.

Zastala je pored njegove stolice. – Moram da razgovaram s tobom.

Nije pogledala nikog drugog i nije sačekala odgovor. Ušla je u vilu pa u dnevnu sobu. Kako su svi bili napolju, bilo je tiho i dovoljno daleko da niko ne načuje njihov razgovor.

Srce joj je tuklo, ali osećala se smireno i sigurnije u sebe, emocionalna jasnoća razvejala je svaku nesigurnost.

Pol se namrštio kad je ušao u sobu. – Mislim da ovo nije...

– Hoću razvod. – Izdržala je njegov pogled ostavši pri svome.

– Fern, hej, hej – blago je rekao pokušavajući da je umiri kao da je prenadražen pas. Smanjio je jaz između njih pa je uhvatio za ruku. – Ne misliš to ozbiljno. – Njegove bledoplave oči prodorno su je gledale. Bio joj je bolno poznat i bio je deo njenog sveta više od polovine njenog života, pa ipak je od njegovog pogleda osetila kako joj se kosa digla na glavi. To što ju je tako malo poštovao, što je imao smelosti da se zapita zašto želi da ga napusti, samo ju je učinilo još odlučnijom.

– Zapravo mislim, Pole. – Otrgla je ruku iz njegove. – Nikad nisam bila tako sigurna u nešto. Duboko u sebi, sve vreme sam znala da si ti jedna preispoljna preljubnička baraba; sad to zasigurno znam.

– Grešio sam. – Podigao je ruke. – Ali mogu da se promenim.

Podrugljivo ga je pogledala i odmahnula glavom. – O bože, Pole. Ne možeš. Znaš da ne možeš. *Ja* znam da ne možeš. I ne želim da se menjaš jer ne želim više da budem s tobom. Ono što ne razumem jeste zašto bi uopšte želeo da ostaneš sa mnom.

– Imamo nešto dobro...

– Ne. – Fizički se udaljila od njega. – *Ti* si imao nešto dobro. Ostao si sa mnom zato što sam se pravila da ne primećujem, a ti si vodio lagodan život. Starala sam se o tebi, starala sam se o devojčicama, vodila računa o našoj kući, dok si ti radio i uživao. Za boga miloga, skuvala sam ti hranu i zamrzla jer sam se osećala krivom što moraš sâm da se brineš o sebi dok sam ja ovde!

– Ne zaboravi da si i ti imala prokleto dobar život. – Ton mu se promenio, grubost se uvukla u njega. – Stvarno misliš da ćeš moći sama da se snađeš? Šta ćeš da radiš za posao? Za novac?

– Prava si mustra. – Fern je odmahnula glavom. – Prilično dobro sam se snalazila sve vreme dok smo bili zajedno. A ako misliš da nismo partneri kad je reč o tvom poslu, onda si i glup, osim što si lažov i preljubnik. Da, uvek si naporno radio, ali ne zaboravi, ja sam sama odgajila dve devojčice i u početku te podržavala u izgradnji tog posla. Ko je vodio knjige, a? Ko je odgovarao na pozive i zakazivao poslove dok se borio s ćudima male dece i pokušavao sve da stisne u školske sate ujedno održavajući kuću, kuvajući i brinući o tebi, jebote? Tako ti je dobro išlo. A ja sam bila budala što sam toliko dugo trpela. – Srce joj je ubrzalo, znoj joj se slivao niz slepoočnicu. Nestalo je smirenosti s kojom je ušla u sobu. Duboko je udahnula ne odvajajući pogled od njega. – Kad se vratimo kući, podneću zahtev za razvod.

– Poverovaću kad to uradiš – rekao je. – Bićeš izgubljena bez mene.

Otišao je. Fern nije pošla za njim. Njegova neosetljivost i bezobzirnost u pogledu toga koliko ju je povredio naterali su je da bude još odlučnija u nameri da sprovede sve što je rekla. Dokazaće mu da greši; bila je sigurna u to.

35.

FERN

Rođendanska proslava okončala se nedugo pošto se Fern suočila s Polom. On je nestao u svojoj sobi s nekoliko piva – bez sumnje da uživa u samosažaljenju – a Fern se vratila na terasu. Stela i Rod su ćaskali pored bazena. Devojke su još bile za stolom, igrale su karte s Džejkobom i pile proseko. Džejkob je pijuckao koka-kolu i dovršavao treće parče rođendanske torte.

Umesto da se oseća ohrabrenom što se suprotstavila Polu, Fern je bila izgubljena. Bes koji ju je naterao da se suoči s njim splasnuo je ostavivši je emocionalno ranjivom i na raskršću.

Rekla je samo Rubi i Amber kuda ide. Nije želela da čeka da se oprosti s Mateom, te mu je poslala poruku i pitala ga može li da svrati. Odgovor je brzo stigao.

Da, naravno x

Fern nije marila što je mrak, osećala se bezbednom dok je pešačila ka pjaceti vijugavim putem oiviçenim kamenim zidovima kuća s vrtovima. Vožnja taksijem nije bila duga ulicama obasjanim svetlošću boje meda i dalje ka Anakapriju uza strmi brdski put sa serpentinama. Staza do umetničke kolonije bila je poznata, tišina umirujuća i potrebna posle onakve večeri. Zakoračila je na teren kolonije pa se velikim kamenim stepenicama popela do ulaza.

Mateo ju je sačekao i pozdravio osmehom dobrodošlice uvodeći je u vilu.

– Izvini što dolazim ovako kasno – rekla je, ušavši u hol. – Jednostavno nisam mogla da odem a da se ne pozdravim s tobom. I sa Idit.

– Ne mari; nekoliko nas još je napolju, dovršavamo bocu vina.

Oboje su bili uzdržani. Fern nije znala da li da ga pozdravi poljupcem u oba obraza. Osećala je i njegovu uzdržanost.

– Idit je već otišla na počinak – nastavio je – ali ako se odmah popneš, uhvatićeš je pre nego što zaspi. Posle toga siđi i potraži me.

Fern je preskakala po dva stepenika. Kuća je bila velika ali prijatna, naročito uveče s lampama koje su širile toplu svetlost. Stigla je do Iditine sobe, tiho pokucala i sačekala.

Vrata su se otvorila. Idit je nosila preveliku prugastu pidžamu, seda kovrdžava kosa bila joj je puštena i bez uobičajene marame kojom ju je sklanjala s lica.

– Fern!

– Znam da je kasno, ali morala sam doći da se oprostim; mislim da kasnije ne bih imala vremena.

– Uđi, uđi – rekla je Idit, izmakavši se.

– Neću se zadržavati; Mateo je rekao da ste otišli u krevet. Samo sam htela da se oprostim i zahvalim vam što ste bili tako dobro društvo i pravi prijatelj. Osećam se kao da se znamo mnogo duže od dve nedelje.

Idit ju je uhvatila za ruke. – O, Fern, i ja se tako osećam. Ono što je za mene počelo kao odmor ispunjen tugom pretvorilo se u blagoslov. Da Maja nije odbila da pođe sa mnom, verovatno te nikad ne bih upoznala, a ti svakako ne bi odsela ovde. Čini mi se da nam je ispisano u zvezdama da se upoznamo i – jače je stegla Fern za ruke – da ti upoznaš Matea.

Suze su zamaglile Fernine oči kad je klimnula glavom.

– Razmenile smo brojeve. Ostaćemo u vezi. – Idit se nagnula i poljubila Fern u oba obraza. – Sad idi dole i lepo se pozdravi sa onim čarobnim muškarcem.

Toliko toga je htela da isprča Idit, ali to je moglo da sačeka. Koliko god da joj je nedostajalo Iditino društvo, znala je da ju je Mateo prizvao nazad. Sišla je niza stepenice pa pošla kroz vilu da ga potraži.

Spolja su dopirali glasovi. Sjaj sveća treperio je kroz prozore dnevne sobe s terase na kojoj je uživala u svom prvom obroku sa svima ostalima. Bilo je to pre samo nekoliko dana, ipak, toliko toga se promenilo za to vreme.

Mateo ju je sačekao na francuskom prozoru. Očigledno ju je tražio.

– Noć je čarobna – rekao je, povevši je dalje od vile u senoviti vrt.

Zaista je bila, vedra i zvezdana, s mesečinom koja je uokvirivala lišće naspram tamnog neba. Uhvatio ju je za ruku i provukao prste između njenih. Taj gest ju je podsetio na ono veče u Toskani.

U društvu noćnih leptira produžili su vijugavom stazom osvetljenom solarnim svetiljkama. Stigli su do oboda vrta, gde je prostor između dva čempresa uokvirivao pogled na drugu vilu na brdu prekoputa, koja je svetlucala u tami. Negde dalje bili su vila *Đardino* i njena porodica. Razbijena porodica, ali koja će početi da zaceljuje kroz rastanak. Umesto da oseti tugu zbog kraha braka, bila je ispunjena nadom i radovala se budućnosti. Kakvi god da budu izazovi, biće to *njena* budućnost.

Okrenula se ka Mateu. – Mislim da sam upravo promenila svoj život.

– Jesi? – Uzmakao je i pogledao je, iskra osmeha obasjala je njegovo lepo lice.

– Rekla sam svom uskoro bivšem suprugu šta mislim o njemu. On me ne zaslužuje; sad mi je to jasno.

– Ne, ne zaslužuje te. – Sklonio joj je pramen kose s lica, dodir mu je bio lagan ali čulan.

Zagledala se u njegove oči.

– Ne znam šta je ovo – rekla je, pokazavši između njih – ali volela bih da ostanemo u vezi, ako bi i ti hteo.

Uhvatio ju je za obe ruke. – I ja bih voleo. I možda bi ponovo mogla da dođeš ovamo. Ili u Toskanu.

Gušeći se u pokušaju da nađe reči, Fern je klimnula glavom.

Mateo ju je obujmio rukama i privio uza se. Ona je provukla ruke oko njegovog pasa i spustila mu glavu na grudi, umirena otkucajima njegovog srca, njegovom toplotom i snagom njegovog zagrljaja. Šta god da se desi, bar je sklopila doživotno prijateljstvo sa Idit i Mateom. Ali u tom trenutku, ništa nije bilo važno osim činjenice da je tu s njim.

36.

FERN

Nebo je bilo ledenosivo, uske ulice Kaprija tiše nego dok su vrvele od turista. Sedam meseci je prošlo od Ferninog boravka na ostrvu koje je sad bilo sasvim drugačije nego tokom lepih dana poznog proleća. Jedno je ostalo isto – društvo Stele, koja se zadihano pored nje pela uz brdo, ispuštajući ledeni dah u hladan decembarski vazduh.

Odmor na Kapriju i istina koja je izbila na videlo bili su pokretač. Italijanski san preobrazio se u košmar, ali je popločao put ka njenoj sreći.

Fern je bila verna svojim rečima i pokrenula je brakorazvodnu proceduru nedelju dana po njihovom povratku. Bilo je to sumorno putovanje kući. Fern je bila tužnija nego što je mislila da je moguće. Srce joj je bilo slomljeno i želela je da ima više vremena, i to ne zato što je bila tužna što napušta ostrvo. Mateo joj je ostao urezan u mislima. Dugo su ostali u zagrljaju u vrtu njegove kolonije. Nežno ju je poljubio, poljubac je bio dovoljno dug da je preplavi žudnja. Onda su se oprostili, a ona je otišla da ne bi završila jecajući u njegovom zagrljaju. Raščistila je misli pešačenjem kroz Anakapri, usput je upijala lepotu drveća i kuća, dok su je pratili smeh, trubljenje motocikala i dašak mirisa sveća od citronele. Uhvatila je taksi nazad do vile odlučna u pogledu svoje budućnosti.

Mateo joj je poslao poruku onog dana kad je stigla kući, a onda je njihovo dopisivanje postalo učestalije sve dok nisu počeli svaki dan da razmenjuju poruke. Kad se Pol odselio krajem leta, Fern i Mateo su bar dvaput nedeljno ćaskali preko telefona.

Pol se nije usprotivio razvodu, iako je Fern znala da ga je zaprepastilo što ga je stvarno pokrenula. Bilo je zastrašujuće ići u susret nepoznatom i graditi nov život za sebe. Amber i Rubi su je potpuno podržale. Pol je morao mnogo da se potrudi ne bi li popravio odnos s devojkama. Koliko god da je bilo teško za sve, Fern je laknulo što su Amber i Rubi odrasle. Ako je i pogrešila što je izgubila dragoceno vreme ostajući s njim toliko dugo, uradila je ono najbolje za devojke – zato nimalo nije žalila.

Stigle su na pjacetu na vrhu brda i bile nagrađene pogledom koji je pucao na ostrvo, dok je zimsko sunce bacalo zamagljeni sjaj na obronak.

– Evo, nije bilo tako strašno – uz osmeh je rekla Fern.

Steli su se zajapurili obrazi. – Hmm – frknula je. – Uzećemo taksi do Anakaprija. Bez pogovora.

Fern se nije raspravljala. Iako su prtljag već bile poslale, nije imala nameru da pešači strmom stazom do tamo. Iako je ostrvo bilo tiše, u sumrak i blizu Božića bilo je čarolije u vazduhu jer je Kapri bio osvetljen hiljadama treperavih lampica.

Nije im trebalo mnogo da stignu do Anakaprija. Platile su vozaču i izašle u hladan zimski dan.

Fern se okrenula ka Steli. – Ne moraš da budeš sama; Mateo ti je ponudio sobu u koloniji.

– Znam. – Stela je spustila ruku u rukavici na Ferninu nadlakticu. – Biće mi dobro u pansionu. Uostalom, luksuzan je. Želim da provedeš kako treba vreme s njim. Zaslužuješ to. Bože, mesecima si čekala na ovo.

To je bila istina, ali sad kad je taj trenutak bio tu, uznemirila se. Iako su svakodnevno razmenjivali poruke i nebrojeno puta razgovarali telefonom, Fern nije videla Matea otkako je otišla s Kaprija u vrtlogu bola i osećanja. Otad se njen život prevrnuo naglavačke, te je iz nesrećnog braka izašla u razvod i slobodu. Njen povratak na Kapri bio je dirljiv zato što se tu njen život promenio i tu je donela odluku u pogledu svoje budućnosti. Tu joj je Stela slomila srce koliko i Pol, a Mateo joj ulio nadu u budućnost. Nije imala pojma kako će se osećati kad ga ponovo bude videla i što je još važnije – i zabrinjavajuće – kako će se on osećati kad bude video nju.

* * *

Fernine brige su iščilele kad ju je Mateo dočekao s toplinom za kojom je čeznula. Obujmio ju je svojim snažnim rukama, a onda su uživali u dugom strasnom poljupcu u holu. U umetničkoj koloniji nije bilo gostiju i osoblja, ali Mateo je pozvao nju. Iako je vila bila ogromna, unutra je bilo toplo i prijatno.

Mateo ju je poveo kroz dnevnu sobu, u kojoj je vatra pucketala u velikom kamenom kaminu. Mrak napolju ublažile su zidne lampe i treperava božićna jelka. Šćućurili su se na sofi sa šoljom tople čoko-lade u rukama i osmehom na licu. Fern je bilo prijatno s njim kao i poslednji put kad ga je videla, njihova bliskost je ojačala u mesecima tokom kojih su se upoznavali. Pijuckali su svoj napitak i ćaskali sa istom onom lakoćom s kojom su razgovarali preko telefona, napo-sletku stigavši do teme okončanja njenog razvoda.

– Jesi li smislila šta ćeš sad? – Mateo je spustio svoju praznu šolju na stočić i uhvatio je za ruku. – Pričala si o promeni posla.

Fern se zagledala u njegove osmehnute oči. – Ne mogu ti opisati koliko sam žudela da dam otkaz. Nije da mi se ne sviđaju ljudi s kojima radim, sviđaju mi se, oni su jedini razlog što sam tako dugo ostala. Dobro, oni i nedostatak hrabrosti da potražim nešto drugo, ali očajnički želim promenu, da radim nešto drugačije. Nešto pre-ma čemu osećam strast.

– Imaš li ikakvu predstavu o tome šta bi to moglo biti?

– Uživam da se brinem o ljudima, ali ne želim više nikad da budem iskorišćena.

– Nećeš, Fern. – Jače ju je stegao za ruku. – Znaš da nećeš.

– Kad budemo prodali kuću i kad bude stigla i isplata od njego-vog posla, mislim da ću se preseliti negde gde mogu da dobijem više mesta za taj novac. Negde u prirodi i s dovoljno prostora. Možda u Vels. Još nisam sigurna. Razmišljam da imam dovoljno mesta za devojke kad dođu i za sebe, kao i da otvorim pansion. Nešto malo, samo nekoliko soba. Kao manji hotel.

Još malo su ćaskali o Ferninim nadama i snovima. Bila je nadah-nuta Mateom i onim što je on napravio i tu i u toskanskoj koloniji.

Znala je da, šta god da uradi, to neće biti tih razmera, ali sve što je želela bilo je da napokon učini nešto za sebe, nešto što će je usrećiti.

Kad je veče poodmaklo, Mateo je otišao da spremi večeru, a Fern da se raspakuje i istušira. Svidelo joj se što nije pretpostavio da će zajedno provesti noć, iako je Fern i te kako nameravala da učini baš to. Više ih ništa nije sprečavalo. Dosad nisu uradili ništa više od izazivanja tim prvim dužim poljupcem u holu i poljupcima i milovanjima na sofi. Srce joj je čeznulo za njim. Ne, ne samo srce, celo telo. Osećanja koja se Fern toliko trudila da zakopa kad je poslednji put bila na Kapriju sad su se oslobodila.

Naprskala je parfem koji je u proleće kupila na Kapriju, osušila kosu i obukla čarape i haljinu. Stavila je maskaru i ruž boje vina da joj se slaže uz haljinu, pa pošla dole da nađe Matea.

Na stočiću je bio izbor tapasa, a kestenje je u tiganju bilo spremno za pečenje.

Seli su zajedno na baršunastu sofu tačno naspram kamina. Mateo je sipao vino, tečnost boje rubina svetlucala je u kristalnim čašama. Treperava vatra plesala je ispred njih, a drvo je izbacivalo varnice i pucketalo. Miris dima od drveta podsetilo je Fern na kuću njenih bake i deke u Velsu sa otvorenim kaminom – na retke srećne uspomene iz detinjstva.

– *Salute*. – Mateo je kucnuo svoju čašu o njenu. – Iskreno, ne mogu da verujem da si ovde. Dugo sam sanjao ovo.

Iščekivanje onoga što bi noć mogla doneti izazvalo je Fern vrtoglavicu. – I ja sam – rekla je.

Sva su joj čula oživela od ukusa začinjenog kuvanog vina, od toplote pucketave vatre i prijatnog mirisa njenog parfema koji se mešao s njegovom kolonjskom vodom.

Mateo je uzeo čašu s vinom od nje i skliznuo rukama oko njenog struka, privukavši je bliže. Poljubio ju je, a ona je uzvratila, ali za razliku od onog prvog nežnog poljupca u holu, ovaj je bio nestrpljiv i strastan. Zavukla je ruku ispod njegovog džempera ne bi li pronašla toplu čvrstu kožu. Trzaj uzbuđenja prostrujao je kroz nju. Ruke su mu bile meke ispod njene haljine, milovale su joj bedra.

Nije trebalo ovoliko da se natrontam, pomislila je kad je stigao do pojasa njenih čarapa i počeo da ga spušta. Duboko je udahnula kad je njegov topao dah susreo njenu hladnu kožu. Skinuo joj je čarape. Susrela je njegov osmehnut pogled i ponovo podsetila sebe da su njih dvoje sami i da je ona slobodna. Skinula mu je džemper i počela da mu otkopčava košulju. Petljala je prstima ne mogavši kako treba da ih otkopča od uzbuđenja ili zbog iščekivanja. Ili iz oba razloga. Mateo se nasmejao i pomogao joj, otkopčavši poslednja dva i ispustivši košulju preko njenih zgužvanih čarapa. Skinuo joj je haljinu preko glave i strasno je poljubio.

Sve je bilo čulnije i romantičnije nego ikad ranije. Njena žudnja prema Mateu samo se pojačala tokom proteklih meseci. Dešavalo se da se oseća šašavo što uopšte pomišlja da bi nečeg moglo biti, ali što su češće razgovarali, postajalo je sve očiglednije da oboje žele nešto više.

Ovo je kao u snu, pomislila je Fern kad ju je Mateo nežno povukao dole na mekan tepih, nage kože ugrejane pucketavom vatrom i blizinom onog drugog. Fern se ispružila na leđa, toplota i težina Mateovog tela na njoj potpuno su je obuzeli. Obavila je noge oko njega, privukavši ga još bliže, napokon u stanju da ostvari maštariju koja joj se uporno vrzmala po mislima skoro od trenutka kad ga je upoznala.

37.

STELA

Stela nije uznemiravala Fern porukama. Poslednjih četrdeset osam sati provele su odvojeno, iako je vrlo dobro znala šta Fern radi i nije mogla biti srećnija zbog nje. Stela je uživala u svom vremenu. Uvek je verovala da joj je potrebno da bude okružena ljudima. Kako je veći deo vremena u proteklih dvadeset godina provela kao samohrana majka, kad bi deca bila kod očeva vreme je ispunjavala prijateljima, druženjem i izlascima, a kad su Kloi i Džejkob bili s njom, imala je dobru mrežu mamâ prijateljica. Ali nedavno je otkrila da joj prija da bude sama.

Kad je reč o ljubavi, pravila je loše izbore. Naravno, ne žali što je dobila Kloi i Džejkoba, ali žali što je uletela u vezu s njihovim očevima. I vraški je bila sigurna da žali zbog greške koju je napravila s Polom. Bila je ponosna na Fern što mu se suprotstavila i prošla kroz razvod. Znala je da je Pol sumnjao da će Fern imati petlju za to. On bi bio zadovoljan da je ona nastavila da brine o njemu, dok se on zabavlja njoj iza leđa. Pol je isto tako zauvek izašao i iz Stelinog života. Nije pokušavao da stupi u vezu s njom otkako su se vratili u Britaniju, i nije joj nimalo nedostajao.

Fern je još imala mnogo toga da reši, i mada je Stela znala koliko je zabrinuta što mora sama da pokrene posao, znala je i da je Fern spremna za nov početak. Njihovo prijateljstvo je bilo narušeno, možda nepopravljivo, ali Stela je činila sve što je u njenoj moći da ga sastavi. U mnogo čemu su bile povezane jedna s drugom kao porodica, deca su im bila kao rođaci, ako ne kao braća i sestre. Fern je bila uzdržana prema Steli, ali su razgovarale, a Stela je bila zadivljena Ferninom sposobnošću da krene dalje.

Stela je nameravala da za svoj četrdeseti rođendan objavi svima koliko je dobila na lotou, ali niz događaja s Fern i Polom ju je sprečio u tome. Nije bilo vreme da se razmeće time što je multimilionerka. To joj je ostavilo više vremena da razmisli, da potraži nekretnine i ulaže, da razgovara s finansijskim savetnikom i sa savetnicima Državne lutrije. Počela je da pravi planove za svoju, Kloinu i Džejkobovu budućnost. Njihova sreća i sigurnost bili su joj najvažniji. Važna joj je bila i sopstvena sreća, iako se činilo sve izvesnijim da je nikad neće naći s nekim muškarcem. Poslednje što je želela bila je veza. Ne, odsad će se usredsrediti na sebe, svoju decu i prijatelje.

Bila je to Stelina zamisao da ponovo dođu na Kapri, iako je Fern odbila da joj ona plati let. Stela je znala da je Fern naporno radila na tome da stekne finansijsku nezavisnost. Imala je osećaj da ne želi da se oslanja ni na koga osim na sebe, iako joj je Mateo opsedao misli i osećanja. Stela ne samo da je verovala da Fern treba podstaći da ga ponovo vidi već je verovala i da će to biti katartično iskustvo za obe, a povrh svega to je bio deo njenog plana da počne da popravlja sve u čemu je pogrešila. Stela je pokucala velikim zvekirom na zadivljujuće velika vrata umetničke kolonije. Nije ranije bila tu, ali čak i usred zime, mesto je bilo veličanstveno.

Vrata su se otvorila i prvi put je videla Matea. Vreme provedeno u koloniji Fern je uglavnom zadržala za sebe, i jedina fotografija koju je snimila bila je ona s vilom i vrtom. Mateo nije imao nalog na Fejsbuku – Stela je, naravno, pokušala da ga potraži. Ali sad kad je stajala pred njim, pogodila ju je njegova srdačnost i osmeh dobrodošlice. Imao je savršene bele zube, trodnevnu bradu, pravilne crte lica, divne osmehnute oči i tamnu, blago kovrdžavu kosu. Nije ni čudo što je Fern ukrao srce. Razmetljiv, drzak i nabijen bivši muž – iako bi se i on svakako mogao opisati kao zgodan – nije bio ni prineti Italijanu pred njom.

– Ti si sigurno Stela. – Ispružio joj je ruku i protresao njenu.

Ušla je a on je zatvorio vrata pred hladnim decembarskim danom.

– Drago mi je što se konačno upoznajemo – rekao je.

– Takođe.

Nije imala pojma šta on zna o onome što se događalo između nje i Fern, ali ako je osećao netrpeljivost prema njoj nije je pokazao. Na osnovu svega što je izvukla od Fern, zaključila je da je on jedan veoma pristojan momak.

– Malo sam poranila – rekla je, gledajući unaokolo po popločanom holu sa širokim stepeništem. – Ali nadala sam se da ću ti ukrasti Fern na koji sat.

– Naravno, otišla je po tašnu. Moraš doći kasnije da večeraš s nama. Oboje bismo to voleli.

– Volela bih, hvala ti. – Osećala se kao da ne zaslužuje njegovu ljubaznost, ali činilo joj se da je njegova otvorenost iskrena. Jasno mu je bilo da je to što je Fern tu sa Stelom početak popravljanja njihovog prijateljstva, i bio je spreman da im što više olakša. Fern je napokon našla nekog vrednog svoje ljubavi.

Na stepenicama su se začuli koraci. Stela i Mateo su se okrenuli, a Fern je sišla obučena za zimu na Kapriju, u čokoladnosmeđim čizmama, uskim farmerkama i golubijesivom džemperu, s torbom preko ramena i kaputom preko ruke.

Stela je nikad nije videla tako srećnu. Sâm način na koji je uzvratila Mateov pogled i osmeh koji mu je uputila dovoljno su govorili.

Mateo se nagnuo da je poljubi. Stela se okrenula, otvorila ulazna vrata i sačekala napolju.

Nekoliko trenutaka kasnije, vrata su se zalupila i Fern joj se pridružila. Bilo je sjaja u njenim očima i, Stela je shvatila, suštine one Fern koju je nekad poznavala, samo što je ova verzija bila daleko zadovoljnija.

– *Ako* možeš da se odvojiš od Matea – rekla je Stela uz osmeh – hoću nešto da ti pokažem.

Otišle su u centar Anakaprija. Mesto je bilo mnogo mirnije nego ranije te godine, s mnogo zatvorenih butika i daleko manje ljudi koji su tumarali ulicama. Kao da je neko izvukao boju iz tog mesta, iz jarkog zelenila i moćnog ružičastog cveća, ipak ostavivši tihu lepotu i zadivljujući pogled na hladno plavetnilo mora.

Stela je dovoljno poznavala Fern da zna da će joj o Mateu pričati kad ona proceni da je vreme. Nije htela da je pritiska kako bi saznala detalje. Iako se Stela zaklela da će se držati podalje od muškaraca, bar na neko vreme, bilo joj je beskrajno drago što vidi Fern tako srećnu jer je to zaslužila.

Nije bilo daleko od vile. Stela je uhvatila Fernino mrštenje kad je otvorila kapiju ka prednjem vrtu ispunjenom stablima limuna. Zeleno lišće i vedra žuta bili su u oštroj suprotnosti s belinom zidova vile, iznenađujući pogled usred zime. Stigle su do ulaznih vrata, a Stela je izvadila svežanj ključeva iz tašne.

– Juče sam je uzela – rekla je.

Fern ju je pogledala, širom otvorenih očiju u neverici. – Kupila si je?

– Da, kupila sam je. – Otvorila je vrata i njih dve su ušle.

U holu je bilo hladno i mračno i Stelu je odjednom obuzeo nemir. Produžila je kroz vilu otkrivši prostranu sobu sa zakrivljenom tavanicom i kaminom.

– Ispostavilo se da je susret s Lukom na jahti bio veoma koristan. Dala sam mu detaljan spisak vrste nekretnine koja me zanima, a on je rekao da će mi javiti ako iskrsne nešto što se uklapa.

– I ovo se uklapa?

Stela je klimnula glavom. – Svakako.

Ćutke su se šetale unaokolo. Steli je srce tuklo dok je gledala Fern kako prolazi prostranim sobama belih zidova s bledim svetlom koje pada kroz vrata verande i prozore. Iako nije bilo nameštaja, bilo je malo boje na podnim pločicama i vratima ofarbanim u plavu boju pačjeg jajeta.

Stela se okrenula ka Fern. – Šta misliš?

– Ovo je... ovo je divno.

– Još nisi videla ono najbolje. – Povela ju je preko pokrivene terase ka stazi s kolonadom i izdignutim cvetnim lejama sa obe strane. Čak i zimi je lepota vrta isijavala iz njih, obećanje prolećnih boja i mirisa koji su bili svega nekoliko meseci daleko.

Fern je zastala na stazi, lice joj se namrštilo kad se okrenula ka Steli. – Ne razumem. Koliko ovo košta?

– Dva i po miliona evra – rekla je Stela, trudeći se da je glas ne izda.

Fern se još više namrštila. – Ali osvojila si milion. Kako...

– Zapravo sam osvojila dvadeset sedam i po miliona.

– Šališ se? – Fern se uz tresak sručila na nizak zakrivljen zid na obodu staze. Odmahnula je glavom. – Rekla si mi da si osvojila milion.

– Znam kako izgleda; još nešto što sam krila od tebe, ali zapravo nikom osim Luki nisam rekli istinu, čak ni Kloi i Džejkobu. Ti si jedina osim njega.

– To je teško pojmiti.

– Sad skoro svi znaju da sam dobila na lotou. Milion je iznos koji ljudi mogu da prihvate. Iznos koji sam stvarno dobila je, pa... nenormalan. Trebalo mi je sve ovo vreme samo da počnem da shvatam i donesem pametne odluke o tome kako da ga trošim i u šta da ulažem.

– Ljudi će početi da postavljaju pitanja ako se budeš ovako rasipala. Nećeš moći zauvek da čuvaš tajnu.

– Znam. – Stela je sela pored Fern na zid drhteći dok joj se hladnoća uvlačila ispod suknje i kroz čarape. – Ali možeš li da zamisliš kako će raskošno ovo izgledati u leto?

– Biće neverovatno. Rekla si da hoćeš mesto na suncu. Sad imaš kuću za odmor na Kapriju.

– Ne, nemam. – Stela je osetila knedlu u grlu, a suze su joj zamaglile oči. – Ti imaš. Nisam je kupila za sebe. Tvoja je.

Pažljivo je posmatrala Fern dok su te reči tonule.

Fern je zaustila da nešto kaže, zatvorila usta pa odmahnula glavom. – Ne. Mora da se šališ?

– Ozbiljna sam, Fern. Ovo mesto je tvoje.

Fern je skočila na noge i zaputila se popločanom stazom do zida na kraju vrta s pogledom na Anakapri. Okrenula se i vratila se. Njen dah je zamaglio vazduh. Zastala je ispred Stele i strogo se zagledala u nju. – Ako radiš ovo da bi povratila naše prijateljstvo, ne moraš. Da, stvari su se promenile između nas, možda se nikad neće popraviti, ali ti si mi i dalje prijateljica. Ti si kao prokleta glupa sestra koja me izluđuje, Stela.

Stela je odvratila pogled progutavši jecaj. Stegla je vilicu i obrisala oči. – Previše si dobra, Fern. Znaš to, zar ne? Žao mi je zbog svakog delića bola koji sam ti nanela.

– Ne odobravam tvoje ponašanje, ali tvoji postupci su me naterali ne samo da jasno sagledam nego i da promenim svoj život nabolje. Pol je bio poguban, i dobro je što sam ga se rešila.

– Znam da jeste – tiho je rekla. – Samo mi je žao što je to otišlo tako daleko.

– Šta je bilo, bilo je.

– Ali ozbiljno, ne radim ovo da bih pokušala da te povratim. – Ustala je i pogledala ženu koja joj je skoro trideset godina bila najbolja prijateljica. – To je nešto što želim da uradim za tebe zato što zaslužuješ to i zato što mogu. Imam više novca nego što mogu da ga potrošim, a uz mudro ulaganje, obezbeđena sam do kraja života. Kao i Kloi i Džejkob. Ovo je tvoje i možeš da uradiš s njim šta god hoćeš. Želim da te vidim srećnu, Fern. Napravila sam strašnu grešku koju ne mogu da izbrišem. I te kako sam svesna da se novcem ne može kupiti sreća, ali ovo mesto ti može dati slobodu da promeniš svoj život nabolje. Da slediš svoje srce i rizikuješ u ljubavi, ako je to ono što će te usrećiti.

Epilog

FERN – TRI GODINE KASNIJE

Fern je kršila prste dok je posmatrala prilaz s tri trake. Bila je nervozna a da nije imala pojma zašto. Možda zato što je želela da se ljudi zaljube u to mesto kao što se ona zaljubila.

Osvrnula se iza sebe na seosku kuću. Kameni zidovi bili su zemljana mešavina bledosive, rđa-crvene i tonova kajsije, dok su prozore uokvirivali obnovljeni drveni kapci. Građevina i okolina ulivali su osećaj spokoja. Sve što je mogla da čuje bio je šapat povetarca u granju i opuštajuća muzika na Spotifaju, koja je dopirala iznutra.

Iako se činilo da se *Kuća snova*,[8] okružena šumovitim brdima, vinogradima i nežnim zelenilom otvorenih polja nalazi daleko od svih i svega, nasađena na brdu, zapravo je najbliži grad bio u vidokrugu, njegove srednjovekovne zidine noću su bile obasjane svetlom boje meda, kao svetionik u daljini. Mateova toskanska kolonija bila je udaljena samo kratku vožnju. Sudbina ih je spojila u umetničkoj koloniji, a Stelin poklon je odveo Fern u pravu pustolovinu.

Fern je bila zapanjena Stelinim neočekivanim gestom onog hladnog decembra na Kapriju. Iako je tih prvih nekoliko noći uživala u ljubavi s Mateom, Fern su misli i srce bili nemirni zbog prijateljice. Njihovo prijateljstvo kao da je bilo nepopravljivo narušeno. Nije bila sigurna kako da joj ikad više veruje, ali da joj prijateljica pokloni vilu... Stela ju je preklinjala, govoreći da je to zato što želi nešto što će Fern promeniti život, zato što je ona zaslužuje i zato što joj je žao. Fern je htela da je odbije; mrska joj je bila pomisao

---

[8] It.: *Casa dei sogni*. (Prim. prev.)

da bude dužna Steli. Ali Stela nije htela ni da čuje odbijanje; vila je bila Fernina i ona je mogla da uradi s njom šta god hoće. Taj gest je bio početak nečeg posebnog za Fern i druga prilika za Stelu, njena velikodušnost početak teškog putovanja u ponovno sastavljanje njihovog prijateljstva.

Napustiti Kapri bilo je još teže drugi put, pa ipak nije bilo neizvesnosti u pogledu Ferninih i Mateovih osećanja, te se Fern vratila kući oslobođena Pola i ograničenja nesrećnog braka. On je priznao preljube i zadržao je posao, ali joj je isplatio izvesnu sumu. Bio je to čist prekid, te ih nije vezivalo ništa više osim devojaka. Ona je provela Božić sa Amber i Rubi, poslednji u porodičnoj kući, pa posle mnogo istraživanja po sopstvenoj duši napokon raščistila šta želi u budućnosti.

Nije bilo sumnje da joj je ta vila promenila život. Kapri je bio mesto gde je volela da se vraća i posećuje ga, ali ne i ono gde je želela da živi. Zaljubila se u Matea, ali morala je imati cilj u svom životu i nešto smisleno čime će se baviti. Zamisao da se preseli u Vels i otvori pansion sve više ju je obuzimala. Pošto su prodali porodični dom, Fern je iskoristila priliku da provede leto u Toskani kad ju je Mateo pozvao. Tada je prvi put bacila oko na *Kuću snova*.

Šuštanje lišća vratilo je Fern u stvarnost. Drhtala je stojeći u senci seoske kuće. Bio je vedar prolećni dan; niz tamnozelenih čempresa koji su oivičavali put bio je živopisan spram bledoplavog neba. Vazduh je bio prohladan i svež, osetila je miris bolonjskog sosa koji je napravila tog jutra. Kasnije će biti mnogo usta koje treba nahraniti, ali Fern se svidela pomisao da će njenom toskanskom domu život udahnuti drugi ljudi.

– Tu si. – Amberin glas je ispunio popodnevni mir dok su koraci njene ćerke škripali prilazom. – Svuda sam te tražila.

– Učinilo mi se da sam čula auto.

Amber je pogledala na sat. – Ostalo je još najmanje pola sata do njihovog dolaska.

Fern je polako izdahnula vazduh. – Samo me brine da sam nešto zaboravila.

– Zato ćemo i imati probno otvaranje, mama. – Amber je provukla ruku ispod njene i nasmejala se. – I nemaš nimalo razloga za brigu. Ovo mesto je savršeno. Dođi, skuvala sam čaj. Hajde bar da čekamo sa šoljom čaja.

Još jednom pogledavši prilaz, Fern je pošla za Amber unutra. Znala je da je sve kako treba i od srca se složila da je to mesto savršeno. Pošto je tokom svog leta s Mateom videla tu kamenu seosku kuću i zaljubila se u nju, bilo joj je jasno šta želi da uradi i gde. Vilu na Kapriju, iako je bila divna, izabrala je Stela, dok je toskansku seosku kuću izabralo Fernino srce. Stela je rekla da može da uradi šta god hoće s vilom, zato ju je Fern, smislivši šta će, stavila na prodaju. Otad je sve počelo da dolazi na svoje mesto. Fern je posle prodaje preko noći postala multimilionerka. Kad je Rubi diplomirala i dobila svoj prvi sestrinski posao u Bristolu, Fern joj je kupila stan s tri spavaće sobe nedaleko od luke, a kad je Amber jarka svetla Londona zamenila poslom u digitalnom marketingu u Bristolu, i ona se uselila u taj stan.

Izmene na seoskoj kući u Toskani bile su završene proteklog leta te je Fern poslednjih nekoliko meseci provela renovirajući je. Kuća nije bila ruševna, ali s novcem koji je dobila od prodaje vile na Kapriju mogla je njen zapušteni izgled da preobrazi u luksuzni pansion koji je zadržao rustični šarm.

Njen san o pansionu u Velsu prerastao je u toskansko utočište, mesto daleko od svakodnevnih briga, ugneždeno u divnu prirodu sa okolnim srednjovekovnim selima i istorijskom Sijenom. Duge dane provodila je slikajući, popločavajući i opremajući vrt, a jednako duge večeri u jelu i razgovoru s Mateom. Noći su bile daleko od usamljeničkih jer su ih provodili zajedno u njegovoj toskanskoj koloniji, ili okruženi oljuštenim tapetama i mirisom farbe u Ferninoj seoskoj kući. Fern nije smetalo da bude sama kad se Mateo vratio na Kapri. Dani su joj bili ispunjeni napornim ali zadovoljavajućim radom i dugim ćaskanjima i video-pozivima sa Amber i Rubi. Osim toga, počela je da upoznaje i meštane. I, naravno, Mateo je dolazio u kratke posete. Noći u kojima je plakala dok ne zaspi odavno su bile iza nje.

Probno otvaranje bilo je Amberina zamisao – nedelja s Ferninim prijateljima i porodicom pre nego što stignu gosti pansiona druge nedelje uskršnjih praznika. Posle šolje čaja, mir je prekinuo željeni smeh Kloi i Rubi, koje su izašle iz taksija. Fernino srce se ispunilo radošću. Za njima je izašao Rubin dečko, medicinski tehničar, gledajući Fernin novi dom. Samo jednom ga je videla i zaključila da je osećajan i lepo vaspitan i, što je najvažnije, obožavao je Rubi.

Fern je otvorila vrata automobila i pomogla Idit da izađe. Idit je uhvatila Fern za nadlakticu, uglovi očiju su joj se naborali u osmehu, a onda ju je privukla u čvrst zagrljaj. Idit joj je postala bliska prijateljica. Bila je majčinska figura za kojom je Fern oduvek čeznula, to prijateljstvo joj je bilo dragoceno – Idit je bila neko kome je Fern mogla da iznosi svoje zamisli u dugim telefonskim razgovorima.

– Drago mi je što vas vidim. – Fernine reči bile su prigušene uz Iditino rame.

– I meni – rekla je Idit, pustivši je.

S druge strane taksija, Stela je susrela Fernin pogled i osmehnula se. Uvek je bilo početne nelagode kad bi se njih dve videle, kao da moraju da smisle kako da se ponašaju jedna prema drugoj, ali bi pronašle način, uvek.

Džejkob je izašao iz taksija nadvisivši majku, s nepunih sedamnaest bio je visok i mršav. Fern je bilo drago što je i on tu. Sve porodice imaju svoje uspone i padove, a Stela i njena deca bili su upravo to: deo porodice.

Taksi-vozila su odjurila prilazom, a uzvici iznenađenja i oduševljenja odzvanjali su dok ih je Fern uvodila. Amber je ušla u kuhinju da ponovo pristavi čajnik, prepustivši Fern da pokaže svoj novi dom. Posle meseci napornog rada, osećala se prijatno što je ta kuća ispunjena ljudima. Samo je Mateo nedostajao.

Pošto su odneli torbe u sobe i spremili piće, Fern je sve prepustila Amberinim veštim rukama. Prostrana dnevna soba bila je srce kuće, prostor za opuštanje, s daljim zidom prekrivenim knjigama i sofom i foteljama oko kamina u sredini i trpezarijskim delom bliže kuhinji. Fernina slika stabla limuna koju je započela u Mateovoj koloniji visila je na zidu, kao stalni podsetnik na to dokle je dogurala, i u slikanju i u crtanju, čime se i dalje bavila iz razonode, kao i u svom privatnom životu. Svakako nije bio savršen, ali označio je početak potpuno novog poglavlja u njenom životu.

Fern se svidelo što je kuhinja odvojena, ali ipak može da čuje ćaskanje koje je dopiralo do nje. Bila je to prava seoska kuhinja s velikim drvenim stolom na sredini i peći s pećnicom na mestu gde je nekad bilo ognjište. Zidovi boje pečurki i drveni pod od dasaka bili su ugrejani sunčevim sjajem koji je dopirao kroz francuske prozore. Dva velika pleha lazanja bila su spremna za pećnicu, a sto je bio prekriven daskama za sečenje, činijama i salatom. Ne tako davno Fern je kuvanje smatrala rutinskom obavezom, ali sad je uživala u pomisli da nahrani svoju porodicu i posle toga goste. Takođe je unajmila jednu meštanku da joj pomaže u čišćenju i pranju, a Amber je radila na marketingu, pored svog redovnog posla u Britaniji. Bile su tim, a njihov napet odnos je zacelio. Sve je ispalo savršeno.

– Hej – čuo se poznat glas.

Stela se naslonila na dovratak sa šoljom kafe u ruci. – Samo sam se pitala da li ti treba pomoć.

– Ne verujem. Sve je pod kontrolom. – Fern je navukla rukavice za pećnicu. Pogledala je u Stelu. – Ali možeš da mi praviš društvo, ako želiš.

Stela se osmehnula i spustila se na hoklicu s druge strane stola. Fern je stavila lazanje u pećnicu, zatim izabrala veliki zreo paradajz i počela da ga seče.

– Kako ide renoviranje? – upitala je Fern.

– Recimo samo da će mi biti drago kad budu završili i kad budem mogla da koristim kuću.

– Ali nisi se pokajala?

– U pogledu kuće? Ne, nimalo.

Promene u Stelinom životu bile su manje korenite od onih u Ferninom. Pošto je na kraju prijateljima i porodici otkrila istinu o dobitku na lotou, deo novca je iskoristila za kupovinu velike zasebne kuće u prirodi, ne tako daleko prevozom od Džejkobove škole i njenog posla u Bristolu, iako je godinu dana ranije dala otkaz kako bi pokrenula sopstveni posao uređenja enterijera. Imala je i kuću za odmor i nekako je, polako i razumno, uspešno prolazila minskim poljem bogatstva steknutog preko noći.

– Sećaš li se kad sam ti rekla da će nam četrdesete biti najbolja decenija u životu? – rekla je Stela, gledajući Fern kako seče i drugi paradajz.

– Da, kad smo za vikend išle u banju i kad si mi rekla za dobitak na lotou; tada ti nisam verovala.

– Da li mi sad veruješ?

Fern je slagala u činiju režnjeve paradajza s mocarelom. – Ispostavilo se da si potpuno u pravu. – Prelila ih je maslinovim uljem i pogledala u Stelu. – Ali jesi li ti srećna?

Stela je prekrstila ruke na stolu. – Na putu sam da budem. Srećna sam što imam Kloi i Džejkoba. Džejkobu ide dobro u školi i posvećen je svojoj ljubavi prema fudbalu. Kloi još traži sebe, ali ima još mnogo vremena da smisli šta bi volela da radi. Pričala je da bi volela da putuje s prijateljicom. Mislim da bi joj to prijalo. Džejkob želi da provede deo letnjeg raspusta s tatom, tako da mogu da odem u kuću u Španiji.

Fern je klimnula glavom i stavila izdašnu šaku rukole u drvenu činiju. Stela je bila krotkija nego inače. Fern nije znala je li to zato što je omekšala s godinama. Uprkos ogromnim promenama u njenom životu, bilo je u njoj i tuge. Koliko je Fern znala, Stela nije bila u vezi. Nije znala ima li ona i dalje prolazne veze ili ne – povremeno bi pomenula Luku, ali činilo se da je to nešto neobavezno, povremeno, a svakako nije bila posvećena dugoj vezi s bilo kim. Fern se nadala da će ona jednog dana upoznati nekog, ali samo ako će je to usrećiti.

– Jesi li videla Pola? – Fern je obrisala ruke o krpu i susrela Stelin pogled. Nije je bolelo kao nekad da razgovaraju o njemu. On je ostao izvan njenog života i bilo joj je mnogo bolje što je tako; njegovo ponašanje i Stelina izdaja bili su pokretač promena nabolje u njenom životu. Uprkos svem bolu i uznemirenosti, na neki čudan način im je bila zahvalna.

– Ne, nisam. Ali devojke razgovaraju s njim?

– Da, sve troje su pronašli način da krenu dalje. – *Baš kao i ja*, pomislila je Fern.

U sumrak, Mateo je stigao sa sandukom vina i dočekan je klicanjem. Povukao je Fern u zagrljaj i poljubio je. Njena čežnja prema njemu nije se smanjila tokom skoro četiri godine koliko je prošlo otkako su se upoznali; njena osećanja su jednostavno postala još jača. Srdačno su ga dočekali, najpre Amber i Rubi, koje su ga obožavale i bile presrećne zbog Fernine veze s njim, zatim i Idit, koja ga je srdačno zagrlila i izvela u vrt.

Dugačak drveni sto napravljen od obnovljenih starih skela ponosno je zauzimao mesto na terasi sa zadnje strane seoske kuće. Spoljni prostor i pogled na kraju su naveli Fern da sklopi dogovor, i dok je sad sedela tu, okružena prijateljima i porodicom, teško joj je bilo da poveruje da je to stvarno. To je bio njen život. Sve je to bilo njeno, od prostranog travnjaka oivičenog drvećem gde su se u kasno proleće u sumrak pojavljivali svici, do zasada maslina na kraju vrta. Bilo je to mesto iz bajke i ostvarenje sna. Nestao je pogled s njenog kuhinjskog prozora u starom porodičnom domu, pogled na verandu i veštačku travu. Ovde je kuhinja imala dvokrilna vrata koja su se otvarala ka njenom ličnom deliću Toskane.

Dok joj je pogled klizio preko osmehnutih lica za stolom, priznala je da ne bi mogla tražiti lepši dan. Na daljem kraju, Rubi i njen dečko su izgledali zaljubljeno, sa obe njihove strane sedeli su Kloi i Džejkob. Džejkob je i dalje jeo – Fern je izgubila račun koliko je puta sipao lazanje – dok je Kloi izgledala sanjivo, sa čašom vina u rukama. Stela i Idit su bile zadubljene u razgovor – bilo je previše žamora da bi dokučila o čemu su razgovarale – a Mateo je pažljivo slušao Amber. Ozareno mu je pričala o svojim marketinškim planovima za seosku kuću. Mateo je posegnuo ispod stola za Ferninom rukom i stegao je u svom krilu. Preplavio ju je osećaj potpunog zadovoljstva. Sve je bilo onako kako treba da bude. Rešila se pogubnog braka; otvorila je svoje srce i ponovo naučila da veruje. Bila je jača i srećnija nego ikad.

Posle uživanja u firentinskoj crnoj čokoladi i kafi, Fern je provukla ruku ispod Iditine i njih dve su se udaljile od ostalih niz travnatu kosinu. Idit je koristila štap za hodanje i korak joj je bio sporiji nego poslednji put kad ju je Fern videla, ali ostali su njena iskričavost i optimizam.

– Ovde je divno, Fern. Lepše nego što sam zamišljala.

– Da li vas to dovodi u iskušenje da rizikujete i preselite se u Italiju?

– Imam previše prijatelja kod kuće da bih sad iz korena promenila život. Preseljenje u drugu zemlju nešto je što je trebalo da uradim čim sam se penzionisala, a ne sad kad sam ulazim u pozne sedamdesete. Uostalom – rekla je, jače stegnuvši Fern za ruku – zašto bih se, dođavola, izlagala stresu, prodavala kuću i kupovala je u Italiji kad mogu da posećujem mesta kao što je ovo i Mateove dve kolonije.

Fern je zastala pored klupe ispod breze. Odatle se pružao pogled na kuću s jedne strane i na zasade maslina s druge. Sele su, a ona je uhvatila Idit za ruku.

– Ali jeste li srećni?

– Da li sam predvidela da ću u ove godine doći sama? Nisam. – Zakikotala se. – Ali to je život. Smešna stara stvar. Zapravo nisam usamljena. Život mi je ispunjen ljubavlju. Imam nećake, kao i njihovu decu. Imam divne prijatelje. – Značajno je pogledala u Fern. – Imam slobodu i sredstva da putujem i zasad – kucnula je rukom o klupu od hrastovine – zdravlje.

– Jeste li videli Maju? – blago je upitala Fern.

Idit je čvršće navukla svoju ešarpu i sklopila ruke u krilu. – Nisam. Previše je teško. Čujem o njoj preko prijatelja. Predložila je da se vidimo, samo da se družimo uz šolju čaja i kolač, kao da smo samo stare prijateljice koje su se ponovo našle. – Idit je odmahnula glavom. – Ne želim da se pretvaram i ne želim da prolazim kroz to. Ponekad je prekid veza s prošlošću najbolji način da se krene dalje, čak i ako nas to tad mnogo zaboli.

Fern je spustila ruku preko Iditinih. – Jasno mi je. Najteže što sam ikad uradila bilo je da priznam da je moj brak završen, ali kad sam donela tu odluku, bilo je kao da sam se oslobodila tereta. Na kraju sam ga mrzela, zbog načina na koji se ponašao prema meni, načina na koji mi se obraćao. Mrzela sam i sebe što sam mu to dozvolila. Mateo mi je otvorio oči u pogledu toga kako ljubav zaista treba da izgleda.

– Zbog njega je vredelo čekati.

– Volim ga, Idit. On je sve ono što mi je nedostajalo celog života.

– A *ti* si sve ono što je njemu trebalo. Sviđa mi se što si pošla svojim putem i uradila nešto za sebe. Da, to što si ovde omogućilo je tebi i Mateu da budete zajedno, ali ovo je tvoj projekat, tvoja strast. Oboje imate cilj i mesta gde ćete stvarati kroz ljubav i naporan rad. I imate jedno drugo. Zbog toga sam veoma srećna.

Veče je odmicalo. Idit je otišla na spavanje, a Fern je primetila da su nestali i Rubi i njen dečko. Lazanje su bile smazane uz najmanje dvanaest boca vina. Nije mogla sačekati da poželi dobrodošlicu svojim prvim gostima; proleće će biti prometno, a njen novi poduhvat će joj ostavljati malo vremena da joj Mateo nedostaje kad bude otišao na Kapri da otvori umetničku koloniju pre nego što se na leto vrati u Toskanu.

Pri put u svom životu Fern je bila nezavisna, imala je novac i posao na koji je bila ponosna i za kojim je čeznula. A imala je i ljubav.

Poslednji tanjiri su doneti i poređani u mašinu za sudove. Pogledala je Amber, koja je napolju brisala sto. Proteklih nekoliko godina ona je bila Fernina podrška; kao i Rubi. Fern je bila veoma ponosna na obe; postojana Rubi je diplomirala i uletela u vatru kao medicinska sestra u prometnom urgentnom centru, dok se Amber ozbiljno posvetila i sa uspehom položila ispite na poslovnim i marketinškim studijama. Fern je bila zahvalna na njenoj stručnosti kad je trebalo da tvituje, postavlja storije i snimke uživo na Instagramu.

Kad su sve pospremili, Fern je na trenutak zastala u senci kuhinje i zagledala se u Kloi, Džejkoba, Amber, Stelu i Matea koji su sedeli uz treperavu vatru. Muzika je svirala, otvorena je još jedna boca vina, a Kloi je delila karte. Fern će im se pridružiti, ali ne još.

Izašla je napolje. Posle sunčanog prolećnog dana, aprilsko veče je bilo sveže. Svetlo koje je preplavilo terasu i mesečina bili su dovoljni Fern da se zaputi pored stabala do ograde koja deli vrt od zasada maslina. Danju je pogled bio mozaik zelenila, vinograda, polja i brežuljaka obraslih drvećem, dok je noću bilo teško reći gde počinje nebo. Bilo je potpuno mračno, tamu su razbijali samo mesec, zvezde i udaljeni sjaj srednjovekovnog sela na vrhu brežuljka. To ju je podsetilo na Mateovo omiljeno mesto u toskanskoj koloniji i postalo je Fernino omiljeno mesto na celom svetu. Svuda je vladao mir, ali nije se osećala nimalo usamljenom, čak ni kad je bila okružena samo tim beskrajnim prostranstvom.

– Pomislio sam da ću te ovde naći.

Tople ruke obujmile su joj struk. Mateo joj je spustio glavu na rame, a ona je obuhvatila njegovo lice rukama. Čak ni u noćnoj tišini, nije ga čula kad je došao do nje. Volela je taj mir i način na koji svaki stres i briga tu iščeznu.

– Previše dobro me poznaješ – rekla je.

– Trebalo bi da kupiš teleskop, postaviš ga ovde i posmatraš zvezde.

– Mislim da bi se gostima to svidelo.

– Više sam mislio na tebe. – Poljubio ju je u vrat i privukao je bliže.

Fern je zažmurila i naslonila se na njega, uživajući u toploti i utešnoj čvrstini njegovog zagrljaja. U svojim mislima je i dalje videla nebo ukrašeno zvezdama, ali pojavile su se i slike poslednjih nekoliko godina, većina ispunjena napornim radom i smehom. Svi ljudi koje je najviše volela bili su tu. Pre svega čovek koji ju je obujmio svojim rukama.

– Bilo je to lepo veče. – Njegov dubok glas ispunio je tišinu.

– Najlepše.

– Hoćeš li još malo da ostaneš sama ili se vraćaš unutra?

Fern je udahnula hladan vazduh. Taj deo vrta bio je ispunjen poljskim cvećem, njihova boja je udahnjivala život krajoliku posle duge zime, ali bilo je previše mračno da bi ga videla. Bilo je vreme da se vrati na toplo, da dopuni svoju čašu vina, vreme za smeh i noćno ćaskanje, pre nego što ode u krevet sa čovekom kojeg je volela.

Fern je uhvatila Matea za ruku pa su se zaputili preko visoke trave do kuće. Odsjaji vatre treperili su kroz prozore u prizemlju, primamljivo dodirujući mrak, pozivajući ih da se vrate. Bilo je to sve o čemu je sanjala i više od toga. Jače je stegla Matea za ruku, uživajući u osećaju koji je prizvala. Setila se prvog dolaska u toskansku koloniju i uzdržanosti između njih nakon prvog poljupca, kad nisu mogli da iskažu svoju strast. Sad je slobodna, živi po svome, sledi svoje srce.

Fern je otvorila vrata *Kuće snova* i povukla Matea unutra. To je njen život, ispunjen srećom i ljubavlju.

Zahvalnost

Sa svime što se događalo u svetu tokom 2021, i naročito početkom 2022, pisanje romantične proze smeštene na divnim mestima bilo je istinski beg za mene i nadam se da je bilo beg i za vas – optimistično i dirljivo putovanje iz fotelje, ovoga puta na očaravajuće ostrvo Kapri.

Vila *Đardino* i dve kolonije u Anakapriju i Toskani plod su moje mašte, ali nadahnute su stvarnim mestima. Dugujem zahvalnost Kjari Vičinanci što je bila tako velikodušna sa svojim vremenom i u odgovorima na mnoga pitanja o Kapriju, koji su mi omogućili da dodam detalje priči. Budući da joj porodica s majčine strane živi na ostrvu i da Kjara ima vilu *Idn* (koju iznajmljuje preko platforme *Airbnb*) u Masi Kubrenze na sorentinskoj obali, bila je savršena pomoć u mom istraživanju. Za bilo kakvu nepreciznost odgovorna sam samo ja!

Ovo je moja druga knjiga za *Boldvud* (biće ih još!), i bilo je divno raditi s tako sjajnim timom, od kolega pisaca koji su mi pružali podršku do energične redakcije koja se sastojala od Amande Rido, Nije, Kler i ostalih, a naročito od moje čarobne urednice Kerolajn Riding, čiji su uređivački uvidi, zajedno sa Džejdinim i Kandidinim predlozima i okom za detalje napravili od ove knjige ono najbolje što se moglo. Hvala vam svima.

Velika hvala vama na sjajnoj zajednici knjiških blogera, koji su pomogli da se proširi vest, kao i mojim prijateljima piscima i ostalim prijateljima! Posebno ću pomenuti Helen Prajk, što je uvek bila tako divna (i za ljubaznu proveru italijanskih izraza), i Poli Vorga, što je bila briljantan sledbenik mojih knjiga od samog početka (i što je uredila sopstvenu policu s knjigama Kejt Frost!). Još jednom, od srca hvala Džudit van Dajkhauzen, koja nije samo divan prijatelj već je uvek prva koja čita prvu verziju mojih knjiga.

Na kraju, ali ne i na poslednjem mestu, Nik, Lio i mama, hvala vam kao i uvek na vašem ohrabrenju i ljubavi.

Beleška o autoru

Kejt Frost je autorka više od petnaest romantičnih bestseler romana kao i avanturističke trilogije o putovanju kroz vreme za decu. Kejt je stekla zvanje mastera u kreativnom pisanju na Univerzitetu *Bat spa*, gde takođe predaje pisanje memoarske proze i kreativno pisanje na osnovnim studijama.